U0091787

爺兒休不掉

4

完

風 文創

438

容箏 著

目錄

第九十四章　承諾

在永柱的悉心照料下，育下的黃連苗和金銀花苗總算成功地破土了，嫩綠的一叢叢，看上去生機勃勃的。此時苗還太嫩了些，還不適宜移栽，得要過段日子。

青竹的心思轉移到這些小苗上，一心指望著等過幾個月後能有不錯的收成。為了這檔事，她跑了許多路，好不容易聯絡上百草堂，又有了銷路，得好好地幹一場。

青竹信心滿滿，心想少南在前面奮戰，她也不能落下呀，得在後方將基礎打牢實了，掙下份家底，以後才有更多的出路。

說來少南走了一個多月，也不知他走到了哪裡？途中是否平安？有沒有想家？那些書都溫好沒有？有沒有足夠的信心……這些都是青竹擔心的。每到臨睡時，青竹總會不自禁地估算著他距離京城還有多遠？路上可能會發生哪些事？總是會替他操心。

算算時間，也該買母藕來種了，往年這個時節這些都該準備了。去年時自家留了些母藕放在地窖裡，今年用不著買那麼多。在青竹的計劃裡，還得多養蝦，蝦的價格這兩年很是喜人，黃鱔、泥鰍之類的倒是跌下來了。

採買的事自然是少東負責，只是這兩天似乎很難看見他，也不知在忙些什麼，連這邊也很少過來，倒是豆豆和靜婷每天直往這邊跑。

青竹不免有些擔心，心想莫非少東他忘了這回事嗎？這可是關係到項家的收入問題，且每年都和他對半分的，他不可能不在乎吧？青竹滿心的疑惑，不知少東究竟在做什麼。

永柱提著笆簍回來了，雖然說是春日正好，可曬久了也會覺得頭暈，永柱竟然連一頂草帽都沒戴就在外勞作了半天。他見青竹坐在門檻上挑揀米中的沙石，便說：「撈了不少泥鰍，一會兒妳煮了吧。」

青竹答應著，又見永柱滿褲腳都是泥，忙說道：「爹，一會兒將衣服換下來，我給你洗了吧！」

「喔，好的。」永柱覺得口渴得緊，幸好茶壺裡還有半壺水，找了只碗先倒了半碗，端著就痛快地大喝幾口，這才又問：「妳娘呢？」

青竹便答道：「說是還章家的東西去了。」

永柱皺眉道：「真是的，幾個老婆子湊在一起就沒完沒了地胡扯，家裡事也不管！」

青竹心想，女人愛八卦不是天生的嗎？再加上沒有其他娛樂活動，對外界事物接收較慢，只好靠每天口頭傳遞各種八卦來接收新資訊了。

永柱喝夠了水，便和青竹說：「再備兩道菜，一會兒將妳大哥一家子也叫過來一道用飯吧。」

青竹忙應承了，挑揀好米後，準備去處理那些泥鰍。

春桃已經有了婆家，如今不在他們家做了，所以也沒人來幫青竹的忙。至於明霞，反正到了飯點她會準時出現，其他時間根本就看不見她的人。

這個季節的韭菜很好，綠油油的，又嫩又香。青竹割了一大把韭菜，挖了些薺菜，心想這些薺菜可以拿來包餃子，家裡人又都愛吃，接著又拔了幾支鮮嫩的萵筍。

將泥鰍都殺出來了，什麼腸腸肚肚的也都去除乾淨，用加了鹽的水浸泡著，過一會兒再清洗。青竹連圍裙也來不及解，便來到翠枝這邊的院子裡。

豆豆和小靜婷正在踢毽子，見她來了，小靜婷忙跑來，拉著青竹的衣衫喊「二嬸」。

青竹笑著問道：「妳們娘呢？」

小靜婷答道：「在灶房裡忙呢！」

青竹連忙走去，大聲說道：「大嫂，爹說讓你們過來一道吃飯，不用弄了！」

翠枝這才探出頭來回話。「那敢情好！有什麼好吃的呀？」

「爹捉了有幾斤泥鰍回來，我讓妳兩個女兒過去幫我包餃子成不成？」

翠枝答道：「這有什麼？妳隨便使喚她們吧，我這裡馬上過來。」

青竹正要走，突然又扭頭問道：「大哥在什麼地方？也讓他一道來吧。」

翠枝說：「一大早就出去了，這兩天很少在家。妳也知道，他的朋友多，指不定又去和誰喝酒聚會了。」

青竹心想，看來少東是真的將家裡這攤子事給忘了。沒有他的話，誰來東奔西走地跑路？藕下不了地，水草都要長滿了，不是誤了正事嗎？

這邊翠枝幫著擀了餃子皮，青竹拌好餡料，正好明霞也回來了，便讓三個女孩一塊兒包餃子去。

翠枝在一旁幫著理菜，青竹趕著將泥鰍清洗出來，澆了黃酒、山茱萸、鹽給抹好了味。

翠枝突然感嘆說：「小叔子這一年到頭竟然沒什麼時間在家，倒讓弟妹在這裡苦熬。」

青竹卻回答得很輕描淡寫。「他有他的事要忙，我可沒理由將他拴在家裡。」

翠枝笑道：「妳倒是能看得這麼開。」

「我是早就習慣了，反正他在家又幫不上我多少忙，還不如讓他去做自己想做的事。」青竹想，她又不是離了男人就活不了的人，也不想依靠誰，畢竟她的生活也是有重心的。青竹說著便又想起少東來，忙問道：「大哥這幾天都忙什麼呢？這邊還有事要拜託他幫忙跑路，卻不見他人，這樣下去，只怕爹會不高興。」

翠枝道：「他的心思倒野，我看是不安分在家幫著弄這些了，正在籌錢準備賃間鋪子，看樣子像是要大幹一場。」

「大哥若是突然去跑買賣了，家裡這些事誰接手呀？爹上了年紀，腿腳又不好，裡外的事我也忙不過來，再說一直是大哥在和那些人打交道的，沒有他萬萬不行啊！」

翠枝又道：「這話妳和他說去吧，我是勸不聽的。早些年他就想自己做買賣了，如今好不容易存夠本錢，他哪裡肯輕易放棄。」

青竹心想，這做生意不是那麼容易說能賺錢就能賺的，不行，她必定要找少東問問話。

這裡正忙著準備燒泥鰍用的調料和配菜；萵筍切成長條，又加了些豆芽；割回來的嫩韭菜打算用來炒豆乾。

到了天黑，晚飯都過了，永柱正和白氏商議事情時，少東才過來向二老問好。

永柱劈頭就問：「這些天你都在忙些什麼？總是不見你的人影，事都堆起來了，再不做些的話，只怕要誤了栽種的好時候。」

少東一臉的不在乎，大剌剌地坐在藤椅裡，蹺著二郎腿，和二老說道：「這些天我在忙自己的事，再有兩個月，我也有自己的門面了。只是現在錢還不大夠，想問問爹借一抿子，等到賺了錢就還來。」

永柱有些意外。「門面？你當真還要去跑買賣？」

少東雙手一攤。「那是，我可不想一輩子都圍在這幾塊地裡打轉，一輩子都難出頭。」

永柱心想，當初少東為了照顧受傷的自己，蹉跎了雜貨鋪的活兒，後來因為要顧這個家，一直沒有出去闖蕩，這幾年來又因為少南要參加各種考試，長年不在家，一直是少東在跟前，自己卻沒有補償過他什麼，不免覺得有些歉疚。

「錢方面的事，要得多的話，只怕我一時也拿不出來，你也知道，你弟弟上京帶了不少走……」永柱顯得有些為難。

「我知道爹的意思，我還是別處想辦法去吧，實在不行就找田老爺問問。」

青竹正在裡屋看書，突然聽見這一席談話，忙走了出去。

「大哥來了？好久不見！」青竹笑著招呼了一句。

少東忙欠了欠身，算是回應過了。

青竹又道：「爹說該買藕種和蝦苗了，不能再拖延，不然只怕市上都沒賣了。」

少東笑道：「弟妹放心，這本該是我的事，不會推託的。明兒我就託人去問問，看能不能送到家，你們當面結算不是更好嗎？省得我來回地跑，又誤事。」

以前遇見這些事，少東總是親力親為，不惜來回地跑上好些地方，打聽價格、品質，和如今的態度一比真是天壤之別。看來他的心思早就不在這上面了，只是該怎麼說動他回心轉意呢？這個家要是沒有少東幫忙支撐著，光憑她和永柱，理想中的莊園是無論如何也建設不起來的。只是，她又有什麼足夠的理由能勸服少東呢？青竹覺得頭疼。

少東坐了不到半刻，便要起身告辭了。

青竹忙叫住他。「大哥，我有事要和大哥商量，還請大哥留步。」

少東轉頭看了青竹一眼，微微有些詫異。「弟妹有何指教呢？」

「指教不敢當，請大哥借一步說話。」

青竹話一出，白氏便暗想，這丫頭又在打什麼主意呢？什麼話不能當著大家的面說嗎？

少東說了句好，便率先跨出門檻。

青竹忙和二老說：「我去去就來。」

白氏一頭霧水。

永柱卻能料到幾分，心想這時候只怕青竹這樣口齒伶俐的人也難說動少東改變心思吧？知子莫若父，永柱怎麼會不瞭解少東呢。

還沒到伸手不見五指的地步，不過草叢裡、樹葉間的那些蟲子都還沒醒過來，一切都安靜極了。

等少東走到快到月洞門前時，青竹叫住了他。「大哥請略等等。」

夜風輕拂，兩人站在牆根邊。

少東先開了口。「到底是什麼事，弟妹這麼謹慎？」

青竹輕笑著說：「白天也見不著大哥的人影，這才知道原來大哥都在忙自己的事。家裡的這些瑣碎事情一直讓大哥操心，實在是有勞了。」

少東笑道：「弟妹這話說得太見外了，莫非我是外姓人不成？我可是項家的長子呀！」

「是呢，要是沒有大哥，前幾年的難關還不知該如何度過，大哥為了這個家著實付出了許多。」

少東聽著青竹的話，不禁有些納悶。這夏青竹到底是什麼意思？難道大半夜的就是要和他說這些不成？

「聽說大哥在外忙生意，不知大哥準備做什麼買賣？」

少東有些疑惑地答道：「販些布疋來賣，正好我有個朋友對這方面熟悉，貨源不成問題。」

青竹笑道：「原來大哥是準備開布莊，這是好事呀！平昌賣布的有三、四處吧？大的也有兩家。大哥應該選好位置了吧？」

「那當街的好鋪面弟妹是清楚的，不好租賃，價錢又死貴，我手上這點錢還周轉不過來。剛才妳也聽見了，問老爹的話，他也接濟不了什麼。有人幫我看好了一處房子，就是賣棉花後的那條巷子，弟妹知道吧？」

青竹回想了下那處地方，是很偏僻的地段，真要將鋪子開在那兒，會有人上門來買布嗎？再說，平昌的購買力有限，又比不上城裡好做買賣，再加上小農經濟，自家紡些土布之類的也能供一家人的穿衣了。可以預見的是，少東這鋪子若開了，生意不會好到哪裡去，能跑夠本都是萬幸了。

青竹點頭道：「那處當然知道，只是位置不大好，貿然開了還不知將來如何。大哥為何如此心急，一定要趕在這時就開？其實多籌點錢，以後找個當街的好門面不是更好嗎？」

少東嘲笑道：「弟妹說得還真是輕鬆容易，剛才妳也看見了，問爹要錢他是怎麼說的？算了，我也不抱什麼家裡能接濟的希望，也是，三十幾的人了，總不可能一輩子都靠家裡。這份產業將來也是要留給二弟的，我心裡很清楚。」

青竹聽他這樣說，才知道癥結在什麼地方，忙道：「原來大哥是這麼想的，要是爹聽見你這番話，不知會多麼難受呢！我明白你為了少南付出了不少，不過家裡卻從來沒有輕視你，是大哥一直在支撐著這個家呀！我想貿然地行事總是不好，倒有個建議，不知大哥要不要聽？」

少東有些疑惑，心想這小妮子還能有什麼好主意呢？遂微微一笑道：「請弟妹指教。」

青竹略思量了一下，才不慌不忙地道：「不如請大哥再幫襯個兩年吧，賺了錢還是對等分。在平昌做買賣也掙不了幾個錢，以後去城裡發展不是更好嗎？」

「城裡？」少東是想過，可是卻沒那個魄力。

青竹見少東有些動心了，忙道：「大哥你覺得如何？所以現在懇求你再幫襯兩年，到時候我送間城裡的鋪子給大哥！」

少東心想，這小妮子好大的口氣和膽量，不過他也當了真，因為知道青竹說話、辦事都是數一數二靠得住的人，因此又反問道：「此話當真？」

「這是自然。」青竹笑了笑。他們在這裡站了這麼久，夜風吹亂她的頭髮，有些涼颼颼的。說了一大通的話，少東應該動了心吧？那事情就還有回轉的餘地。

少東沈默了一陣子才道：「不早了，我要回去了，怕妳大嫂等，弟妹也早些歇息吧。」

「好的。大哥多考慮一下，我等大哥的答覆。」

少東遲疑了一下，才轉身朝自家方向而去。

青竹也準備回去了，堂屋裡還亮著燈火，這是在等她回去吧？

翠枝在家等了好半天才見少東回來，忙問道：「什麼事耽擱了這麼久？」

少東倒爽快，直接回答了。「和弟妹說了會兒話。」

「是嗎？難怪我剛才隱約聽見有人在牆根處說話，卻不承想原來是你們。吃什麼沒？」

「沒，還真有些餓了，不拘有什麼吃的，都拿來吧。」跑了半天，他也有些累了。只見一雙女兒坐在一處，豆豆正教小靜婷寫字，豆豆那點識字、寫字的本事也是青竹教給她的。少東很自然地就想起青竹和他說的那番話，覺得腦中亂紛紛的，一時也沒個頭緒。

小靜婷寫好了便揚手給少東看。「爹，你看我寫的好不好？」

少東拿來細看了兩眼，點頭稱讚道：「還不錯，比妳們老爹強多了。要是個男娃，我早就送妳們進學堂了。」

豆豆笑道：「爹爹想兒子想瘋了！」又繼續埋頭糾正小靜婷寫字的姿勢，那模樣很認真，倒像個小先生。

過了一會兒，翠枝才端了碗水餃來讓少東吃。

「不早了，妳們兩個去睡吧。」

伺候少東用了飯，又招呼兩個女兒睡下。

那小靜婷頗纏人，翠枝好不容易將她哄睡了，回到這邊房裡時，就見少東大剌剌地躺在床上，衣服卻還沒脫。

翠枝想到納的鞋子還沒做完，便取了針線，坐在燈下一針一線地做了起來。

少東道：「都這麼晚了，妳還不肯歇息呀？這屋裡不亮，費眼睛又費燈油。」

「白天也沒什麼空閒，得趕著做出來，小靜婷還等著穿。」

少東眼睛一眨也不眨地望著帳頂發呆，腦中一遍又一遍地回想著青竹和他說的話。說真的，他是有些動心，要是能在城裡有處鋪面，那真是上天的恩賜。在這之前他也只敢想想而已，沒想到青竹竟然說出兩年後送間鋪子給他的話！這小丫頭還真會說大話，少東不禁笑了兩聲。

翠枝覺得奇怪，回頭問他。「笑什麼？」

少東笑道：「想起剛才青竹說的話，說什麼讓我在家再幫兩年忙，她就送我間城裡的鋪子！年紀不大，沒想到口氣倒不小，也不知她哪來的底氣說出這樣的話？」

翠枝也很意外，忙問：「她當真說了這樣的話？」

「是呀，我也覺得新鮮又奇怪，不知該不該信？」

翠枝幫少東分析道：「她向來重承諾，從不胡亂開口，看來是認真的，不是說著玩。」

「只是，在城裡要有間鋪子可不是那麼容易的事，她又沒什麼背景，哪來的這種自信？或許只是想讓我待在家裡，拿來搪塞我的話罷了。」

其實少東這段時間急著想要賃間鋪子，她也不肯答應，可又找不到理由來勸，如今正好是個契機，便乘機道：「那你也不妨膽量大些，下個賭注。不就兩年嗎？很快就過去了。」

少東疑惑道：「妳也相信她說的？」

翠枝笑道：「她從不亂開口，既然已經說出了就不會有收回去的道理。你要是不放心，不如明天再當著眾人的面證實一回，只要她沒改口，你就別怕。」

少東左想右想，暗忖這倒是個主意。是呀，為何沒那個膽量賭一把呢？青竹這些年來幫著管家，眼光又準，讓種什麼，什麼就來錢，想來不會有錯。他得找個適當的時機，當面再確認一下青竹的話。

翠枝見少東眼珠子來回地轉，他此刻在想什麼翠枝不用猜也知道。「你要睡覺也得將外面的衣裳脫了吧？我再做會兒針線，就別管我了。」

少東卻道：「我還等著妳給我生個兒子呢，別忙那些了吧。」

翠枝悻悻地放下了手裡的活兒，眼睛有些乾澀，忙揉了揉，接著又打了個呵欠。「你就想著兒子！都這些年了，看來我是生不出來了。你那麼想要兒子，以後你弟弟養了的話，讓他們過繼一個給我們吧。」

少東半撐著身子，微微地坐起來。「妳說的是什麼話，我們都還年輕，哪裡就生不出來呢？再說，兒子自然是自己親生的更好，我不想要過繼的。」

翠枝沒轍，只好埋頭收拾東西，心裡卻不怎麼痛快。兒子方面她已不敢怎麼想了，要是之前那個不是死胎，能好好地生下來的話，現在也會叫爹娘了……

第二日早飯前，少東就過來了。正好家裡人都在，少東便當著眾人的面問道：「弟妹說兩年後送間城裡的鋪子給我，這話當真？」

白氏、永柱、明霞三人皆是一愣，齊刷刷地看向了青竹。

青竹也不躲閃，含笑著應道：「是呀，當真如此。只要大哥答應在家幫忙，我一定能兌現。再說，當著雙親還有小姑子的面，他們三人都可以做個見證，我絕不會食言。」

其實青竹後來都不清楚，當她說出這番話的時候，到底是從哪裡得來的勇氣與自信？那三人更是傻了眼。

白氏心想，青竹沒吃錯藥吧？怎麼說出如此一番驚天動地又根本不可能的話來呢？

第九十五章 生病

少東自從放棄開店的計劃後，整個人也來勁，幫忙跑上跑下的，十分有幹勁。

青竹看在眼裡也覺得欣慰，心想是得有點激勵才行。

不出十天，藕種下去，蝦也養上了，又買了兩百隻鵝，少東每天和永柱輪流放養看守，日子一天天地步入了正軌。

對於少東的賣力，白氏心裡也很歡喜。「沒想到這小子轉了性，幹起活來也賣力。妳這一招果然高明，看樣子他能老老實實地幫著家裡做些事了。」

青竹笑道：「倒說不上什麼高明，不過我是認真的，大哥為了這個家付出那麼多，以後一定要補償他。」

白氏納悶道：「妳還真當回事了？我看以後妳怎麼應付。」

青竹淡然一笑。「總會有法子的，這可關係到誠信問題，我哪會亂開口。」

白氏無話，不管怎樣都是為了這個家好，不過她倒要看看青竹有何本事能做到這一點。

「對了，後兒十五，妳要不要和我一道去廟裡進香？」

「後兒都十五了？」青竹驚訝道，心想日子有過得這麼快嗎？等等！她回想了一遍，又細細地估算了一次……不會吧？

「是呀，我還以為妳知道呢！要不要去？」

青竹搖頭道：「娘自個兒去吧，我還得照顧才下地的那兩處苗。」

白氏倒沒什麼疑惑，便道：「隨便妳吧。」

青竹心裡暗驚，不會真有了吧？正當她決定要大幹一場時？不能因為這個而拖累了她呀！此刻青竹在心裡祈禱著只是經期推遲了一段時間而已。

正當青竹忐忑不安時，突然聽見外面有人在喚——

「項大姊！項大姊！」

白氏答應一聲，忙讓青竹去開門。

青竹起身走向院裡，心想會是誰呢？開門一看，卻見是宋婆子，便笑問道：「宋大娘有什麼事嗎？」

宋婆子見是青竹，忙道：「正好妳在家，有人叫我給妳捎句話，聽說妳娘病了，讓妳回去看看！」

青竹一驚，忙請她進屋裡坐，說個仔細。

宋婆子卻搖頭道：「不了，我也還有事。話我帶到了，妳可要記得回去看看。」

青竹忙問：「大娘可知道得的什麼病？嚴不嚴重？」

宋婆子笑道：「這個我就不大清楚了。」

宋婆子走後，青竹一直忐忑不安，忙忙地回房收拾東西，想著立即回家去看看。

白氏勸道：「這會兒都已經是大半下午了，要不妳明兒一早再走吧？」

青竹憂心道：「我哪還顧得上？可能得回去住兩天。」

白氏也沒他話。

青竹也顧不得裝衣裳，取了兩塊碎銀子，又拿了兩串銅錢，慌慌忙忙的就要出門。

白氏目送著她離開，心想但願不是什麼大病，不然這個家也沒人來管。

青竹心裡有些發急，一遍遍地祈禱：但願沒事、但願沒事……走到大槐樹下，正好見有輛騾車經過，青竹上前打聽了一回，剛好順路，便爬上了車子。

「回娘家呀？」

青竹道：「是呢。」

「怎麼也不早點走，都這麼晚了。」

「因為突然有點急事。」

趕車的人是同村的二蛋，彼此認識，還來項家買過幾次魚，但青竹現在心裡又急又慌，也沒那個心思來與二蛋閒聊。

好不容易趕回夏家時，天已經快黑了。青竹走過籬笆牆，發現這木槿圍起來的籬笆已經有一人來高，竟然瞧不見院子裡的情景。青竹走到柵門前，高聲喊了句。「青蘭！快來給我開門！」

話音才落，就聽見院子裡有人高聲問道——

「是二姊回來了嗎？」

回答的人像是夏成，聲音很粗啞，還沒過變聲期。

夏成趕著來給青竹開了門。

青竹才一踏進院門，就看見了一地正在啄食的雞，大約有好幾十隻。地上的大木盆裡裝了不少雞食，青翠的嫩草切得很細，拌了穀糠和剩飯，地上還撒了不少已經曬乾的蚯蚓，那些雞群們正認真地覓食，掉的雞毛、拉的雞屎，真是稍不留意就會踩到，每走一步青竹都格外小心留意。

夏成回頭和青竹說：「二姊請屋裡坐吧，我還得將這些雞趕回雞圈去，天都要黑了。」

青竹答應了一聲，見家裡好像就夏成在，她有些疑惑，忙問：「娘呢？聽說她病了，我回來看看她。」

「大姊和姊夫送娘去醫館看大夫了，應該要回來了吧。」

「喔。」青竹見夏成一人趕雞，好像有些忙不過來，便放了東西過來幫他，又問蔡氏得的是什麼病？

「娘說心口疼，夜裡睡也睡不好。前日大夫來瞧過，說是要靜養，今兒一早又疼了起來，還不知怎樣呢。」

青竹想，莫非是心臟病嗎？當真這樣的話，只怕是沒藥可治啊！想到此處便驚出一身冷汗來，過後又告誡自己，沒事胡亂想這些做什麼？一定沒什麼大礙的！

兩人合力，好半天才將雞群趕回了雞圈。

青竹拿了長掃帚便開始清掃院落。

夏成說道：「二姊幫忙看一下家，我去看看他們幾時回來。」

「喔，好的。」天色幾乎就要黑了，裡裡外外寂靜一片。青竹一下一下地舞動著掃帚，心裡卻一點也安靜不下來，焦急地等待著家人回來，又祈禱沒什麼事。

夏成才出門不久，青蘭便帶著小吉祥和平安回來了，見青竹來了，倒也歡喜。「二姊幾時到家的？」

「來了好一陣子了。娘呢？怎麼沒見回來？要緊嗎？」

青蘭微笑道：「二姊放心，情況穩定下來了，不是什麼很嚴重的事，大夫說要好好地養。只是要完全見好的話，可能要很長的一段時間。」

青竹聽到這裡才放了心。院子已經收拾好了，青蘭說要弄飯菜，青竹便去幫忙。

兩人正在灶房裡忙碌著，便聽見外面傳來青梅的聲音，青竹知道他們回來了，忙丟下手中的事，和青蘭道：「好妹妹，我去看看就來。」

青蘭點頭道：「去吧，娘也正念叨著妳呢！這裡不要緊。」

青竹連忙趕到蔡氏房裡，只見青梅、夏成和謝通都圍在跟前，她上前喚了聲。「娘，我回來了。」

蔡氏睜眼看了看青竹，虛弱地笑道：「回來就好、回來就好。」

屋裡的油燈很微弱，不過青竹卻能清楚瞧見蔡氏臉上的病容，那怏怏的樣子，看上去有些令人心疼。

青梅小聲地和青竹道：「這兩日娘都在念叨著妳，妳好好地陪陪她吧。」

青竹跟著青梅到外面屋子，小聲問道：「大夫怎麼說？」

青梅搖頭道：「情況不是很樂觀。」當她看見青竹一臉驚愕的表情時，心想真是嚇到她了，忙又道：「不過大夫說，目前沒什麼要緊的，只是這個病難好，時不時的會犯病，只怕難痊癒。妳有心理準備就行。」

青竹心裡咯噔了一下，心想當真就到這田地了嗎？

青梅又勸了兩句。「妳也別太擔心了，有我呢。還有，在娘面前別露出這副愁容來，高高興興地和她說笑吧。」

青竹默然道：「大姊，我知道的。」

青竹再回到蔡氏這邊屋裡，坐在床沿，靜靜地陪伴著蔡氏。她這些年都在項家那邊過，蔡氏對她來說還不如白氏熟悉，可畢竟也是這具身子的親生母親，自己替她活了下來，也得替她照料好母親。

蔡氏雖然瞇著眼，不過卻知道青竹在跟前，聲音微弱地說道：「我不想驚動妳的，是妳大姊，非要找人帶話讓妳回來一趟，到底讓妳擔心了……」

青竹覺得鼻子有些酸楚。「娘說這個幹麼？妳生病了，我自然得回來看看妳呀，這是做女兒的本分。平時我也沒在妳跟前盡半點孝心，已經很對不起妳了。妳別多想，好生養息身子，成哥兒以前不是還說要掙個封誥給妳嗎？」

蔡氏虛弱地笑了。「他就是嘴甜，會哄我開心。」

「娘，安心養著吧。儘管使喚我，我在這裡好好地陪妳兩天。」

蔡氏嘆道：「我一生病，倒弄得一家子都不安寧。你們家的藕種了沒有？幾時打魚？」

「藕已經種了，打魚得要到秋冬時節了。不過娘想要吃魚的話，我回去帶幾條來。」

蔡氏忙說不用了，雙眼無神地看了會兒青竹，臉上俱是疲倦和憔悴，嘆息道：「要是你們爹在該多好？他看到現在的你們也會感到欣慰吧……」

「爹他一定都知道的，也會一直保佑著我們夏家。」

蔡氏露出一絲淡淡的笑容來。「他都知道，應該都知道……這幾個月來總是夢見他還好端端地活著，並和我說話來著，可是醒來後才發現都是一場空……」

青竹見母親這番光景極為不忍，又拚命找高興的話和蔡氏說，想讓她盡快從低落抑鬱的情緒裡跳脫出來。

蔡氏欣慰地看著青竹，拉著她的手說：「二丫頭，妳將來會有大福分，記得那支籤嗎？一切都會應驗的。」

青竹忙點頭不迭地說：「娘，我們都會好好的！」

蔡氏的病據說和早些年的風濕有關聯。青竹翻遍了她買的那些藥書，也找不到可以對症的方子，她終究不是大夫，沒有法子替母親減輕病痛，只好慢慢地養了。

隔日又親自去魚塘裡撈了三、四條魚，大些的有三、四斤重，小些的不過三指寬，又捉了兩、三斤的黃鱔，並用自己積攢的錢，去街上買了兩斤蔡氏愛吃的點心，捎上這些，一併送到夏家去。

聽說蔡氏病了，謝通的母親及夏氏也都來看望。蔡氏的氣色已經好多了，下地行走都沒什麼事，還能幫些簡單的家事，不過青梅等人一直攔著，只讓蔡氏好好地歇著就好。

正好青竹也在這邊，能幫著青梅料理一下廚下的事。

這邊夏氏和蔡氏商議著。「我看不如趁著妳身子還硬朗，將三丫頭的事給辦了吧？」

夏氏的話說中了蔡氏的心事，因此毫不思索地答應著。「大姊也是這麼想的嗎？」

「我當姑姑的，關心姪女的終身也應當。不說妳身體不好，就是三丫頭年紀也不小了。多一個人，多個嚼頭，妳不是還想供成哥兒讀書嗎？要供他中秀才、中舉人，還不知要多少錢、多少年呢，是個無底坑。」

蔡氏說道：「成哥兒拿二女婿做榜樣，也是件好事。說來畢竟我還得依靠他，既然他肯上進，就必定要幫著一把。三丫頭的事還沒定下來呢，媒人來說親的不少，只是我想著只有這麼一個女兒了，得好好地替她留意，不能誤了她。」

夏氏想了想，便笑了。「三丫頭在她們姊妹三人裡年紀最小，不過卻長得最標緻，要說親自然得選戶好人家，不能太馬虎了。而且有根基的人家，以後多少也能幫幫成哥兒。」

蔡氏何嘗不是這麼想的？但是她也清楚，自己的病是好不了了，不過是挨日子吧，好點能拖個七、八年，差點的話說不定今年再犯次病就過去了。成哥兒年紀還小，自己一旦走了的話，他只能依靠三個姊姊。蔡氏想到這裡就堅定了信心，不管怎麼著也得多活幾年，至少也得親眼看見唯一的兒子成哥兒成家立業了才能安心地走。

夏氏見蔡氏沈默不語，便又道：「以前媒人上門時不也說過好幾戶人家？我看是得好好地挑一家定下來。三丫頭模樣好，自然不愁嫁，但也不能白白地給辜負了。」

蔡氏點頭道：「大姊說得極是，我心裡明白。」

夏氏這才笑了。「這樣就好。妳身上的病還未全好，好好地養著吧，有什麼難事儘管開口，這邊家裡的事，我也很該幫著管一管。」

這裡青梅、青竹姊妹倆已備妥了兩桌飯菜，青蘭手腳勤快地幫著佈置桌椅、擺放碗盤。請了謝家母親上坐，夏氏打橫、蔡氏陪坐，又將青梅、謝通兩口子叫去坐在下首相陪；青竹、青蘭和兩個小外甥則湊了一桌，也還算熱鬧。

蔡氏知道謝家母親善飲，便叫謝通將家裡存的酒取來，這是自家用拐棗泡的酒，倒也甜絲絲的。

謝通先給夏氏斟了一杯，這才給母親倒了杯，又到這邊桌上問青竹。「二妹也喝點吧？」

青竹忙擺手道：「我不大會喝酒，還是算了吧。」

青梅聽了忙走來勸說：「二妹難得回來一次，在自家難道還怕喝醉了不成？又沒人取笑二妹，醉了睡覺去。」又低聲在青竹耳邊細語道：「難得今天娘也開心。」

雖然青梅話已經說到這個分上了，但是青竹卻不為所動，一再拒絕了。她有拒絕的理由，卻暫時無法告訴青梅。

蔡氏笑道：「你們兩口子為難你們妹妹做什麼？她本來就不大會喝酒。」

青竹也笑了。「到底是娘體諒我。」

這裡夏氏陪著謝家母親喝酒，又興致勃勃地說起這魚是項家的塘裡出的。

這頓飯吃得很熱鬧，青竹瞅著母親臉上露出的笑容也很欣慰，心想開朗些也利於養病。

飯後，謝通親自去送母親回家。

蔡氏本讓青梅、青竹姊妹倆去送送夏氏，夏氏卻擺了擺手。

「這來回的路難道我還走少了不成？很不用，我自己能回去。」

青梅說讓青竹在這邊多待一天，陪蔡氏多說會兒話也好，青竹默許了。

夜裡與蔡氏作伴時，蔡氏向女兒說起白天夏氏的意思。

青竹聽後思忖道：「這畢竟關係到三妹的幸福，我是不大好替娘拿主意的。其實這事的關鍵還是在三妹自己身上，娘不妨多問問她的意思。」

蔡氏面有難色。「這些事妳叫我怎麼好向青蘭開口？她是沒有出閨門的女兒。再說，我當娘的自然得給她張羅、拿主意，她自然也該有當女兒的本分。」

「娘，話不能這樣說，三妹她也有權利自己選擇將來的人生，而不是要別人去替她安排。要是當初娘肯多問問大姊的話，或許……」青竹說到這裡，自然想起了幾年前青梅那些極力想隱藏的事，可和謝通成親幾載來，過得並不壞，一家子也很和睦，如今再說這樣的話已很是不妥。

「妳這話什麼意思？難道我給妳大姊配錯了親不成？」蔡氏兩眼圓瞪。

「沒有，我絕對沒這個意思。只是想說，娘也多替三妹考慮一下，問一下她本人的意思。」

「算了，妳是嫁出去的人了，問妳也問不出什麼來。」蔡氏有些微微的惱怒，虧她還好心好意地問青竹的意思，沒想到竟惹出這麼一篇話。前些年家裡日子那麼困難，送了青竹去項家做童養媳，給青梅招了上門女婿，但兩姊妹現在的日子過得並不糟，難道還抱怨她沒有盡到心不成？兒女是一筆債，說得果然沒錯！

第二日用了早飯，一大早青竹就說要回去了，和姊妹們道了別，然後走到門前和蔡氏說了聲。「娘，我走了。」

蔡氏只支吾了一聲。

青竹聽出母親悶悶不樂，定是心裡不痛快，不過卻沒打算上前跟母親講和，讓她開心。她和青梅為了這個家已經犧牲了不少，只剩下這麼一個妹妹了，沒有理由再干涉她的幸福。

青蘭不是籌碼。

第九十六章 有喜

出門不久，正好遇見一輛馬車，青竹便搭了個順路，不過她不是要回項家去，而是要到鎮上的醫館。這些日子來她一直沒有底，因此想去證實那個模糊的答案。

到了郝大夫的醫館裡，還有幾位等著診治的病人。青竹也不催促，安靜地坐在角落裡，心想要真是有了，除了健康地將他生下來，沒有別的法子了。只是她正準備好好地幹一場呢，還真是有些不甘心，因此一面又祈禱只是其他病症而已。

這會兒終於輪到她了。

「快兩個月了，好好養著吧。」

「真有了？」青竹驚訝地望著郝大夫那一臉的摺子。

郝大夫點頭道：「絕不會有錯，老夫行醫四十來年，從來沒有誤診過。這前三個月是最要緊的關頭，得安心養胎，而且以前妳不是流過一次嗎？這個得更多加注意了。」

青竹失了一會兒神，心想當真被證實了。她明明什麼準備都沒有，少南也不在跟前，那些計劃也都才起步啊！她不由得暗罵了少南一句混蛋！

郝大夫伏案給青竹開了張滋補的藥方。

青竹坐在那裡和郝大夫說：「郝大夫給的那包種子我讓公爹種下了，長得還不錯，聽別人說好像需要搭架子是不是？」

郝大夫道：「這個自然，好好地料理吧。聽說妳和百草堂裡的掌櫃搭上了線？他的門路可比我多許多。種藥沒準兒還真是條可行的路子，要是你們項家種出了名堂，回頭我也叫兒子來學習。」

青竹笑道：「一切都才起步，還不知後面有多少波折，能不能成也還不知道。除了金銀花，我們還種了半塊地的黃連，那魏掌櫃還說要給一個好價錢。」

郝大夫頷首道：「他是個可靠的人。」

青竹又笑道：「這都多虧了郝大夫的提攜，不然我也和那樣的人家搭不上。」

郝大夫道：「這也是因緣際會。」

青竹提了兩服藥走出醫館，外面的陽光明晃晃的，有些刺眼。她下意識地摸了下小腹，心想這裡面正孕育著一個鮮活的生命，這種感覺很神奇又微妙。想到上次的流產之痛，都是她的不小心，這次她一定會好好珍惜。雖然現在他還那麼幼小，不過將來他也會長成少南那樣的人物。不管是男還是女，青竹想，她都會盡力當個合格的母親，儘量地培養他。

回到項家，只見白氏正在院子裡洗衣裳。

白氏見她回來了，劈頭就問：「妳娘好些沒有？」

青竹道：「好些了，多謝關心。」

白氏見青竹手上提著藥，又問她。「妳哪裡病了呢？」

青竹想，這時候該告訴他們嗎？只是這事也沒有藏著的必要，而且家裡人知道的話，也會體諒她一些，便笑道：「才從醫館裡回來，讓郝大夫給診治了下，說已經快兩個月了。」

「兩個月？」白氏臉上的表情有些茫然，後來明白過來，又立即笑成一朵花。「這真是天大的好事呀！妳什麼也不用做，都交給我，快去好好地歇著吧！」

青竹有喜的確是件天大的喜事，因為上次流產的事，這回項家人不得不重視起來，白氏甚至又去找了春桃，問她願不願意再過來幫工？不過春桃有了人家，又定了婚期，她本人雖然願意，家裡人卻不贊同，白氏只好作罷，親自服侍起青竹來，要她好好地養息身子，安胎要緊。

屈指一算，估摸著少南一行人已經到了京城吧？也不知他們路途是否平安？青竹很想寫封信告訴少南她有身孕的事，可信會寫，卻不知要捎到哪裡去。這次不能拜託田家幫忙了，他們也幫不上。

青竹有喜的事傳到了夏家那邊，蔡氏也很高興，遣了青梅送了五十個雞蛋、二十斤麵粉、一罐蜂蜜過來。

隨著時間的推移，青竹的早期反應也越來越嚴重，孕吐後壓根兒不想吃別的東西。見青竹反應這麼大，白氏可是看在眼裡，喜在心頭，心想和她懷少東時一模一樣，這一胎準是個兒子！對大兒媳期待了好些年也沒盼出個孫子來，白氏也死心了，如今又將希望寄託在青竹身上。

以前下的那些金銀花苗，如今都移栽到圍牆邊，永柱劈了竹子，搭起了花架，就等它們開花採摘；核桃地裡的黃連也在茁壯地成長著。

目前種的就這兩項，青竹想著還有沒有別的可種？

這時少東從魚塘邊回來了，才到家就喊餓。翠枝帶著女兒回娘家去了，因此這兩日少東都在這邊搭伙。

白氏讓明霞端了碗才切好的豌豆涼粉出來，上面已經澆上了調料。

少東接過拌了幾下，便開始大口大口地吃將起來。

青竹睡覺才醒，身子懶懶的，早飯也沒吃多少，就想喝水，但桌上的杯子空空的，壺裡也沒什麼水了。

白氏聽見響動，忙揭了簾子走進來，說道：「水我正燒著，還沒開，先等等。」

「喔，好。」青竹又道：「大哥回來了嗎？」

白氏道：「才到家。對了，有涼粉，妳要不要吃？」

青竹心想也有些餓了，便答應著。「好呀，多擱點醋，多擱點辣油。」

白氏笑說：「愛吃酸就好！妳坐著吧，我去給妳切一碗。」

青竹懶懶地出了房門，只見少東已經吃完涼粉，正閉目休息，青竹上前笑說：「大哥辛苦了。」

少東忙睜眼道：「不辛苦。只是不知為何，水面上竟然漂浮出幾條死魚。」

「昨晚我已經聽爹說起了，也不知是什麼原因，莫非是得了什麼病？還請大哥去別家魚塘問問看。」

「我已經去問過了，他們的情況和我們家差不多。看過兩天能不能有好轉吧。」

青竹暫時想不出應對的法子，也只好先看看了。

白氏給青竹端了碗涼粉進來，又提著水壺去添水。

青竹拿著筷子拌動幾下，碧綠的蔥花、芫荽、芝麻醬、辣椒油、豆豉醬、陳釀的米醋、濃香的醬油，種種味道撲面而來，青竹覺得有些食慾了，嚐了幾口，感覺還不錯。

少東便起身告辭，青竹也不理會。

這些日子青竹總不大愛吃東西，沒想到今天看上去倒還吃了不少，白氏進來見狀便笑道：「這就對了，總得吃點才行，不然也拖累了肚裡的孩子。晚上我再給妳燉隻雞吧！」

青竹連忙搖頭。「還是別燉了，想到油乎乎的就難受。」

白氏有些納悶，心想總得吃點好的補補身子，不能大人的身體先給拖垮了啊！最後在青竹的堅持下，每天能喝一碗魚湯，正好家裡出這個，也不缺；還能吃兩、三個核桃，再喝上兩碗稀粥。別的實在是提不起興致了。

白氏熱衷於給青竹燉各種湯品，青竹是聞著味兒就難受，哪還想再吃？只希望這早期反應快些過去就好，她被這個折磨得實在有些難受。

出現死魚的事一直持續了五、六天，每天都要浮上來三、四條，多時會有十來條，看著很是心疼，大些的也有七、八斤重左右了。

青竹說道：「要是制止不了，我看要不就將魚給捕撈了吧？賣了魚後，將魚塘清理出來，再好好地消毒一下。」

「但是這時候就捕撈的話，只怕會損失不少。」永柱想著入冬後再捕撈的話，也能多打個上百斤，現在就撈實在太不划算了。

「那麼就得找到解決的辦法，若是根治不了，只好處理掉，不然損失會更大。」

永柱點頭答道：「是這個道理。」

白氏這時出來和青竹商量。「明兒初一，妳和我去廟裡上香吧？」

青竹不大願意出門，搖頭道：「不了，一定又是人多嘈雜。再說那香火味又衝，還有鞭炮裡的火藥味，只怕會受不了。」

白氏本來想讓青竹跟著一道去，在送子觀音面前好好地拜拜，給項家求個孫子，見她這樣說便知道不成。她心裡嗔怪青竹嬌氣，卻不敢說出口。

等到少東回來，開飯的時候，青竹當著眾人的面提出自己的另一個想法。

「藕塘今年種了，我就不打算再種了。」

家裡皆是一驚，少東在這之前已聽翠枝提過，可當青竹再次說出來時也很驚訝。

永柱忙問：「幹得好好的，為何不種呢？」

青竹自有主張。「爹、大哥，你們也別笑話我，家裡種藕、養魚也幾年了，要說帶來多大的收益呢，就是這兩套房子，以及供了少南讀書考試，別的富裕好像也不多。再加上這兩年情況不大好，價格方面也不那麼具有優勢了，特別是黃鱔和泥鰍，那些酒樓裡做泥鰍的菜式少之又少，更別說普通人家食用了，有些人根本就瞧不上這些。所以，必須得尋條其他路子。」

少東聽完這番說法倒是頗為認同。「弟妹的話不無道理，只是別的路子怕也不好走。我本來說要開店的，可妳又擋著不讓。」

青竹含笑道：「大哥可能是誤會我的意思了，不是不讓大哥出去忙買賣，只是時機不大成熟罷了，家裡現在還不能缺了你。」

永柱說：「聽妳這麼分析，看來是有自己的想法了，說來我們聽聽，看可不可行？」

青竹這才道來。「若不種藕了，就餘下幾畝多的水田，種別的也不產，我想的是，要不去挖些土來填整一下，將水排乾，養成個天然的草場。」

「草場？」永柱父子倆皆是一臉的驚異。

「是呀，將那幾間簡易的棚子也再好好地修葺，然後我們買些毛驢來養，這個比起種藕應該要容易些吧？」

「養毛驢？」這次驚奇的換成白氏，她知道別的村子有人養過，不過都是一頭、兩頭的養，並不成規模。

永柱問道：「藕一年就能成熟，這養驢的話，成本不是更大嗎？要能賣錢的話，至少也得養一年半吧？」

青竹點頭道：「這個我也算過了，開始一年可能賺不了錢，但用上兩年應該就不成問題了。」

少東細細估量著，原來青竹說的兩年時間指的是這個！怪不得她說那番話時那麼有底氣，原來道理都在這裡。他忖度了好一陣子才開口道：「弟妹這個建議倒是不錯，不過要貿然停了藕塘只怕有些划不來。再說弟妹也清楚，我們家的藕塘和魚塘也有舅舅和二叔、小叔家參與的分兒，必須得說動他們三家，他們不一定會同意。」

「是呀，我愁的也是這個。要斷了這個，他們便少了分紅，估計是不答應的，且兩年的時間又太長了些。」

永柱插嘴道：「我倒認為不一定非要將藕塘給斷了，畢竟做了好幾年，也積攢了不少經驗，再怎麼說也是家裡的一項大收入。要想養驢的話，不如慢慢來，先買個三、五頭，有母驢的話會下小崽，漸漸地就成氣候了，不用這麼心急。」

青竹苦笑道：「爹說得很是，我的確是心急了點，要不就按爹說的辦吧。只是又要多幾項事做，要放養、割草，還得讓人專門看管。」

永柱和少東互換了個眼神後，少東道：「爹上年紀了，不能太勞累，弟妹現在也不方便，娘又要照顧家事，我看不如還是請個人吧？」

永柱點點頭。「也只好如此了。」

「聽二媳婦的語氣，好像是想大幹一場。妳還有些什麼想法，都說來我們聽聽吧。」白氏說道。

青竹看了白氏一眼，笑道：「大幹一場倒說不上，不過是想盡力多掙點田產，有個小小的莊園吧。一步步地走吧，不急的。」

「莊園？」

永柱和少東從來不敢想這樣的事，心想青竹雖然是個年輕女人，倒還有幾分魄力，竟一點也不輸男人。

「依弟妹的意思，兩年時間就夠建設了嗎？」

青竹笑道：「沒有具體實行過，只好琢磨著來，要是一切都順利的話，兩年應該會初具規模了。不過光我一頭熱不行，還得靠家裡的各位多多出力支持才行。」

剩下的三人面面相覷，心想青竹考慮得還真遠，只是夢想雖好，能不能實現還不知道。而且將來青竹若跟著少南去別地的話，這個攤子誰來接手呢？這可是個最大的難題。

經過幾家養魚人的磋商交流，終於將死魚這件事給控制下來了，大家總算是舒心了。

三、五日後，永柱和少東去各處打聽關於驢駒子的事，最後花了七兩多的銀子，抱回來五頭驢駒子、一頭成年母驢、一頭成年公驢。驢駒子雖然還小，但也需要精心的照料，因此少東四處打聽，最後雇了一個長工來家裡幫忙，主要就是幫忙照顧驢子和放養上百隻鵝群。

牆角種的金銀花也開始長出藤蔓，沿著搭的架子向上攀爬，再過段時間就能開花了。

一切都按著青竹的計劃慢慢地實現，她心想，收了稻穀後，看還能不能再置些田產，多點開發總比一項突出的強。

四月已經到來，估計少南那邊會試要放榜了吧？青竹天天在家掛念，夜裡睡不著覺時，她會蘸墨提筆，寫一封長長的信，裡面充滿了問候關切，以及一些家長裡短的瑣碎事情，雖然這封信可能無法到少南的手中，青竹不過是找個寄託而已。希望他在考場上能好好地發揮，不要禁受什麼波折和磨難，這一大家子都在等著他的好消息呢。

自從少南去京城以後，白氏天天是早晚兩炷香，她不識字，也不會誦經，不過唸幾句佛號，拜一下西方的諸位菩薩。遇著初一、十五時，便上廟裡去跟著拜一拜，就是沒出門也會持齋吃素，只希望能夠保佑兒子一切平安，能夠光宗耀祖。

白氏一直想鼓動青竹也跟著她一道學學佛經，好為肚裡的孩子積點功德，但青竹卻不願意。家裡的這些大小事已經夠讓她頭疼了，有那個閒工夫，她覺得自己還不如多睡一會兒。

第九十七章　噩耗

韓露坐在青竹房裡，手中做著針線，正和青竹閒聊。

青竹見她正納一雙鞋墊子，那圖案倒也別致，便說：「等妳做好後，將樣子借給我吧，我也描個樣子，以後也做雙穿穿。」

韓露笑道：「小事一樁。」

韓露十二歲就和章谷雨圓了房，做了正經夫妻，說來也三、四年了，跟前養了個小子，長得和谷雨就像同一個模子裡刻出來的。只是韓露也頭疼，因為太頑劣了，一點也不好管教，家裡人還十分寵他，完全養成一個小霸王，真不知哪天會不會惹出什麼事來。

「姊姊也辛苦，偏偏項家二哥又不在家，姊姊懷著孩子，夜裡連個說話的人也沒有。」

青竹苦笑了一下。「有什麼辦法呢，他有他的事要忙，總不能因為這個給拖累了吧？」

韓露讚許道：「到底是姊姊妳，要是換了我，還不知怎麼過呢！不過姊姊只須隱忍幾個月，等項二哥做了官，就能接姊姊團聚享福了。」

青竹搖頭道：「哪有妳說的那麼容易，這次和鄉試不一樣，可是全國範圍內的。再說強中自有強中手，他也算不得出色拔尖的，這完全要靠個人的運氣和人脈。說到人脈，他又沒有得意的、拿得出手的座師給他推薦找門路，更不認識那些達官顯貴，背景實在是太單薄了，要是運氣再背一些的話，該怎麼比呢？也比不過。」

韓露覺得青竹說得有道理，含笑道：「項二哥現在已經是轟動全村的大人物了，一定會成功的。對了，我聽嬸娘說你們家在找幫傭，我倒是有個人想推薦，不知姊姊看不看得上？」

青竹忙問：「是誰？」

韓露道：「是我娘家的小妹子，今年才十歲。年紀是小了些，可是人能幹，什麼活兒都能做，姊姊要是有這個想法，我就讓人帶話回去，將她領來給姊姊看看。」

青竹忖度，年紀太小了，一團孩子氣的也不好教導，再說她和韓露又是閨中好友，到時候只怕有些話不好說。但是礙著韓露的臉面，她不大好說出口。

韓露人也不笨，看出了幾分端倪，忙笑著說：「若姊姊用不上的話就算了。」

青竹只好道：「目前倒還好，但恐怕等到我生了以後便需要人照顧。再說還有他娘呢，多少也能幫些忙，不過若是農忙的話就短缺人手了。妳妹妹我記得見過兩次，個子小小的，要說幫工的話，怕幹不來吧？再說她還那麼小，在家多自在呀！年紀最小，活兒也輪不到她做。」

韓露明白青竹的意思了，倒也不責怪青竹。「她也淘氣，我娘又不喜歡她。姊姊既然這麼說，那就算了吧，當我沒說。」

青竹張了張嘴，想勸撫韓露幾句，卻找不到話來說，又怕韓露因為此事心裡不痛快，以前的那點情誼倒生分了。

哪知韓露卻絲毫不掛在心上，依舊和青竹說笑如常。

兩人在屋裡說了半天的話，韓露瞅著外面的光線有些暗了，才知道時候不早，便起身告辭。

青竹拉著她說：「沒什麼事就多來和我說說話吧。」

「好呀，姊姊吩咐一聲，我就立刻過來。還得去割草餵兔子呢，唉，說來還真想念以前和姊姊一道去放牛割草的時候，現在我自己孤零零的，覺得沒什麼意思，等到這幾隻養大賣了，也不打算再養了。」

這會兒白氏和明霞正在磨豆子，打算自己做豆腐吃，青竹送韓露出去後，在簷下站著看了一會兒。

明霞和白氏說：「昨天大姊夫來，娘給錢了吧？」

白氏道：「不給錢又能怎樣？他說要開磨坊，妳爹早就答應過要幫忙的。能幹點正經事，慢慢地家裡也能好過一點，妳大姊也不用吃那麼多苦。這孩子自從嫁到熊家以後倒很少回來，心裡一定還在怪罪我們當爹娘的。」

明霞直到現在也不明白為何大姊一定要嫁到熊家去，那個大姊夫看上去糟透了，哪裡都配不上她大姊，偏偏大姊還一句怨言也沒有，真是想不明白。

白氏看了眼青竹，和她道：「都四個月了，竟然一點也不顯，我看妳是太瘦弱了。想弄好些吃的給妳補補，偏偏妳又不吃，這麼下去可不行啊！話說這些豆漿煮好了，妳要不要喝些？」

青竹點頭道：「好呀！」心想沒有牛奶，豆漿也不錯，補充蛋白質和一定的鈣質也是有好處的。現在孕吐的狀況漸漸好了，只是胃口還是不大行，吃了藥也沒什麼效果。青竹現在也不大敢吃藥了，怕那些藥性對胎兒不利，所以儘量不讓自己生病，好好地保護自己。

明霞撇嘴道：「二嫂不願意吃，我可想吃，娘也給我做點好吃的吧！」

白氏輕斥了一句。「妳跟著瞎摻和什麼呢！」

青竹想，成天待在家裡也不是辦法，還是得出去走動一下鍛鍊身體，以後生產的時候也能容易些，畢竟這個時代沒有剖腹產手術，只能憑著產婦的努力生孩子，風險也大許多。

出了院門，青竹一眼望去，麥子收完後，田裡留著些麥茬，有正在耕地的農夫，還有小孩子們揹著背簍、撒著腳丫子，正在地裡撿麥穗，也不怕被扎到腳。山也綠了，不過半個月的時光就該開始車水插秧了吧？又要到農忙的時候了。今年她是無論如何也不能下地勞作了，其實在那些勞動力缺少的家庭裡，孕婦下地幹活的多得是，不過青竹不想冒這個險，只想著肚裡的寶貝平安無事。

從家裡出來後，她一直向淺溪灘走去。大片大片的藕塘裡已經冒出一片片翠綠的幼小葉片，長得好的，荷葉已經伸出了水面。魚塘裡有些鴨子正在戲水，堤岸上的垂柳成蔭。

永柱正坐在柳蔭處忙著手裡的活兒，用柳條編著農具。

青竹上前道：「這水邊蚊子不少，爹也不進屋去。」

永柱聞聲，回頭看了看青竹。「妳怎麼來了呢？」

「在家也無聊，想出來走走。」青竹說著，眼睛望向魚塘。死魚已經沒有再出現，總算能鬆口氣。「昨兒不是有人來請爹幫著犁田嗎？爹怎麼不去？」

「借牛罷了。犁田的事我也不大想幹了，將家裡照顧好就行，一頓飯的事也不想掙。」

「是呀，畢竟這幾天也有些熱了，爹該好好地歇著。」

翁媳倆拉些家長裡短時，豆豆和小靜婷從棚子裡出來了，那小靜婷竟騎在一頭毛驢上。

青竹一驚，忙道：「妳那麼小，哪裡會騎？快下來，別摔著了！」

豆豆笑道：「她一點也不害怕，拉著我硬要騎呢！」

永柱道：「都是淘氣的孩子，這靜婷和明霞一樣的脾性，都不好管。妳先下來，等到上了籠頭、牽了韁繩再騎吧，倘若真的摔到哪裡，可不是鬧著玩的。」

靜婷才聽不進去，只顧著自己高興。

豆豆忙道：「阿公，快去阻止妹妹吧，我可沒辦法了！」

永柱大步上前想要捉住那頭驢，靜婷卻不肯，忙吆喝著，要讓毛驢往別處去。

青竹在一旁看得有些無奈。

豆豆嘆息道：「看來娘當真生錯了，這不是妹妹，應該是個弟弟。」

青竹笑道：「她雖然淘氣了些，但好在有妳這個懂事的姊姊。對了，我教妳的口訣會背了嗎？」

豆豆點頭道：「很容易的，我已經背得差不多了。」

青竹教給豆豆乘法口訣，又教了她如何打算盤，如今簡單的帳已經會做了。豆豆很聰慧，不管是什麼一點就懂，青竹心想，只要好好地培養，一定也是個人才，以後要是自己管不了了，還能讓豆豆幫著做些。只是豆豆年紀還太小了些，她並不敢十分依賴。

青竹欣慰道：「這樣很好，吃了晚飯後過來，我再教妳一些別的東西。」

豆豆立刻笑逐顏開。「好呀，跟著二嬸能學許多本事呢！我娘常誇二嬸能幹，我也想成為二嬸這樣厲害的人！」

青竹笑著揉了揉豆豆的鼻子，心想若是她以後也能養一個像豆豆這麼可愛的女兒就好了，便問她。「豆豆說我肚裡是個什麼呢？」

豆豆想也不想便道：「肯定是個弟弟！」

「何以見得？為什麼就不能是妹妹呢？」

豆豆道：「已經有了個頭疼的妹妹了，還是弟弟好。」她實在是個懂事的人，只當二嬸和娘一樣，一心想要生個兒子，若是說女兒的話，怕惹二嬸不高興。

這兩人正高興地說話時，白氏突然走來。

「青竹，妳趕快回去收拾東西吧！」

青竹有些詫異，忙回頭問道：「幹麼呢？」

白氏停頓了一下才又道：「聽說妳娘快不行了，妳趕快回去看看。」

青竹當場就石化了，呆怔了好半天，嘴唇微微顫抖著，不知自己要說什麼話，好像都堵在嗓子眼，什麼聲音也發不出來。

白氏瞅著青竹失魂落魄的樣子，有些不放心，便和豆豆說：「妳陪妳二嬸回夏家吧，可千萬不能出什麼事。」

豆豆頷首答應。

白氏心想，怎麼這麼快？青竹還有著身孕，這突如其來的打擊會不會影響到胎兒？

青竹恍恍惚惚地回到家，卻忘了要幹什麼，就呆怔地坐在那裡。

豆豆忙上前和她道：「二嬸，我們收拾一下東西快走吧，不然只怕趕不上什麼車了。我去和娘說一聲就來。」

青竹迷糊地看了豆豆一眼，這才有些清醒，想到了白氏剛才和她說的那些話，不禁喃喃道：「已經到這個田地了嗎？為何……」青竹倒吸了一口氣，接著眼淚便滾落下來。她隨手帶了件衣裳，攏了攏頭髮，裝了錢。

見豆豆也過來了，青竹疑惑地問她。「妳要和我一道嗎？」

豆豆道：「是阿婆交代的。走吧，二嬸。」

青竹依舊有些恍惚，跟著豆豆出了門，後來好不容易找到了一輛順路的車。

車上兩人都無話，青竹已經陷入了沈默和對往事的追憶中；豆豆雖然還不滿十歲，不過已經很懂事了，也不敢貿然開口，她不免想起她姥姥去世、和母親一道奔喪的事來，兩番情形還真有些相像。

好不容易趕到南溪村，青竹不管不顧地先跳下了車，嚇得豆豆在後面喊「二嬸，慢些」。

奔至夏家，靜悄悄的一片。籬笆門虛掩著，那一樹樹的茂密木槿已經是翠綠的一片，過不多久就會綻放出碩大豔麗的花朵來。當青竹想到母親很有可能再也看不見這些時，只覺得心臟一陣陣的揪緊。

她站在院子裡，堂屋的門大大地開著，心想難道就再也見不了面、再也說不上話了嗎？然而心裡雖然著急，腳下卻邁不動步子，本能地，她不願意接受眼前的事實，想要迴避即將看見的情景。

好一陣子後，青蘭從裡屋走出來，赫然見她二姊站在院子裡，雖然有些詫異，可立即就走上前和青竹說：「二姊來了？快來看看娘吧！」

青竹嘴唇顫抖著，努力地問了句。「已經不能……」

青蘭搖搖頭，眼圈紅紅的。

青竹便緩緩地向那間屋子走去。

豆豆心想，這時候還是別去跟前打擾的好，因此只留在院子裡。

青蘭看見她，問道：「妳就是項家的，叫……」想了一下子才說：「叫豆豆是不是？」

豆豆卻一本正經地說：「我有正兒八經的名字，叫項靜姝，是二叔給取的名字，據說是取自於《詩經》『靜女其姝』的句子。」

青蘭哪裡知道什麼《詩經》？再說此刻也沒什麼心情，母親已在彌留之際，這個打擊讓她有些無法承受。

豆豆說完話，見青蘭一臉凝重，臉上帶著悲戚，還有淚痕，心想莫非她說錯了話嗎？便也不再開口了。

過了一會兒，謝通和夏成扶了棺木回來，已經來不及上漆，先放在院子裡。

青梅這會兒去錢家給姑姑報凶信去了。

其實這時候的蔡氏還未斷氣，不過意識已經不大清楚。

青竹在跟前喚了好幾聲「母親」，蔡氏只眼皮動了動，尚還有一口氣在胸前，身子也還是溫熱的。

青竹想起上次來家的時候，因為青蘭的事和母親鬧了彆扭，她還沒來得及道歉呢，莫非連這個機會也不再有了嗎？熱淚奪眶而出，怎麼擦也擦不乾，青竹拉了蔡氏的手，哽咽地道：「娘，對不起！我錯了，妳原諒我吧……」

蔡氏的手指微微地動了動，她已陷入彌留之際，什麼話也說不出來，尚有意識想要將跟前這隻握著她的手給抓緊，卻彷彿再也使不出力氣來。

這裡謝通和夏成也走了進來，青竹抬眼看了下他們，依舊坐在床沿未動。

夏成上前探了下母親的鼻息，已經幾乎感覺不到了。真的走了嗎？他眼裡紅紅的，卻始終沒有落下眼淚。

屋裡誰也沒說一句話，沈寂得令人害怕。

青蘭走進來，見屋裡三人相顧無言。

謝通哽咽著和青蘭道：「三妹，妳快把娘要穿的衣裳找出來，趁著身子還熱，得趕快。」

青蘭抹著眼淚道：「大姊還沒回來，再說我也不知放在哪裡。」

夏成紅著眼吼了青蘭一句。「那妳不會去找找看呀！」

夏成這一嗓子，讓其餘的三人都是一愣。

青蘭知道是因為母親的事讓成哥兒受了不小的打擊，也不說什麼，便去找穿戴的衣物。

青竹依舊坐在床沿，蔡氏的手緊緊地纏著青竹的，青竹想要收回來也不能。

夏成拉了拉青竹，勸解道：「二姊請節哀，這也是沒辦法的事，就讓娘安心地走吧。」

青竹哽咽道：「我什麼都還沒來得及說呢，怎麼就……」話未說完，又抽泣了起來。

夏成又道：「二姊請多保重，妳現在是兩重身子的人。大姊走之前千萬交代了我，不能讓二姊傷著了身子。」

青竹這才將手抽了回來，再去看時，蔡氏的瞳孔也渙散了，臉上再無一點血色。

夏成將母親的眼皮撫上，將枕前的一塊手巾拿來給蔡氏蓋在臉上。

青竹忙去燒水，準備給蔡氏擦拭身子。

等到青梅回來時，已經再也不能和母親說上一句話，登時哭倒在地。

謝通忙去拉她。「先別忙著哭，事情還多著，妳和兩個妹妹先幫著給娘擦洗身子，將衣服給穿好，要是身子僵了只怕……」

青梅抹著眼淚點頭道：「我知道。」

這裡夏成去點了一掛鞭炮。

青梅說青竹肚裡懷著孩子，不讓她接近，害怕不祥的東西過到孩子身上。

謝通和夏成兩人合力將蔡氏抬出來，放在一張蓆子上。

青竹只呆呆地跪在那裡幫忙燒香點蠟，焚著紙錢。

忍著悲痛，好不容易給蔡氏穿戴整齊了，裡面是白棉布的單衫，又穿了兩件寶藍色的襖兒，翠藍的棉裙，白布圓口鞋子；頭髮也梳好了，鬆鬆地綰了個髻；蔡氏昔日不常戴的一對銀手鐲也給戴上了。最後將她抬進棺材裡，蓋上兩幅被子。那模樣很平靜安詳，和睡著了沒兩樣，只是再也叫不醒她了。

青梅顧不上悲痛，幫著入殮了，又忙和青蘭去通知蔡家、謝家等幾家有來往的親戚。

這裡夏成趕著寫了牌位，供了靈牌。

不多時，錢姑父和夏氏並錢旺一道來了。

夏氏見諸事齊備，也沒什麼好說的，恭恭敬敬地拈香與錢豐祭拜了一回，不免落了幾點眼淚，哭訴道：「妳也是個苦命的人，壽字上缺一點兒。剩下一雙兒女也還沒成器，怎麼就走了？但求來世投個好人家，享享福吧！」

夏氏的一番話惹得屋裡人都落下淚來。

青竹也不知跪了多久，最後還是夏氏來拉她。

「妳也是個忒傻氣的孩子，快去坐著歇歇吧，倘若動了胎氣如何是好？」

青竹哽咽道：「我沒事的，姑姑……」

第九十八章 入土為安

等到青梅稍微有時間坐下來休息時，已經是深夜了。

青竹見她一副疲憊的樣子，雙眼裡全是血絲，目光呆滯，不禁有些心酸。

「二妹還不睡嗎？妳和我們不同，不能這樣苦熬著。」

青竹回道：「睡也睡不著。大姊明天還要各處跑吧？」

青梅點點頭。「還有幾家沒有通知到。」

青竹又問：「選好地了沒？」

「就是爹的旁邊，妳也知道，是娘自己的意思。」

青竹便回憶起那一幕來，那時蔡氏弓著身子給夏臨的墳堆上壘土，如今想來更是酸澀。

「娘怎麼走得這麼快？到底是怎麼發病的？為何就……」青竹喉頭一緊，後面的字句不知該如何說。

青梅揉了揉眼，嘆息道：「從發病到走，也不過才一天的時間。昨天晚飯前都還好好的，後來睡到半夜突然喊心口疼得厲害。青蘭在跟前作伴，聽說娘口裡還一直喊著爹的名字。好不容易熬到天亮，娘連話都不大會說了，妳姊夫趕著去請了大夫來看，大夫說怕過不了這一關，我心裡又急又怕，這才讓人給妳捎話，讓妳趕回來。」

「是嗎？」青竹垂下頭來，心想這是死於心臟病吧？所以走得快。

青梅又流著眼淚說：「昨日下午娘還和我說起三妹的事來，說要選個好日子給定下來，哪知……」話未說完，已經哽咽不能語。

青竹這才想到青蘭和夏成都還沒成家，特別是夏成，還想著以後也和少南一樣走科舉闖仕途，沒了母親做依靠，以後的路該怎麼走？幸好還有青梅這個大姊能幫著照顧這個家。

這時謝通進來和青梅商量事情，青梅擔心青竹，又催促著她快去睡覺。

青竹沒法，也不好打擾他們夫妻說話，只得暫時去小睡一下。

回房就見豆豆還等著她，正坐在床上，連衣服都還沒脫。青竹和她說：「明天早飯後妳就先回去吧。」

豆豆說了句好。

青竹又道：「妳回去告訴妳阿婆，就說我要在這邊多耽擱幾天才能回去，再讓她過來一趟，準備些銀子送來急用。」

豆豆都記下了。

青竹脫了外衣，吹滅了油燈，躺在靠外的位置，準備休息一下。明明想要睡覺，可是腦中卻浮現出無數個往日的情景來，那一幕幕再也回不去了。雖然和蔡氏相處的日子不多，可畢竟連著母女血脈，思及往日種種，心裡越發難受，忍不住將被子拉過頭頂，躲在被窩裡小聲地啜泣著……

睡了還不到兩個更次，青竹覺得頭疼欲裂，可這也是沒法子的事，必須得強撐著身子幫忙料理家事。她和肚裡的孩子念叨道：「寶貝對不起，當娘的必須打起精神來，沒有多餘的時間休養。請你一定要支撐著娘，不能就這麼垮了。」

她走到這邊的堂屋裡，供著的香燭已經燃得差不多了，青梅正靠在謝通的身上睡著，棺木旁點的長明燈好在還很明亮。

青竹趕著重新供了香燭，又跪拜了一回，這時外面已經有些朦朦亮了。昨晚夏氏也沒回去，青竹聽見了她的咳嗽聲，想來也醒了吧？

青蘭已經在灶下忙著燒火做飯，夏成則正給養的那些雞拌著吃食。

青竹便去幫青蘭的忙，熬了一大鍋粥，備了些簡單的菜，待一大家子用完飯後，又得分別去忙碌。

謝通得去請陰陽先生來看風水，請道士來算算安葬的日子，還得去請人幫忙破土挖墓。用了早飯後，豆豆便回項家那邊去了。

夏氏帶著青蘭和青竹，用麻繩縫著白帕，準備戴孝時所用。

漸漸的，親友們來弔唁的人多了起來，要忙著供茶備飯，家裡這幾個人顯得有些忙不過來，好在蔡氏生前的好友崔氏等幾個婆子主動提出要來幫忙，稍微減輕了些。

午飯前，陰陽先生來了，謝通和夏成帶著他去看了地。

陰陽先生撚鬚說：「此處算是個中平之地，好的地兒別人已先給占了。要下葬的話也沒什麼不好的地方，不過後代子孫只怕大富大貴難。」

夏成聽了這話，心裡有些不適，又問謝通怎麼辦？要不要擇別的地兒？

謝通道：「再去找的話只怕更費事，再說娘自己願意在此處，爹的墓地也在這裡，也能有個伴兒。」

夏成也只好默許了。

兩人又商議了回要請哪些人來幫忙，算了下開銷。

這些年夏家又是養雞，又是養蚯蚓，還種著幾畝薄地，雖然也有些產業，但畢竟要供一大家子吃喝，存下的錢有限。當初夏家就是因為要安葬夏臨而瀕臨家破，如今遇上了蔡氏這等大事，要開銷的地方必定不少，又不好辦得太差強人意，畢竟整個南溪村的人都在看著，所以不得不精打細算著，處處都得考量。

午後白氏才過來，先到靈前上了香，奠了酒，瞻仰了下蔡氏的遺容。雖然以前白氏根本就看不起夏家，也看不起蔡氏，不過今天此番情形卻多少讓她有些感觸，不免想到自己的身後事來，心想過不了多少年，也會和蔡氏一樣，孤零零地躺在那個小小的盒子裡，再也看不見這世上的繁華了。

青蘭在跟前和白氏說：「項嬸娘請這邊休息吧。」

白氏便問：「妳二姊呢？」

青蘭道：「二姊去借東西了，項嬸娘請等等吧。」又忙著給白氏倒了茶。

白氏接過來試著水溫，並不算燙，便大口地飲了幾口。她匆匆地趕過來，也有些乏了，一會兒見到了青竹，交代幾句話後，還得再趕回去。

過了不到半炷香的時間，青竹便回來了，走到這邊屋裡一瞧，果見白氏正坐在椅子上。

白氏瞥了一眼青竹，只見她渾身掛孝，不禁微微皺了眉，接著二話不說就從懷裡掏出一塊捲著的手帕，遞給了青竹。「喏，這是妳讓我帶的錢。」

青竹展開一看，有兩塊銀子，三、四串錢，總共也不足十兩的樣子。她心裡雖然不痛快，不過卻沒抱怨什麼，將錢收了，對白氏道：「娘吃了飯沒？」

「我吃了才來的。」她說著又盯了眼青竹的小腹，和她道：「我說妳也多多地愛惜自個兒吧，出了這樣的事誰都沒有法子，要是妳娘老子還活著的話，也絕對不會讓妳勞累的。妳現在是兩重身子的人，懷著我們項家的孫子，別忘了以前那件事，要是有個好歹，我才有話來問妳。」

青竹的不痛快在聽完白氏這一席話後，又增添了幾分，當場就板著臉道：「她活著的時候我沒能在跟前盡多少孝，難道她死了我也不能盡點哀？要是看不慣就請回去吧。」

白氏咬咬牙，起身道：「妳也用不著趕我，這就走了！妳也好自為之。」

青竹不去看白氏，也不去相送，心裡想著，這點錢夠做些什麼呢？

青梅正要進來和白氏道謝的，哪知卻並沒見到她，便問道：「二妹，妳婆母呢？」

「她回去了。」

「這麼快就走？」

青竹懶得理會，又將手帕裡的錢拿出來，全部給了青梅。「大姊，我暫時只能幫這麼多，要是還不夠，我再想別的法子。」

青梅接過去，覺得沈甸甸的。她沒理由推辭，眼下正是用錢的時候，遂拍拍青竹的肩膀。「妳也別太難過，我讓青蘭給妳燉了點銀耳紅棗湯，妳多少喝點，好好地睡一下吧。」

青竹忙說不用了。

「這兩樣都是娘留下來的，本來說要給妳送去的，結果卻……妳看看自己，眼圈都黑了，眼裡也都是血絲。太累了實在不好，多少喝一點。」

青竹這才答應下來，又和青梅說：「大姊也得抽空休息才是，今晚別再熬了吧。」

青梅道：「小平安還小，我不在跟前他睡不踏實，又怕他睡到半夜找我，所以今晚我讓成哥兒守夜，妳放心吧。」

青竹點點頭。

這裡姊妹倆正說著時，突然聽見夏成在外面喊——

「大姊，妳出來一下，胡大哥來了！」

青梅一愣，心想哪個胡家？

青竹卻透過窗戶看見了，回頭說道：「大姊，他們家來弔唁的，我們禮數不能少。」

「嗯。」青梅提著衣裙便走了出去。

青竹跟在身後。

等青梅出來時，就見胡阿大跨進了門檻，兩人打了個照面，青梅卻一臉的平靜。這些年了，她已能完全平靜地面對這個人。因為同是一個村裡，胡阿大過來弔唁也說得過去。

只見胡阿大恭恭敬敬地上了香，又回頭來看了眼青梅姊妹倆，向她們施了禮。

青梅和青竹連忙回了禮。

胡阿大什麼話也沒說，就又出去了。

胡阿大來弔唁這事，連個小插曲都算不上。

這裡謝通又和他們商議著。「要不要請兩個和尚來唸經超渡？」

青梅道：「那得花多少錢？我看還是算了吧。」

夏成也說：「家裡能寫字的人都來幫著抄寫幾卷經文焚了，想來也一樣。」

青梅點點頭。「這倒是個主意。我們家能寫字的就你和二妹，只是你成天忙這忙那的，怕也抄不了多少。」

夏成說道：「我儘量抽空寫，二姊應該也沒什麼問題吧？」

青竹點頭道：「我沒問題。」

謝通又說：「日子選了十九，還有七天左右。明天得動土，我和小舅子已經商量好了，請四個人幫忙挖，可能要兩天才能做完，每人給五錢銀子。還有到時幫忙抬的人，一共八人，也是每人五錢。另外還有酒水及簡單的宴席，還沒算出來大概有多少桌，不過看這兩日來弔唁的，怕是只有多，不會少的。」

青梅想了想。「我看先計劃個十五桌吧。白事的酒宴本來就簡單，花費不了太多，滿算著一桌二兩的花銷吧。」

青竹插嘴道：「我讓人帶句話回去，給送些魚過來。」

青梅道：「這敢情好，又是一筆。只是錢方面，只有等到這裡的事都完畢了才能算。」

青竹回道：「大姊這話說得太見外了吧，哪裡還要什麼錢？大姊好好地給算一算，若是錢方面不夠的話，也好早些想法子。」

謝通又道：「對了，張木匠那裡的錢也還沒給。」

青梅說：「他今天來過，我也和他說過了，緩幾天再算帳，他滿口答應下來了，這裡倒好說話。娘這一輩子實在是太辛苦了，爹早早的就走了，她要撫養我們幾個，也沒享過什麼福，偏偏連壽數上也是如此，所以一切都要辦得妥貼些，這是我們能盡的最後一點孝心了。」青梅說著，自己又控制不住地落下眼淚。

青竹和青蘭聞言，也跟著抹眼淚。

夏成長嘆一聲，面無表情，一聲不吭地走了出去。

其他人都知道他心裡難過，只是此刻也沒人來安慰他。

到了第三日，事情更加多起來。

青梅和青蘭每日忙著答謝來弔唁的人，供茶陪坐；青竹躲在夏成的屋裡，開始抄寫經卷。

墳塋那邊的事，謝通和夏成輪流去看望，諸事都有條不紊地進行著。

又去山上砍了松柏之類的挑回來放著備用；又請了人幫忙給蔡氏編箱籠等在陰間用的家什，這些東西在蔡氏下葬那天都要焚化掉。

白日東奔西走的沒一刻閒暇，晚上伴靈時，除了抄寫經卷，夏成也寫了篇聲淚俱下的祭文，以示哀思。

陰陽先生給算了燒七的日子，轉眼間就到了燒頭七的時候。糊了大白燈籠掛在簷下，供了飯菜，祭了香燭。據說這是死者魂魄回家的日子，到子時伴靈的人就得回去睡覺，不然亡魂見了親友留念，會耽誤投胎轉世。

這些話都是夏氏告訴青梅他們的，青竹坐在那裡聽得一愣一愣的。關於這些風俗她並不瞭解，只是覺得有些害怕，青蘭又主動提出要和青竹擠一塊兒睡。

本來青竹也沒覺得什麼，可是被周圍的人給弄得神秘兮兮，又很是靈異的樣子，不免也有些膽怯。不管青竹平日多麼冷靜、堅毅、勇敢，說到底她也只是個有些膽小害怕的女孩子，對這些靈異傳說自然會感到恐懼，雖然已經將被子拉過頭頂，面朝裡躺著，可似乎還能聽見自己的心跳聲，怎麼也睡不好。

青竹一直在幫忙抄寫《往生咒》，如今已經抄寫了幾十遍，心想若真有來世的話，倒真心希望母親能生長在一戶好人家裡。

到十八這天午後，請來幫忙作法事的道士帶著幾個道童便登門了。聽說這也不是正經修練的道士，而是民間幾個懂點這些習俗的普通人充任的，哪家有白事都會請去幫忙料理，也掙點家裡開銷的錢，同行的一般都是自己家裡人。

王道士看了黑書後，說道：「夏門蔡氏亡於酉年，鼠月申時，虛歲四十。已投胎到青州一江姓賣油小販家為女。」

青竹聽得一愣一愣的，心想這些道士真是能忽悠人，這個也能算出來嗎？

下午過半，就開始進行法事了，孝子、孝女、孝孫們圍了一圈跪在棺木旁，伴著那一聲聲的鼓聲、鐃鈸及道士口中那些稀奇的唸詞，跟著一道舉哀行禮，一道灑淚。

跪拜磕頭，圍著轉圈，甚至去拜祭一路的地藏廟、取井水等等，用了晚飯後，又接著鬧到了深夜。青竹有些承受不過來，不過心想也就這麼一晚，再怎麼也要咬牙堅持。

鄉村鄰里的也有許多人跑來看熱鬧，鬧哄哄的一片。

最後一夜，謝通與夏成一道伴靈，只等到明早吉時就可以出殯了。

熬了這麼多日，謝通也有些受不住了，看了眼棺木下面的那盞長明燈，燈芯還長著，燈油也足夠。

夏成拿著一根鐵鉤，正在撥那盆裡沒有燃盡的紙錢灰。眼睛生澀得不得了，被這煙火一燻，幾乎又要掉下淚來，忙抬起手，就著衣袖擦了擦眼。

「這幾日還真是辛苦你了，從來沒有這麼熬過吧？」

夏成回頭看了眼謝通，目光又落到緩緩點著的紙錢上，忽而幽幽說道：「在我還不記事的時候，爹就沒了，正打算要好好地奮發一回，讓娘享享福時，哪知娘又離我而去了。難道我的命格就是如此嗎？於親情上不能享受半點？」

「年紀小小的，說這些幹麼？不是還有我們嗎？你放心，我和你大姊商議過，一定會將你供起來的，你不要有什麼後顧之憂。」

聽著姊夫的鼓勵，夏成卻想著：是嗎？可沒了爹娘，就靠著姊姊們又能靠到幾時？要是娘再多活幾年該多好，怎麼偏偏此時就走了呢？

第二日不過才卯時，一家子就已經出動了。簡單地洗了臉、梳了頭，包了白帕準備送殯。幫忙來抬棺木的人也到齊了，直到吉時，王道士唱過了詞，隨著鞭炮聲，棺木便抬出了堂屋。

青梅等兒女們都跟了上去，就連小吉祥和小平安也要去送葬。

夏成披麻戴孝，捧了靈位走在最前面。

一路吹打著，緩緩地向墓地而去。

此時天還未亮，要不是有人打著火把，根本就看不見路。

青竹走在隊伍裡，手裡提了袋紙錢，一路撒著。由於天黑看不大清楚路，差點一腳踩空扭著腳，好在有人及時扶了她一把。

這一路不好走，又有些遠，但因為人多，那些村戶的狗們聽見這一路的響動也早就叫開了，甚至還說得上有些熱鬧。

好不容易到了墓地，青竹走得竟然有些氣喘，不免扶了一棵樹，平息了下。

接著又跟著王道士折騰了一回，這才放他們回家去。

下棺木、蓋土之類的事不需要家屬參與，也不要家眷們見到。

回去得走別的路，否則就意味不吉利。

家裡這邊也有不少幫忙的人，並沒出什麼亂子。

重新洗了臉、梳了頭，據說也是洗掉晦氣和霉運。

青竹依舊覺得頭暈，便去了裡屋休息。靠著椅背閉了眼，不一會兒卻突然聽見有人在跟前和她說話——

「二丫頭，妳好生保重，娘這輩子不欠妳了，照顧好妳妹妹和妳弟弟……」

青竹雖然在半夢半醒間，可也清楚地意識到蔡氏已經死了，怎麼會突然跑來和她說這些？從夢裡驚醒，額上全是汗，心臟也跳得更快了，青竹心想：娘，妳有什麼放心不下的呢？有大姊、有我，不管怎樣也會支撐起這個家的。

這時青梅走了進來。「正好妳還在這裡，我有話要和妳說。」

青竹疲憊地看了她一眼，問道：「什麼事呀？」

「妳後天再回去吧？明天要結各處的工錢，還得麻煩妳幫忙算一算。」

「這點事成哥兒也能做吧？來了這幾日，我也掛念那邊，還想著午後就回去呢。」

「那怎麼行？娘的一堆東西還要分一分，也有妳的分，難道妳都不要了？」

青竹低頭想，蔡氏還能留下什麼東西？她也不需要。不過既然青梅開了口，也不好立即回絕，而且忙完了明天，基本上就沒什麼事了，便答應了下來。

青梅微微一笑，給青竹揉揉肩。「真難為妳了，熬了這麼久，以後小外甥出世了，千萬不要怪罪我才好。」

「他要怪罪妳什麼？」

青梅笑道：「當然是辛勞了他娘親呀！」

第九十九章　安胎

簡單的謝親酒席擺了十七桌，比計劃的還多了兩桌。

又要去一一地退還借的那些東西、給各處結算工錢，因此又忙碌了一天多的時間。

青梅和夏成將蔡氏房裡的那些箱籠全部都搬了出來，又清理出來蔡氏不大穿的衣裳，裡面有兩件衣裳，猜想蔡氏年輕時應該穿過，只是自從做了寡婦以後，這些都不曾上過身了。一件松花綠滾藍邊的棉襖，青梅自己留下了；一條杏紅的棉布裙子，竟然還有七、八成新的樣子，在兒女們的記憶裡從來沒見蔡氏穿過，青梅將這條裙子給了青蘭；給了青竹一件梅紅的繡綠色寶相花斜襟立領窄袖衫子，那衫子幾乎沒怎麼穿過。

青竹拿著這件衣裳，有些無奈。這樣的花色款式，她現在怎麼穿得出去？算了，就當留個念想好了，畢竟這些是蔡氏的遺物。

早些年夏臨還有幾件衣裳，據說是當年夏家祖上從府裡帶出來的衣物，也有不錯的料子，謝通和夏成分了去；青梅又留了件褂子給青竹，說是給少南穿。

最後又清理出十幾串錢來，青蘭數了數，一共有三千七百二十一文，幾個兒女平分了。蔡氏留下的遺物有限，兒女們分派這些倒還能一團和氣，想想這要是在那大戶人家，為了爭奪遺產，指不定要鬧出什麼事來。

忙完了這邊的事，青竹想，她也該回項家了。這幾日身子都感覺不大舒服，看來得去找郝大夫瞧瞧，好好地休養一下。

她出了房門，見夏成站在籬笆牆邊發呆。這幾日姊弟倆沒說上幾句話，青竹便上前道：「成哥兒，這些日子你也累了，好好地休息一下吧。」

夏成回頭和青竹對立著，問道：「二姊，二姊夫他會試已經放榜了吧？」

「或許吧，只要不出什麼意外，應該有結果了。只是我現在和他聯絡不上，也不知他考得如何，聽天由命吧。」

「二姊夫天分好，一定能成的。」

青竹也鼓勵著夏成。「你只要奮發努力也行的。」

夏成卻垂下頭來，盯著地面道：「二姊，妳還不知道嗎？因為娘這事，只怕這三年裡我也不能參加任何考試了，還說什麼未來？連童子試也不能考了。」

青竹先是有些詫異，後來才明白過來古代有丁憂這個規矩。夏成是孝子，得服三年孝，服未滿的話，是不能參加科考的。

青竹安慰著夏成。「這有什麼？你別忘記努力就行，兩、三年的時間過得很快的。」

夏成點點頭，但心裡卻想著：娘，姑姑總說妳命不好，剋死了爹，可妳就是死了也要耽擱兒子的前程嗎？過兩、三年後，誰又知道會怎麼樣？現在正是時候，我還要去參加縣試、府試，要通過童子試，要超過爹，要以二姊夫為奮鬥的目標，要讓所有人都看看，夏家沒有絕戶，也有壯立門楣的人啊！可是就在這關鍵的時刻，娘，妳為何要耽擱我呀？

從夏家離開後，青竹徑直去了鎮上的醫館，向郝大夫說明了下自己的情況。

郝大夫給青竹診了脈後，微微搖頭說：「不保養是不行了，妳的身子本來就有些氣虛血弱，如今雖然已經過了三個月，可還是得要小心。」

青竹道：「我知道了。」

「有了身子的人，怎麼還這麼不小心呢？」

青竹苦笑道：「我能有什麼法子？畢竟母親去世了。」

郝大夫這才注意到青竹一身的白衣白裙，鬢邊還有一朵白色的小絨花，便也沒說什麼，給青竹開了兩劑安胎凝神的藥，又囑咐她吃完藥再來看看。

青竹答應了。

「對了，妳種的藥長得如何了？那金銀花也快開花了吧？記得摘了賣些給我，我給妳算好價錢。」

「幾天沒回去了，不過家裡人會照顧得好好的。大夫放心，一定會賣給你的。」

郝大夫撥了回算盤，青竹連忙要付錢，可一掏自己的荷包，發現竟然只有幾個銅板了，怎麼也湊不夠藥錢，因此有些歉疚地笑了笑。「真對不住，郝大夫，今天怕是只能先欠著了，我回去後讓我家大哥幫忙送來。」

郝大夫也淡然地笑了笑。「這有什麼關係？什麼時候拿來都一樣。」

好不容易回到了項家，青竹覺得又乏又熱，才不過初夏，怎麼天氣就熱起來了？真想痛快地洗個澡，好好地吃兩碗飯，接著大睡一覺。

青竹見堂屋的門虛掩著，推開便進去了，又聽見白氏房裡傳來說話聲，好像是明春回來了。青竹想，明春回來了，總不可能連句招呼也不去打吧？便放下手中的藥，走到白氏的房門前，說道：「娘，我回來了。」

白氏正和明春說著話，突然聽見青竹這一句，忙抬頭答應著。「喲，回來了？」又忙站起身來笑問著。「趕車回來的吧？一路上可還安好？」

白氏問一句，青竹便答一句。

白氏又問：「餓了吧？我去給妳弄飯菜。」

「是有些餓了，也想洗個澡，還請娘幫我燒一桶水。」

白氏答應著，這便去忙碌了。

青竹看了眼明春，也不知和她說什麼好，轉身便回自己屋裡去了。

明春坐在那裡，覺得左右有些不是滋味，心裡煩悶得緊，徒生了許多怨念。懷孕就了不起嗎？憑什麼一家子都得圍著妳轉？妳要吃東西幹麼不自己去弄啊？

青竹在房裡清理自己帶回來的那些東西，從衣服裡翻出兩串錢來，頓時暗叫不好，拍了拍腦袋。「真是個糊塗人，怎麼忘了還有一筆錢是放在這裡的。」

這是蔡氏的遺物，青竹現在見了這些也只有睹物思人罷了，再也見不著蔡氏了。她是夏青竹的生母，雖然沒有撫養自己多少年，可畢竟也是個慈愛溫和的母親，又受了那麼多的苦痛和磨難，這輩子過得真是一點也不如意。青竹想到這裡，又想到自己也即將做母親了，便有些忍不住，眼淚迅速地湧出了眼眶。真是的，好好的幹麼又掉眼淚呢？這些日子以來哭得好像太多了些。青竹揉紅了眼，又趴在桌上，望著這一堆東西發怔。

這裡白氏繫了圍裙，正準備給青竹做一碗紅糖燉雞蛋，只生了小爐子，瓦罐裡咕嘟咕嘟地燒著水。

「娘！」

「欸，什麼事？」白氏一看，只見是明春站在門口。

「她要吃讓她自己來弄唄，幹麼非要妳做這些啊！」

「妳這是說什麼氣話呢？她娘親剛死了，又勞累了那麼多天，讓她好好地休息一下吧！再說肚裡不是還有我們項家的孫子嗎？我這是給孫子做東西吃。」

明春撇撇嘴，有些嗔怪母親偏心。

「對了，那個叫小滿的小子怎樣？」

「淘氣得緊，我也管教不了，索性不再過問他的事了，反正不是有他老爹和他姑姑嗎？我和他又不是什麼血親，也輪不著我。」

白氏想著，話不能這麼說，雖然是後娘，可也畢竟是娘，那小滿長大之後是要給明春養老送終的。「妳也真是的，這男娃像他這麼大，正是反叛的時候，妳當娘的該管就得管，哪能不聞不問呢？後娘也是娘，管教他是天經地義的。妳想想少東、少南小時候我是怎麼管的？什麼打罵都有過，得硬下心腸來。」

明春垂眉道：「他哪會聽我的話？只當是耳旁風。再說他們熊家的事我也不想插手。」

白氏心想，女兒如今都嫁到熊家去了，怎麼還說這麼沒志氣的話呢？不免有些生氣。

「妳也是個要強的人，怎麼說這麼沒志氣的話？他們家又沒二老，什麼事不得你們兩口子商量著來？要想把日子過好，就得齊心協力。妳是內當家的，家裡一切都要照顧得妥妥貼貼。還是妳爹說得對，不怕人窮，就怕志短。妳爹給了熊貴錢，讓他開磨坊，現在磨坊也開起來了，怎麼樣，有收入嗎？」

「收入不多，勉強能吃飽飯。」

「慢慢的就好了。對了，那熊貴對妳如何？應該不會是第二個馬元吧？」

明春冷笑道：「都說養條狗也知道幫忙看家護院，我們還幫了他，總不能太不是東西吧？」

白氏見明春將自己丈夫比作狗，心想這孩子說起話來怎麼如此尖酸刻薄？這哪裡像是一家子啊！白氏如今最擔心的就是明春在熊家受了什麼委屈，她又不大回家，話也比以前少了，只要一想到熊家那幅情景，白氏心裡便覺得不好過。

燉好雞蛋後，白氏又燒上熱水要給青竹洗澡。

青竹痛快地喝了大大一碗，心裡頓時暢快了些。

白氏見青竹擺在桌上那些還沒來得及收的東西，心裡清楚是蔡氏的遺物，也沒說什麼。

「我說妳在家就安心地養著吧，地裡的那些事有妳大哥他們幫忙照管，桑葉也別去採了，我讓明霞去弄。」

「喔，好的。對了，剛才我去了醫館一趟，身上錢不夠，還欠著他們藥費呢。」

「小事一樁，回頭我送去吧。」

「今天我見那些金銀花有了不少花苞，看來快要開了。郝大夫還向我問起這事來，等到都開好了，採些給送去吧。價錢方面，我們吃點虧也沒什麼。」

白氏心想，辛辛苦苦地搗騰了這個，哪裡還有吃虧的道理？當然是越賺錢越好啊，搞不懂青竹想的啥。

等到下午永柱和少東回來時，見青竹回家了，便放心了不少。

永柱關心了幾句關於夏家的事，青竹起身應答感謝了。

飯間，永柱和家裡人說起少南的事來。「也不知他情況怎樣，我們隔得這麼遠，是一點消息也不知道，真希望不要出什麼岔子才好。」

青竹勸慰道：「爹放心吧，一定沒事的。少南他也經歷了不少事，再說娘也成天上香拜佛，菩薩也會保佑他的。」

「這孩子一年到頭也難得幾時在家，當初說要去外地讀書時，我還很不捨，漸漸地卻也成了習慣。一大家子就供著他這一個，希望他能給我們項家爭口氣。如今別說整個村子，就是整個平昌的人也都在看著呢！這些天我一出門，遇見什麼熟人都在問我『妳兒子怎樣了』，我倒也誇了海口，希望他不要讓我打臉才好。」

永柱白了她一眼。「妳這個人也真是的，什麼都還不知道就拿出去亂說，要是以後沒有應驗，我看妳怎麼辦！」

「我不過是希望少南他好嘛，難道這也有錯？」

「好、好，妳能有什麼錯呢！」永柱有些厭煩白氏這點，這些年了，還是死要臉面，不管什麼事都能拿出去亂吹捧，真怕少南那點運氣都被白氏敗光了。

晚飯後，豆豆過來了，將這幾日自己學的東西拿給青竹看。

青竹細細地看了幾眼，又順口問了些話，心想還是太年幼了，也不敢將重任託付給她，畢竟還只是個孩子而已。

「豆豆以後想要做什麼呢？」

豆豆不假思索地答道：「和二嬸一樣能幹！」

青竹笑道：「我也不能幹，好些事不過是硬著頭皮上的。妳年紀還小，好多事都沒經歷過，見識也不多，不過好在還聰慧，慢慢來吧。」

豆豆點點頭。

青竹語重心長地說：「妳要是能大上幾歲，並且是個男孩子的話，就好辦許多了。」

豆豆有些神傷。「二嬸也嫌棄我是個女孩嗎？」

「哪是嫌棄妳？放心，絕對沒有半點看不起妳的意思。只是再過幾年妳也要出嫁了，家裡這攤事我也不知還能管多久，總得找個人來接班。」

「那我就一直待在項家，哪裡也不去！」

「又說傻話了。千萬別說這些也是我教妳的，不然妳娘可要和我沒完了。不過這些都是後話了，再說來日方長，妳也還小，還不到那一步。我會盡力將自己知道的那些都一一傳給妳，直到妳能獨當一面。」

豆豆深深地凝望著青竹。二嬸是她最敬服的一個人，她真希望有一天自己也能和二嬸一樣，將這些家事都擔負起來。她一定能做到，絕不會讓二嬸失望的！

第一百章　離鄉

到端午時，花架上的花已經開得很不錯了。

白氏說該摘些去賣，第一次也採了有一、兩斤重的樣子，和明霞一道拿去鋪子裡。

郝大夫看了看，忙搖頭說：「不行，花苞才能入藥啊，都開黃了，藥效一下減了半。第一回來賣，你們也不清楚。以後就儘量摘花苞吧，實在不行，白花也好，黃花的話就別拿來了。」

白氏聽見這樣說，暗想道：我們也不知啊，難道頭一回要砸在自己手上嗎？便笑道：「說來也是好運氣，第一次種，沒想到就開了花。大夫教給我才知道這些，下次一定注意！大夫多少給兩個錢吧？」

郝大夫本來是不願意收的，最後只好給數了七文錢。

當白氏回去將此事告訴青竹時，青竹不禁一怔。「是我疏忽了，不過下次有了經驗就好了。那上面還有些沒摘的花苞，看來應該趁早摘下來，不然又會開過頭了。」其實青竹對這個本就沒怎麼在意，真正放在心上的是核桃地裡的那一片黃連。

不過黃連照顧起來可比金銀花費事許多，每個階段都需要盡心料理，鋤草、遮蔭、施肥、預防病蟲害等等。

說起病蟲害，這是最讓青竹頭疼的事，沒有農藥可施，若是不能管理好這一點，只怕會一無所獲。永柱編了不少竹柵欄，將黃連地都圈起來，不讓牲畜們去糟踐。後來漸漸有了蟲，這就夠讓家裡人頭疼了。不過這個時代雖沒有農藥，卻有別的方法可以治理。

青竹見永柱去外面割了些野草回來，找了不用的砂罐，將那些野草熬出半桶水，黑中泛綠，氣味也有些濃烈，便要走近瞧瞧，卻被永柱拉開了。

「妳不能近這些東西，遠著些吧。」

青竹便問：「這些是什麼草？」

「妳不認識嗎？這是苦楝種子，還有我割回來的艾蒿和苦皮藤。聽人說拿這幾樣熬水，噴灑在種植的葉苗上就能治理蟲害，不過我也沒試過，不知有沒有效。這幾樣都是有毒的東西，妳千萬不能接觸。」

青竹想，這就是古人的智慧了，和農藥是一個道理，不過是綠色生態的天然農藥，存留時間沒有化學藥品那麼久，也不會造成殘留危害，確實是個不錯的法子。

永柱也是抱著將信將疑的態度，熬好了水，拿著葫蘆瓢到地裡澆灌了，只希望多少能有點作用。

養的那幾頭毛驢，後來母驢懷了崽子，每天好草好料地餵養，希望能產下好驢。

一切都按照計劃進行，項家人看到了富裕的希望。

田家那邊雖然時不時會過來張望一下，但是也不敢十分敲打項家，有時候奉承還來不及呢，畢竟少南走到今天這一步，立馬是能做官的人了。

夏天快要走到尾聲，伏天也快過完了。不過這幾乎是一年中最熱的時候，隨著身子一天天沈重起來，青竹覺得這個夏天實在是太難熬了。

少南依舊一點消息也沒有，家裡人便開始擔心起來。真是的，也不知考沒考中，至少也得捎封信回來報個信吧？

永柱遣了少東去縣城裡幾處打聽，皆一無所獲，一家子又陷入漫長的等待裡。

白氏私下也埋怨過。「這孩子到底怎麼了，怎麼連句音信也沒？會不會遭遇了什麼事？」成天胡亂猜測著。

還是青竹出來勸解。「我們在這裡白擔心也沒有用，沒有消息就是好消息，再等等看吧，可能他還在等著放榜。」

「放榜？這都六月了，難道還沒放榜？我可不信。」

青竹卻想，光著急又有什麼用呢？什麼忙也幫不上，還要添麻煩。她的心態倒平和許多，可能是肚裡的孩子給了她勇氣和依靠吧。

白氏說青竹生產時正好遇上冬天，需要多準備些小衣物。雖然這裡天氣悶熱，但她也不辭辛勞地趕著幫忙縫製，拆了不少破舊不穿的衣裳，做了好些尿布、小衣小鞋之類的。

翠枝將豆豆和靜婷以前穿過的一些衣物拿來，說是送給青竹，青竹二話不說就收下了。

不過白氏的臉卻拉得老長，雖然沒開口，但臉上卻明擺著——翠枝生了女兒，青竹肚裡卻一定是個兒子，男孩怎麼穿女孩的衣裳？也不適宜！

翠枝有些氣悶，不過卻不想當著青竹的面吵起來，又說道：「妳好生養著，我再做兩雙鞋子送來，還有帽子也都需要。」

青竹忙笑道：「如此煩勞大嫂了。」

「妳說的這是什麼話？也幫不上什麼忙，不過做些力所能及的事罷了。有什麼需要的儘管和我開口。」翠枝死盯著青竹的肚皮看，怎麼看也不像是要生兒子的肚皮，她就不信了！

關於生男還是生女，青竹本來也沒想那麼多，不過考慮到白氏的心情，心想若她這一胎是女兒的話，只怕以後對她也不會有什麼好臉色。只是這種事她自己也決定不了，郝大夫給診過幾次，都說她懷的是男胎，可這畢竟不是做超音波，誤差還是很大的。青竹想，她還不至於那麼悲劇，淪落到成了生兒子的工具吧？真希望能擺脫白氏的眼皮就好了。

這個希望，在七月十四這天突然有了實現的轉機。

正好趕上中元節，家家戶戶要祭祖過節。青竹也回夏家祭祀過蔡氏，才回來時，就見屋裡來了兩個軍牢，倒讓青竹嚇了一跳，心想這是什麼陣勢？

兩個軍牢見了青竹，忙起身喚青竹為「少夫人」。

青竹覺得怪怪的。

永柱趕著解釋。「妳還不知道吧？少南他已經任了一個縣的主簿了，這可是天大的喜事呢！」

青竹聽說也笑了出來。「當真嗎？怎麼這麼快就派了外任呀？還真是件大喜事呢！」

一個軍牢說道：「大人吩咐小的們來接少夫人一道去團聚呢！」

永柱也道：「是真的！少南還寫了信回來，讓豆豆唸了。」又讓把信拿出來給青竹看。

青竹仔細地看了幾遍，沒錯，這的確是少南的字跡。信上說他會試落了榜，但在京城裡結交到一個有權勢的好友，信上也沒詳說，只說他被舉薦到了東水任主簿，任期為一年，還說賀鈞中了一百一十一名。青竹看到這裡，心想那賀鈞果然是好樣的，當真比少南出息。少南雖有些可惜，不過來日方長，以後還可以升遷，還能繼續參加科考，路還長著呢！

「太好了！」青竹露出欣慰的笑容來。

軍牢道：「大人吩咐我們，還請少夫人跟我們一道上路吧！」

白氏撇嘴道：「這會兒正是七月半，正好趕上鬼節，說什麼上路？再說也有了身子，我看還是好好地在家養著，以後再說吧！」

青竹心裡卻極想著能和少南團聚，一是因為思念；二是能離了白氏，她也沒有那麼大的壓力，因此心裡正盤算著。

為了這事，青竹還特意前來詢問郝大夫，目前她的身體狀況適不適宜趕遠路？

郝大夫緩緩說道：「妳已經七個月了，按理說不要緊，不過也得注意著點。」

「不要緊嗎？那我就放心了。」青竹喜笑顏開，第一重困難已經解決了。

回到家後，青竹開始施展自己的口才，勸說家裡人放她走。

白氏是第一個反對的。「我不管妳有什麼理由、怎麼會說，總之妳很該好好在家給我養著，別亂跑，況且家裡這攤子事離了妳，誰來照管？」

「這有什麼要緊的？正好有人來接啊！再說少南必定也是擔心家裡，他在任上，更是沒什麼機會回家探望了，身邊有人料理他生活上的事，不是可以省心不少嗎？家裡的事我也會安排妥當，再說我這一走又不是不回來了，還有好些事沒實現，我不會放手的。豆豆也識字，能幫著算帳，簡單的事交給她就行。我也會常給家裡寫信，到時候走官道驛站，很快就能送到家裡來。」

「妳說得輕巧，等妳生了以後，月子裡誰來照顧妳？要是少南知道妳懷孕，也定不會讓人來接妳的。」

不過青竹是鐵了心要離開白氏，所以都有規劃了。到了東水那裡，真的不行就買個丫頭、請個僕婦，日子也就過起來了，少南有薪俸，應該能負擔吧？再說自己要走的話，難道家裡也忍心一文錢不給嗎？

在一個屋簷下生活了快十年，永柱能理解青竹為何急著要離家，雖然他也不願意讓青竹走，不過見她那麼堅定的樣子，心想擋著又怎樣呢？還不如遂了她的願吧。況且少南身邊有人照顧著，他也放心，便就答應了下來。

白氏卻一臉驚愕。「我知道不管什麼事你都會聽她的，耳根子也太軟了吧？真是胡鬧！」

「好了，我說行就行，準備準備吧！」

青竹一直知道永柱是個爽快又通情達理的人，沒想到這一次也痛快地答應了她的要求，忙感激地道：「到底是爹體貼人！你們放心，我會小心沒事的！」

永柱又將少東一家子叫來，商量了不少事，青竹吩咐了少東和豆豆許多話。白顯家和永林家也來了，青竹粗略地表述了自己的意思，以及地裡的那些事，算是有了個交代。她沒有指名具體由誰來負責，不過只要一家子齊心協力，一定能掙到更多錢。

後來翠枝私底下和青竹打趣道：「妳倒長了個玲瓏心思，逮住了機會，便使盡辦法要離開這裡。」

青竹笑道：「大嫂若是有這麼個機會的話，也不會放棄吧？」

「那是當然！」翠枝以前就這麼想過，所以才會鼓動少東去外面賃鋪子、做買賣，自立門戶。只是事與願違，如今還不知要熬到哪一天呢！

去東水的事便定下來了，日子定在七月十七出發。

走之前，青竹再次回了夏家，見過了姊弟妹們。

夏成聽說他二姊夫沒有考中，很有些意外。「怎麼會？二姊夫那麼厲害的人也會落榜？」

青竹笑道：「他又不是神人，哪有次次都中的道理？偶爾的失利不算什麼吧？來日方長，以後還有的是機會。你也一樣，別忘了要奮進呀！」

夏成卻想，他現在有母孝在身，寸步難行，未來怎樣，誰知道呢？連二姊夫那麼出色的人都倒下了，他實在沒什麼信心，至此，往日的雄心壯志再也看不見半點了。

青梅憂心道：「妳現在這個樣子出遠門，冒的險也實在大了些，中途要是有個意外怎麼辦呢？幹麼這麼心急？等生了以後再去不行嗎？」

青竹搖頭道：「大姊不知我的難處，我有自己的打算，放心吧，我會照顧好自己的。這個家現在靠大姊和大姊夫支撐著，妳也夠辛苦的，再熬幾年，等到成哥兒出息就好了。」

青梅苦笑道：「等到他出息，還不知要到什麼時候呢？自從娘走後，我就覺得他的情況有些不對，勸了兩次，他好像也聽不進去。」

「娘這件事對他的打擊太大了吧？大姊也別管他，興許過段時間就好了。」

「但願如此。」青梅哪能不擔心。

青竹又給了青蘭兩個荷包、兩條手帕。「妳還要在家多留兩年，這樣也好，多幫幫大姊。」

青蘭答應著，只是有些捨不得青竹，拉了她的手說：「二姊什麼時候會回來呀？」

「今年可能不行，明年應該會吧，娘的周年我都記著呢。」

青蘭點點頭，心想這就好，只是分別得太久了些。

青竹收拾了一大堆的東西，又讓郝大夫開了些帶在路上的丸藥，以備不時之需。收揀好的箱籠，軍牢們已經幫她拉到車上放好。

十七日一早，青竹作別待了快十年的地方，奔向另一段新生活。

一路有人護送，幫著駕車，諸事都能料理齊全。走的是官道，也不住客棧，在驛站落腳，曉行夜宿。

路途上雖然沒有遇見什麼離奇古怪或是驚險的事，但對青竹來說因是第一次出這麼遠的門，還跨了省，所以心裡仍是極歡喜的。不過此時的天氣不大好，雖然已經過了立秋，但天氣依舊異常悶熱，要不然就是連日暴雨，遇到阻路時，還不得不耽擱幾日再行。

青竹的身子算不得十分健壯，更別說如今的她還有七個月的身孕，這麼一折騰，不免還是病倒了，雖然身邊備有郝大夫開的丸藥，但也需要好好休養才行。

「少夫人，要不還是多停留兩日再趕路吧？小的去請個大夫來給少夫人好好地瞧瞧。」

青竹心裡掛記著少南，滿心想立刻見到他，再說怕一耽擱又誤了路程，便堅持說：「我沒什麼事，再說自己有藥，請什麼大夫呢？還是走吧，到地兒就好了。」

軍牢們見青竹堅持，也不好多說，只得收拾東西，繼續趕路。

坐在搖晃的馬車上，外面是熾烈的陽光，好在這個車廂能夠防曬，雖然有些悶熱，但還能堅持住。青竹撫摸著自己隆起的肚皮，輕輕地和肚裡的孩子說著話。「寶貝呀，你可要乖乖的，很快你就能見到你爹了，請堅持下去，好不好？娘和你一道堅持著。」又哼著小曲兒給肚裡的孩子聽。青竹知道這小傢伙和自己是一體的，肯定能夠感受得到。

原本從家中到東水不過半個月的路程，比去省城還近，沒想到竟然折騰了二十來天，眼下已經是八月初了。

等他們趕到東水時，青竹已經嗅到了中秋即將來臨的氣息。

第一百零一章　新生活

馬車經過縣衙，又往東行了將近兩里地，進入一條巷子，這巷子只能通過一輛馬車的寬度。到一所院落前，馬車便停下來了。

軍牢們開了車廂，放好凳子，請青竹下車。

青竹還有些暈乎乎的，踩著凳子，小心翼翼地下了地。

一個軍牢找了鑰匙替她開門，請青竹進院子。

青竹跨進門檻一瞧，頓時覺得此處好生幽靜。正面三間房子，又配了東西廂房，小小巧巧的，一共七、八間屋子，感覺還不錯。院中有幾棵小小的玉蘭樹，只是此刻並不是玉蘭花開的時候。

他們兩人替青竹將車上那些東西都搬下來，又問青竹要放在何處。

青竹道：「先放在這邊吧，空閒了再整理。」

完全陌生的地方，青竹四處張望了一回，但見窗明几淨，收拾得還算不錯，心想少南在外也能做好身邊這些小事了，委實不錯。

「少夫人有什麼事，吩咐一聲就好。」

青竹想，他們也有家人，跟著出來這麼多天，必定也想和家人團聚，便點頭道：「一路上實在是太辛苦你們了，這裡已經沒什麼事，不如你們先回家去吧。」

兩人互視了一眼。

青竹又拿了兩個荷包，這是早就準備好的，賞給了他們。「這個你們拿去吧。」

兩人皆不敢收。

青竹笑道：「有什麼好為難的？快要過節了，又煩勞了你們，我也沒備別的禮，自己拿去買點東西回去見家人也是極好的。莫非是嫌少不成？」

兩人推辭不了，只好暫且收下。

「少夫人請多保重，小的們這就告退了。」

青竹點點頭。「我就不送了，空了來家裡坐坐。」

裡裡外外都是靜悄悄的一片，青竹突然覺得肚子有些餓，便找到了灶房，看看有什麼可以下鍋的東西。好像還有些麵條，青竹便洗了鍋，加了水，生了火，準備先填飽肚子再說。

少南他也不知幾時回來，肯定得到下班的時候吧？

周圍變得冷清起來，青竹還真有些不習慣，跟前連個說話的人也沒有。麵才下鍋，就聽見門響，青竹心想是誰來了？也顧不得鍋裡了，忙忙地出了門去瞧。

剛剛出了門，青竹便愣怔住了，只見少南一身官服地站在一棵玉蘭樹下，手裡還提著東西！怎麼這時候就回來了？但她倒是忍不住驚喜，忙忙地喚了聲。「你回來了！」

「是呀，聽說妳到家了，我就再也坐不住，要回來看看。」

離家這幾個月來，少南是日夜都在思念家人，好不容易見到了，哪有不激動的道理？連忙飛奔過去，將青竹緊緊地抱住轉了兩圈。

青竹立即驚呼道：「當心點，別……」

少南這才注意到青竹凸顯的肚皮，突然一臉的疑惑。「妳有身孕了？」

「是呀，已經七個多月了。」

少南又是驚喜又是疼惜。「妳怎麼也不告訴我呢？要是早知道妳有身孕了，我就不會讓妳大老遠地跑來！這一路可還好？」

青竹笑道：「還好，也沒遇著什麼事，就是下了兩場大雨，不然早就該趕到了。」

少南又瞅著青竹身上的素衣淡服，以及鬢邊那朵小白花，很是疑惑，正要問時，青竹自己開口說了。

「四月的時候我娘走了，我正給她戴孝呢。」

少南嘆息了一聲。「看來我走的這幾個月發生了不少事。妳娘年紀不大，也沒什麼大病，怎麼就沒了呢？」

「壽數天定，又有什麼辦法？」突然想到鍋裡的麵，舉步就要走。

少南卻拉著她的手說：「妳好生歇著吧，我去做。」

在青竹的印象裡，幾乎搜羅不到少南下廚的事，不過有人伺候她也樂意享受。

少南忙活了好一陣子，總算煮了一碗熱氣騰騰的麵條端來。

青竹道了聲謝，忙拿著筷子嚐了一口，心想這束水的鹽價應該很便宜，所以才弄得這麼鹹。不過畢竟是少南頭一回伺候她，因此她微笑著說：「辛苦你了。」

「怎麼，不好吃嗎？」少南見她表情有些微妙。

「……略鹹了點，我再去沖點麵湯吧。」

「妳坐著吧，我去弄。」

青竹見角落裡有一把茶壺，拿起來掂了掂，空空如也，心想他一個男人生活也不容易，看來是得有人照顧他。

青竹簡單地吃了碗麵，算是填飽了肚子。

少南看著青竹帶來的那些箱籠，皺眉道：「這些我來收拾，妳千萬別動。明天我去找人問問，看能不能買個丫頭來服侍妳。」

青竹忙說：「要什麼丫頭呀？」又還不到非要人幫忙不可的地步。

「妳現在不方便，我又要忙公務，有人照顧妳才放心，這事就這麼定了。幸好妳趕來了，縣令太太還說要請我們一起過中秋。」

青竹答應著。「好呀，我也順便會會這些官家太太們。」

「我來束水快兩個月了，縣令一家很照顧我，也常來往，但是縣令太太是個不大好應付的人，妳要是不方便的話，我們就推掉吧，兩人過節也沒什麼。」

青竹搖頭道：「這怎麼行？他是上級，你是下級，上級請，哪有不去的道理？再說也沒什麼。我雖是小地方來的，沒見過什麼世面，但是和人打交道的事我從來不會退卻，況且官場上的這些應酬也應當。你放心吧，這些事我會替你料理好，不讓你操半點心。」

少南哪有不放心的道理？青竹有多大的能耐他是最清楚不過了。

青竹瞅著少南身上的這套官服，襯得他有些老氣橫秋的，便笑問：「你還要去衙門裡嗎？」

「還得去一趟，不過我明天告天假，和妳好好地說說話，也籌備籌備。」

青竹點頭答應著。

少南走後，青竹便將自己帶來的一些東西先收拾出來，還有一堆捎帶的食物，什麼燻魚、藕粉、蓮子、核桃、板鴨之類的一大堆，都是白氏心疼兒子，害怕他在外面餓了肚子，吃不上好東西，所以帶來的。幸好有車載，不然這可怎麼提呢？除了這些，就是給小孩子準備的衣物和尿布等等，也是一大攤，青竹分門別類地收拾了。

到了天色漸晚時，少南才回來，青竹已經簡單地備了些飯菜。

「你千萬不要和我說，你已經用過飯了。」

「哪能呢？一心惦記著妳，沒那工夫出去應酬。我還說回來給妳做飯呢，沒想到妳倒自己做了，千萬別累著。」

青竹一笑，心想他難得這麼體貼。「這也不累。」便擺了兩副碗筷，端了飯菜來，兩人相對而坐，開始用飯。

這樣的二人世界對他們來說還真是少之又少，安安靜靜的，倒有些不習慣。

少南和青竹道：「明天我帶妳去街上逛逛吧，看還需不需要添置什麼東西。妳還能走吧？」

「怎麼不能走呢？就得要多走才行，成天悶在屋子裡倒不好，換了地方也覺得新鮮。對了，還得給家裡寫封信，告訴他們，我已經平安到達了。」

少南答應著，說他會寫。

用了飯後，兩人回房準備就寢了。青竹又和少南道：「家裡帶來的這些土物，你收拾一些，拿去送人吧。我們倆也吃不了那麼多，擱久了，怕放壞了。」

「好呀！平日對我多有照顧的，送點東西也算是回敬了。」

畢竟趕了那麼遠的路，青竹疲乏得緊，已經想睡覺了。

「買丫頭的事我已經託了人，可能明兒下午就有人過來，好好地挑一、兩個，妳看著辦吧。」

「你一個月能有多少俸祿養他們呢？只怕有些吃力吧？我看我也別閒著，想點別的賺錢路子吧。」

少南忙探起身來。「我雖然是個小官，只有俸銀，沒有祿米，不過養兩個僕人還養得起。妳也別操心了，養家的事自然在我肩上。家裡供我讀了十幾年，不就是盼著有朝一日能夠出息嗎？起步雖然低了些，但以後一定會越來越好的。」

「那個賀鈞呢？放了哪裡的官？」

「這個不大清楚，他還在京中等待放任呢。只要有路子，一定不錯，以後還得仰仗他。」

青竹說道：「你也別太有負擔。太晚了，睡吧。」

少南答應一聲，側躺著，將青竹圈在懷裡。身子雖然躁動，但也只能克制著，畢竟這是非常時期，不能傷了青竹和肚裡的孩子。

第二日飯後，兩人便出了門。青竹買了些日用品，跟著逛了逛，發現東水比以前到過的縣城還要大，經貿也繁榮。山清水秀，交通又發達，若能在此長住的話倒也不錯，只是少南在這兒的任期只有一年，下一站還不知在哪兒呢。

「若要丫頭的話，至少也得再置床鋪，還有床上所需的物品。」

「這些我自然知道，放心吧，我會辦理的。」

這邊的生活兩人一起籌劃著，漸漸地步入了正軌。

到了下午，果然一個軍牢領來兩個女人。一個年紀稍微長一些，不過也才二十幾歲的樣子，皮膚很白，臉上稀稀疏疏的有幾點雀斑，倒是一副乾淨俐落的樣子，人稱貞娘；另一個則只有十幾歲的樣子，容貌也平常，不過並不似以前的春桃那般瘦弱，個子高挑，比青竹高了半個頭，大手大腳的，看上去並不粗笨，名叫寶珠。

對這兩個人，青竹是滿意的。

「我這裡的尊卑觀念沒有那麼多，也不需要絕對的附屬於誰。家裡的事也不多，洗衣、做飯，幫忙採買、傳話等等。貞娘管廚房，寶珠就跟著我吧，洗衣縫補之類的小事就交給妳了。」

兩人紛紛給青竹磕了頭，青竹頓時覺得生受不起，忙道：「我這裡禮數上可以疏忽些，但是一定要盡職盡責，能夠融洽相處就行了。」

貞娘和寶珠都覺得青竹是個隨和的主母。

貞娘有丈夫和孩子，夜裡不在這邊歇息，每天用了晚飯就回去，只寶珠陪伴青竹。跟前有個說話的人，青竹頓時覺得日子才沒那麼單調。

「少奶奶幾月生呀？」

青竹微笑道：「大概在冬月裡吧。」

「那時候正冷呢！我聽人說少奶奶不是我們東水人，跟前沒家人只怕也難吧？看來到時候還得再請個奶娘，等到稍微大些了還要丫頭，若是個小少爺的話，還得有書童玩伴。」

這些事青竹還沒考慮到那裡去，奶娘她暫時也沒那個打算，生了就自己哺乳，若是奶不夠再想別的法子，不過還沒和少南商量，想來他也應該沒有什麼意見才是。

寶珠和春桃還有個不同，就是平時話不多，顯得比較沈穩。青竹觀察了幾日，覺得是個可靠的人。

青竹坐在裡屋的窗下做著針線；貞娘正在搬弄那些花盆，是青竹讓買的，覺得這個院子裡太單調了些，擺些花的話也有點生機；寶珠則在跟前陪著青竹，幫忙搓線。

貞娘搬好花後，進來問青竹。「少奶奶，晚上吃什麼？」

「有什麼就吃什麼吧。」又看了眼外面的天色，有些晚了，少南不知又被什麼事給絆住了。可能是馬上要過節了，事情多，他總是回來得很晚，青竹在家不免有些擔心。
貞娘斟酌了下，便去灶下忙碌了。
直到掌燈時，少南才回來，一進屋就癱坐在椅子上。
青竹揭了簾子出來，笑問著。「真有那麼累嗎？」
「胡亂忙了一天，各種事頭疼。餓壞了，有什麼吃的嗎？」
「少奶奶正等爺回來一道用飯呢！」寶珠說著，和貞娘兩個幫著布了飯菜。
「你慢點，沒人和你搶，就跟餓死鬼投胎似的！」見少南那副饞樣，青竹忍不住要嘲笑他兩句。
說話間，少南已經一碗飯下肚了，寶珠忙幫著添飯。
少南不忘誇讚了貞娘一句。「手藝不錯！」
貞娘笑道：「爺喜歡就好。我還得回去照顧家裡那兩口，先走了，明天一早再過來。」
青竹道：「好，去吧。對了，明天十四，早點來，我有事要吩咐妳幫忙。」
貞娘答應著便去了。
「明天妳有什麼安排嗎？」少南疑惑地問了句。
青竹垂眉道：「你不記得了嗎？八月十四，是我娘的冥壽。」
少南忙道：「對不住，我還真給忘了。那麼中午我回來一趟，和妳一道好好地祭拜一下她。只是沒個靈位……」

「這些都不要緊，只要能記住她就好了。弄幾個像樣的酒菜供一下，燒點香、焚些紙就行。就是我發現這屋裡還沒有香爐，所以明天要讓貞娘幫忙買一下。」

少南點點頭，又道：「知縣家的太太是十五的壽誕，我看還是我一人去吧，妳在家好好地待著，我一定會早點回來陪妳。」

青竹沈吟了片刻方道：「既然請了我，哪有不去的道理？他們家離我們這裡遠嗎？」

「不遠，他們住在衙門後的院子裡。不過後天前去奉承的人應該不少，我怕妳累著了。再說，因為岳母的事，也擔心妳沒那個心情。其實也不用勉強的，到時我說明原因就好。」

青竹仔細斟酌了一回後，微笑道：「謝謝你能體諒我這麼多。她知道我來了，躲著不見也不好，不清楚的人還以為我擺架子呢，再說我也想會會她們。你放心吧，不會出什麼狀況的。」

第二日，貞娘早早地就來了，青竹還未起床，少南已經去衙門裡了。

貞娘和寶珠也不敢驚擾青竹，寶珠將夜裡的那些話告訴貞娘，貞娘恍然大悟道：「我說少奶奶幹麼還要特意吩咐呢，原來是這件事啊！妳在家好好地守著，我出去買回來就行，保證樣樣齊全！」

等青竹醒來時，寶珠便將貞娘的事告訴了她。

青竹讚嘆道：「妳倒是個靈巧人，處處都想到了。」

寶珠替青竹梳頭，青竹看著鏡中模糊的人影，突然想到明天去赴宴該穿什麼衣裳呢？太素淡了總不好吧？適逢佳節，又是壽辰，太素了去，又是頭一回見面，難免給人落下不夠尊重的印象。這些人際往來十分重要，也關係到少南的前程，她不得不重視起來。那些土產已經送了去，知縣家回了兩罐上等的茶葉。明天該備點什麼禮呢？想到這些青竹就有些心煩。

寶珠似乎看出青竹的煩惱，忙開解道：「下午我陪少奶奶一起出去逛逛，看能不能買點賀禮什麼的吧？」

「我正這麼想呢，多謝妳先想到了。」

寶珠笑道：「少奶奶太客氣了。」

後來貞娘和寶珠合力辦了一桌簡單的席面，又臨時設了一個神龕。青竹拈香祭拜過，也焚了紙錢。望著那跳動的火苗，青竹腦中突然浮現出去年蔡氏過壽的事來，當時還那麼熱鬧的一家子團聚，今年就陰陽兩隔了……思及此處，青竹頓時只覺得心酸，忍不住掉了幾滴眼淚，揉了揉眼，那眼淚卻好像流得更多了。

貞娘與寶珠見了，都不敢上前相勸。

青竹暗恨：歲月呀，為何你這麼無情，讓人討厭呢？

第一百零二章 母親

八月十五，是全家團聚的日子。

一大早，喝了一碗粥，吃了兩個包子，少南便換了官服要去衙門一趟。

「今天過節，我還以為你們上級體諒你們平日忙，今天怎麼著也得休息一天呢，哪有過節還折騰的。」

少南笑道：「我不過是去看兩眼，沒什麼事就回來，還得和妳一道去賀壽呢。妳先換好衣服、梳好頭等我吧。」

青竹點點頭，少南便出去了。

寶珠給青竹梳頭，綰了個簡單俐落的髮髻，正要給青竹戴往日那朵白色絨花時，青竹卻阻止了。

「我看今天還是別戴吧，頭一回見面，又是人家過壽，這麼打扮只怕不大好。」

寶珠聽說，便給簪了兩支銀質髮簪，接著換上象牙白的細棉布對襟襦裙，外面罩了件玉色藕綢暗竹葉紋的比甲，脂粉未施。

要說容貌，夏家最出色的是青蘭，項家則是明芳。青竹於五官上並無十分出挑的地方，更稱不上漂亮，是屬於耐看的類型，今天這樣的素裝卻更襯出一番清新雅致的韻味來。

青竹見貞娘在跟前，便道：「今天過節，妳也應該回去和家人團聚，不用在這邊忙，再說也沒什麼事。」

貞娘笑道：「節每年都在過，也沒什麼要緊的。」

青竹便賞了貞娘五百錢，讓她給家裡的孩子買點吃的，又和寶珠道：「妳今天也沒什麼安排嗎？」

寶珠道：「我得陪在少奶奶跟前呀！」

「也放妳一天假吧。雖然妳的家人都在別的縣，暫時回去不了，不過家裡的這些事也不用妳忙。」同樣也給了她五百錢，愛吃什麼、愛穿什麼，由著她去買。

果然沒多久，少南便回來了。

「走吧，我雇了車，一道去吧。」

要送的禮昨日已經送去了。

寶珠給青竹包了一件保暖的衣裳。

馬車停在院門外，少南先扶青竹上車，自己才上去。

路上，青竹和少南聊著話，話題自然就轉到知縣太太的身上。

「聽人說，那位太太三十七歲，比知縣還大兩歲。娘家有兩家綢緞鋪子，不缺錢花。性格麼，據說不大好相處。到時候妳少說話，禮數盡到就行了，妳又有身孕，應該不會太為難妳的。」

「我處處小心著就好，不能頭回見面就留下什麼壞印象，也怕影響到你的仕途。」

少南笑道：「這還不至於吧？」

「對了，這兩天我都在想一件事，貞娘她男人是幹什麼的？」

少南道：「聽說是給人做小夥計吧，就和當年的大哥一樣。」

「其實我想，要不讓他們一家都搬過來吧？等我生了以後，她在跟前照顧也方便些，再說越來越冷了，不好讓她早晚地跑，耽擱事又累。家裡空屋子也還有兩間，收拾出來倒也行。」

「再說吧，妳問問貞娘自己的意思，畢竟我們也不好強求。不過是得有個人照料妳坐月子才是，寶珠雖然也好，但畢竟是年輕姑娘，又沒嫁過人，貞娘多少有點經驗。我看不如再請個奶娘吧？幫忙看下孩子，妳也輕鬆點。」

「得了，你那點工錢，只怕付不起奶娘的月錢。我自己生的自己養，也還沒到那一步呢。」

一路家長裡短的閒話，車子已經漸漸停下來。少南先跳下車，接著又要去抱青竹下來。

青竹見停放的車不少，來往的人也不少，給人看見多不好意思，忙擺手道：「不用了，我能下來。」

之後，青竹被僕婦領到內堂去了，少南只好自便。

青竹的意思，讓貞娘一家都搬過來，大家相互間也有個照料，可是貞娘犯愁呀！自家男人還在掌櫃的鋪子裡跑腿，若住到這邊的話，只怕來去的路更遠了，再說也怕麻煩，因此就婉拒了青竹的好意。

青竹也只好作罷了。

來束水以後，大多時間都在家賦閒，實在沒什麼事，久了，青竹不免覺得無聊，心想要還是在平昌那倒容易。她不免想念起家裡的魚塘和藕塘了，估算著核桃應該早就熟了吧？又想起和明霞、豆豆一道上山打核桃，後來還被野狗咬的事。現在想來倒沒那麼害怕，只覺得好笑罷了。不過到如今，她見了那些狗還是會繞路，看來留下的陰影還未散去。

青竹看完了豆豆寫的回信，交代了下家裡的一些瑣事，又添了幾句關切和問候，最普通不過的家書。蓮蓬都熟了，也快要打魚了吧？又該忙碌起來了。今年她不在家，不知他們會請誰來幫忙算帳？畢竟豆豆還太小了，也沒什麼經驗。

寶珠坐在窗下，正在給青竹未出世的孩子縫小襖兒。這些天，兩人合力做了些小衣物，加上以前的，心想應該夠用了。

「寶珠，妳想不想回去看看呢？」

寶珠聽了忙抬頭看了青竹一眼，方道：「少奶奶不是知道我家人不在束水嗎？」

「是呀，知道妳不是這裡人。妳來這邊也有些日子了，難道就不想家嗎？」

寶珠眼中帶著一絲愁悶和不平。「回去做什麼呢？他們將我賣出來，就沒想過我再回去，說不定已經當我死了。我也不想看見他們的那番面孔，他們過得好不好都與我不相干。」

青竹心想，再怎麼也是一家人，當不起如此的重話。寶珠這小姑娘挺好的，在來這邊以前，聽說也在大戶人家做過工，後來因為主子不喜歡才被趕出來。青竹冷眼看了這麼久，倒沒挑出寶珠有多大的毛病，人勤快、力氣大，話不多，可是很踏實。

「妳或許沒聽過我的事吧？」

寶珠搖搖頭。

青竹緩緩說道：「我們夏家一共有姊弟四個，一個寡母。爹在我很小的時候就去世了，娘獨自撫養我們幾個。說來也不怕妳取笑，我八歲的時候就到了項家，做了他們家的童養媳。那時候的日子很艱苦，再加上婆婆不喜歡，還有大姑子及小姑子都不是省油的燈，每日得小心翼翼地應付著。好在公公對我還不錯，他也和妳一樣話不多，卻又那麼寬厚包容，在他那裡，我享受到久違的父愛。我娘辛苦了一輩子，三妹妹的親事才定下來，唯一的弟弟正準備要參加縣試，哪知她就撒手走了，這輩子過得太匆忙，才四十歲……」青竹說到此處，長吁了一聲。

寶珠靜靜地聽著，心想這個少奶奶溫和又恬淡，一點都看不出是童養媳出身，她著實有些驚訝。

「我娘還在的時候，我和她也沒親近過幾回，還有好些次抱怨過，甚至怨恨過她在我還那麼小的時候，就將我的終身給定下了，一點自由也沒有。她性子懦弱，我姑姑也總是瞧不上她，說她命太硬了，剋死了我爹。她永遠就是一副軟弱好欺的樣子，可就是這樣的性子，卻是那麼堅韌……這些年她吃過多少苦，受過多少委屈，她卻從來沒有向人訴過，現在她走了，一輩子的苦痛終於可以畫上句點了。想想她這一生，還真是可憐可惜……」青竹說著，眼眶也濕潤了，一直強忍著自己的情緒，不至於太失態。

寶珠聽完，不免心想，她的娘怎樣呢？當她被賣出來的時候，娘身子也不好，如今也不知是死還是活？她從未向人打聽過……

青竹揉揉眼，強笑道：「罷了，過去的事不提也罷，怕人笑話。生活要繼續，還是得向前看。」

寶珠贊同地應了一聲。

待到快黃昏時少南回來了，回來時搬回了一盆花，開得正豔的一盆紫色秋菊。

「院子裡的花盆已經不少了，你怎麼又買呢？」

少南笑笑。「不是我買的，是下面的人送的。妳看好不好看？」

青竹笑著點頭。「倒還不錯。」

寶珠忙起身，捧過少南脫下來的官服，青竹則將他家常穿的衣裳遞了去。

「在家做什麼呢？」

青竹道：「沒做什麼，正和寶珠說起以前的事來。」

少南見青竹的眼眶有些紅紅的，猜想一定又說起她娘了吧？

青竹便將豆豆的信給了少南看。

少南看完後，點頭道：「倒難為妳教她，如今寫信、算帳都會了，妳算是培養出一個好的接班人。」

「只怕她還擔不起那麼重的擔子，只希望不要出什麼差錯才好。」

少南將耳朵貼在青竹隆起的肚皮上聽了聽，又輕輕地拍了拍，結果裡面像是回應他似的，踢了幾下，少南覺得很有趣，笑道：「還真是個淘氣的傢伙，看來一定是個小子。」

給診脈的那些大夫也說是個小子，不過青竹不在乎，生男生女都行。雖然知道若生的是女兒，白氏肯定會嫌棄，不過如今分隔兩地，她倒是樂得自在。

「要是個淘氣的姑娘怎麼辦？別說你不喜歡，這可是你種的果子。」

少南見青竹說得有趣，又笑開了。「妳還真有意思！我哪裡說不喜歡了？不管是男是女都疼、都喜歡。要是女兒的話，一定和妳一樣精明來著。」

不多時便用飯了。

飯間，少南和青竹說：「關於穩婆的事我也找人問過了，說那人後日能來家看看。」

「喔，好呀！」隨著產期越臨近，青竹越緊張。

「妳放心，到時候我一定會陪在妳跟前。」

「嗯。」少南的話給了她鼓勵，可青竹還是免不了要緊張和恐懼，畢竟這是從未經歷過的事，到時候還不知會疼成怎樣，也不知生下來的孩子是否健康等等，這都是她擔心的。

其實緊張擔心的不僅是青竹，少南也有同樣的感受。女人生小孩本來就是一道關口，希望青竹能平安地挺過去。

兩日後，果然來了個五十來歲的婦人。貞娘先招呼她在廳上用茶，又讓寶珠請青竹過來。

這位穩婆姓林，十幾歲就跟著人到處為產婦接生，算得上經驗極其豐富了，什麼樣的狀況都遇見過，存活的孩子多，其間亦有人認了她做乾娘。

林婆子見了青竹，忙起身向青竹施了禮，打量幾眼，心想雖是個官家太太，倒也隨和。後來目光自然就落到青竹的肚皮上，看了幾眼後，指著說：「是個小子。」

青竹笑道：「大夫也這麼說呢，不過我倒不怎麼在意，管他是兒子還是女兒。」

林婆子笑道：「這世人裡喜歡兒子、厭棄女兒的多了去。好些人家見生的是個女兒，剛出生就拿去溺死的也不計其數，可憐呀，才投生就沒命了。」

「這些偏見實在是不好的，一個女人本來就夠辛苦了。」

林婆子笑著點點頭，又道：「我養了兩個兒子、一個女兒，孫子最小的也會跑了，可說到心疼我這個老太婆的，還是我那閨女，兩個兒媳婦怎麼也親近不起來。」接著又說：「其實倒沒什麼好怕的，我這幾十年來什麼事沒見過？少奶奶儘管放寬心，吃好睡好，養好身子就行。」

青竹聽這老人一說，心情彷彿真的緩解不少。最近這段日子，她是真的太緊張不安了，看來這種情緒當真不好。

林婆子用了茶，又交代一番該準備的東西，貞娘和寶珠都記下了，青竹這才讓寶珠去送客。

貞娘和青竹道：「生我家那丫頭的時候，其實也和少奶奶一樣擔心，好在都平安，也沒出什麼事。我的月子在夏天，可真是要了老命，大熱的天不能透風，還得裹得好好地躺在床上。」

青竹搖頭道：「這一點倒是陋習了，不通風可不行，就不怕生褥瘡嗎？」

「說起褥瘡，還真是又癢又疼，好不容易熬完月子，又病了兩個月才好呢！那時候跟前也沒人照料，我婆婆早早就死了，剩下個公公又是不管事的。」

青竹便想起以前翠枝月子裡的事，因為生的是女兒，白氏不也不聞不問嗎？

貞娘又細數道：「對了，這紅糖、薑湯之類的也該備些了。還得多多備些草紙、細棉線、棉花之類的。對了，還得要人參。」

「人參嗎？只怕不易得也貴吧？再說我看也不一定就需要。」

貞娘笑道：「少奶奶剛才沒聽見那婆子說嗎？還是得備些，萬一要用……」這參湯是備給產婦喝的，萬一到了緊要關頭，說不定還能將產婦的命給救回來。貞娘心裡想著，卻不敢說出口，害怕青竹知道了，又會緊張不安。

過了幾日，少南果然帶回來兩支上好的人參。

「這兩支得多少錢呀？」

少南笑道：「倒沒花錢，縣令送的。」

青竹有些驚訝，忙道：「也當不起如此重的禮吧？」

少南安慰道：「他家裡什麼都有，找兩支人參一點也不困難。既然是他給了我們，也是他的一片好意，領情就好，別多想。」

第一百零三章 冬郎

十月二十，天氣異常的冷，大風吹了整整一天，刺骨嚴寒。

這天，青竹千辛萬苦、受盡磨難，總算順利產下一個重七斤四兩的男嬰。

初為人母的喜悅，立刻被虛弱和疲憊給掩蓋了過去。

當林婆子將孩子抱給她看時，青竹細細地看了一眼，並伸手摸了下他那皺皺的小紅臉，心想真是一點也不漂亮，眼睛還未睜開，不知長得像誰。但看見兒子健康，青竹立即就昏睡過去了。

少南一直守在產房裡，早就嚇出一身冷汗，如今見母子都平安，也平復下來了。林婆子將包裹得好好的嬰兒抱給少南，他卻不敢去接，他不會抱，生怕碰壞了哪裡。

貞娘早就辦了一桌簡單的酒席請林婆子吃。

林婆子也不推辭，只是牙不好了，好些看著好，又吃不了，只稍微地吃了幾口，並喝了些酒祛寒意。

少南又看賞，寶珠給了林婆子二兩銀子，少南又約了林婆子過來幫忙洗三。

林婆子痛快地答應下來。

才出生的小孩不大會吵鬧，一直呵欠連天的，此刻又閉眼和他娘一道睡了。

少南想，應該派人去給家裡報喜才對，想到這裡就去了衙門一趟，叫來一個跟隨自己的軍牢，吩咐了他一番話，便讓他去平昌了。
衙門裡的人大都知道少南新添了兒子，紛紛向他賀喜。
塗知縣也笑呵呵地與他道：「還真是可喜可賀呀，後繼有人！」
少南笑得有些憨傻。「是老天憐憫。」
當他回到家時，青竹已經醒了，在貞娘的幫助下，正給出生的孩子餵第一口奶。
少南見狀便道：「這裡坐月子，寶珠又沒什麼經驗，怕伺候不了，請貞娘吃住都在這邊吧。」
貞娘雖然有些為難，但也只好答應了，心想抽空再回去看望那父女倆。
餵了奶後，貞娘將孩子放在青竹身旁。
青竹側著身子，伸手拉住他那小小的手，逗著他玩。
「他還沒名字呢，你當爹的不取一個嗎？」
少南道：「名字我早就有了，因為不知是兒子還是女兒，所以沒有定下來。有句話叫『懷瑾握瑜』，我看不如就叫懷瑾吧，下一個兒子就叫懷瑜。」
「下一個我要生女兒。」
少南笑道：「女兒也好。」
「再給一個小名吧，這樣喊大名還有些不習慣呢。」
少南略一思索便笑了。「也有了。冬天出生的，我看不如就叫他冬郎可好？」
青竹便一口一個「冬郎」地喊著，可惜孩子還太小，不會回應她。青竹滿臉都是喜悅和幸福，好不容易得的冬郎，她一定會做個世上最好的母親，給冬郎世上最好的疼愛。不求他將來光耀門楣，只要他平安順遂一輩子就好。

「我已經讓人去平昌報喜了，爹娘知道後肯定也很高興，說不定娘還會跟來照顧妳呢！」

青竹心想，白氏在跟前的話，必定有許多不便，有貞娘就已經很好了。再說，大冷的天，一個上了年紀的婦人趕路可不是什麼好差事。雖然這麼想著，但也無法阻止了。

「妳辛苦了，好好地養著吧，都有我在，妳放心。洗三的時候同僚們還說來道賀呢，我又怕吵著妳和孩子，只是推也推不掉，偏偏我們在這邊也沒什麼親友。」

青竹管不了那麼多，淡然道：「你去處理吧，我可不管。」

青竹可是一點力氣也沒有，在床上已經躺了大半天。冬郎就在她旁邊，此時也醒了，正打著呵欠，眼睛並未全睜開，只看見一點漆黑的眼珠。青竹滿臉都是幸福的笑容，不管多麼辛苦都是值得的。

這裡正是溫情脈脈的時候，寶珠卻突然走來，和他們道：「爺，知縣大人來了。」

少南一驚，忙道：「怎麼來了？」

青竹道：「難得登門，你快去吧，不用管我。」

少南看了眼冬郎，道：「我去去就來。」

這邊少南將塗知縣領到正堂屋，塗知縣奉上了賀禮，又說了幾句吉祥話，寶珠趕著來添茶。

塗知縣又說：「突然來訪，除了給項兄弟賀喜以外，還有一事要和項兄弟商量。」

少南便讓寶珠去告訴貞娘，給備幾道下酒菜來。

正堂屋與青竹住的屋子只隔了一間屋，所以青竹躺在這邊的床上，對那邊的談話卻聽得一清二楚。

貞娘俐落地給弄了三道下酒菜，少南給塗知縣斟好酒，分了主賓坐下，兩人把酒言談，直到天黑，塗知縣這才告退，少南又親自送到巷口。

塗知縣道：「回去吧，我認得路，再說也不算有多遠。」

少南說著保重，這才回房。

青竹已經坐起身來，正吃著貞娘煮的糖蛋，見了他便道：「還真是上了門不見得有好事，我看你該怎麼辦。」

少南苦笑道：「妳都聽見了，這事還真是棘手呀，我也推託不了。」

青竹皺眉道：「要是那塗夫人知曉的話，只怕會怨恨你我。」

「我也沒法子，明兒一早便讓人去問問，看哪裡有合適的房子，給買了，還得將人給送去呢！妳說我辦的這是什麼事呀？」

青竹心想，這塗知縣還真是色慾無窮，本來是人家的家事，他們外人去插手的話，必定會受到指責。也不知那驕傲的塗夫人會作何想法？當真是男人有了權錢二字後，就什麼也靠不住了。

青竹盯著少南看了兩眼。

少南知道青竹在想什麼，忙向她保證。「妳放心，我絕不這樣對妳，今後也絕對不會有別的女人來插足我們的生活，我向妳保證！」

青竹見他信誓旦旦的樣子，又垂下眼道：「罷了，我什麼也沒說。你有這個想法固然好，我拭目以待，看能堅持多久。不過我也先和你打個招呼，可別指望我能和別的女人處得好，會允許有人和我一道來分享你，這是白日作夢！」

青竹的這番言論讓少南低了頭。青竹八歲起就在項家了，雖然自己在家的時間不多，但對於青竹的脾性卻瞭若指掌，也清楚她的行事方式。她說的話他並不覺得排斥，在他心中，兩人的關係是平等的，沒有誰依附誰的事，更何況青竹又是這麼有想法、有主見。

塗知縣交辦的事少南還得斟酌著去辦，知縣也再三交代過，按察使還沒走，得小心行事，不能留下什麼把柄。少南不禁想起東水前一位主簿的遭遇，就因為貪圖太多，終於被拉下馬，所以才派了他這個外地人來任職。

接了這樣的差事，青竹也替少南叫苦，真是的，還要管人家娶小老婆嗎？這算是什麼事呢！

貞娘在跟前向青竹詢問關於洗三的事，青竹道：「那林婆子答應了，一定會來的，沒什麼好擔心的。」

貞娘又問：「要準備多少人的飯菜呢？」

青竹想，在東水又沒個親友，若有人來道賀的話，頂多不過是少南那些同僚的女眷，別人是不會來的，於是細細地琢磨一回後，和貞娘道：「準備個兩桌吧。」

貞娘答應了，心想要準備的事不少，便叫了寶珠幫忙。

請了痘疹娘娘等神像供在外面的正廳上，又備了香蠟紙錢。給小孩子洗澡用的大木桶是早就準備好，還得去藥鋪裡買些艾草之類的草藥，並備些花生、桂圓等乾果。

青竹心疼的還是冬郎，心想他這麼小，外面又冷，一點抵抗力也沒有，要是為了一個「洗三」將他折騰病了，可得不償失。其實對這些規矩青竹向來不怎麼在乎，當初翠枝兩個女兒也沒怎麼鬧騰，就簡單地洗了個澡而已，不也健健康康地長到那麼大嗎？

青竹思前想後，便對貞娘道：「妳是過來人。我畢竟不是東水人，都說一方水土，養一方人，十里不同俗。這些規矩我覺得好些也大可不必講究，畢竟天這麼冷，倘若凍壞了哪裡怎麼好？動作要快，什麼添盆之類的也都免了吧，到時候我封了銀子，直接給林婆子就好，何必那麼麻煩？她也知道我是外地人，想來也不會深究。」

貞娘笑道：「就是當地人，這些規矩也不見得都要興的。說來也是，要是小爺給折騰病了，那可是件大事。少奶奶放心，我會和那婆子商量的。」

青竹點點頭。「那好，我就交給妳去辦了。」

貞娘叫上寶珠，兩人外出逛了半天街，才將需要用的東西湊了個七七八八。

到了夜裡，青竹又問貞娘，給林婆子多少賞錢合適？

貞娘道：「這個沒定數，窮人有窮人的賞法，富人的話，不拘多少都捨得。」

青竹細想了一會兒，便讓寶珠拿了兩串錢，又秤了一塊五兩的銀子，一併裝進紅綢袋子裡。

貞娘說道：「這個數已經很大方了。」

第二日早飯後，少南要忙公事，便出了門，走之前和青竹道：「我先去看看，若是沒什麼要緊的事便回來。」

「去吧，想來也沒什麼人會來道賀。」

少南笑了笑，又抱了下冬郎，和他道：「爹走了，好好地陪你娘。」

少南走沒多久，便有人登門了。來的人是少南兩個幫忙跑腿的部下的家眷，一姓劉，一姓趙，兩個女人也不過二十幾歲的樣子，都牽著自家的孩子，帶了些雞蛋、麵粉、糖之類的來給青竹道賀。

青竹不大認識她們，只笑吟吟地讓貞娘和寶珠替她招呼著。

劉氏抱了抱冬郎，連聲誇讚道：「真是個出色的小爺，以後定是個有出息的人！」

青竹笑道：「姊姊過讚了，他還這麼小，只怕當不起。以後怎樣，誰也說不準。」

趙氏也道：「他爹年紀輕輕的就出來做官了，兒子自然比老子還強。」

寶珠端了茶盤進來，請兩位女眷喝茶、用點心。

兩人陪青竹說了半晌的話，青竹覺得這兩人很容易相處，不多時便熟悉了。

這兩位女眷的夫婿都在衙門裡當差，昔日少南對他們也都還不錯，其中有一位當初還去過平昌，接青竹來此，青竹不免對那位的女眷趙氏多留了心，又讓寶珠給兩個小孩子抓果子、拿糕點。

趙氏養的是個女兒，五、六歲的樣子，正圍著冬郎看，似乎很好奇的樣子。

正說著，貞娘又跑來道：「少奶奶，巡撫裡的人派人送賀禮來。」

「什麼？」青竹很驚訝，可她又出不了門，便讓寶珠去迎接。

這裡劉氏道：「喲，連巡撫的人都來了，主簿大人果然是好臉面呢！」

青竹笑道：「這是一般的人情往來罷了。」巡撫裡的人她是一點印象也沒有。

巡撫裡派了兩個婆子送賀禮來，連茶也沒顧上喝就要走，青竹忙讓寶珠拿了二兩銀子，給兩個婆子一人一兩的賞錢。

快要午時林婆子才來。

廚下已經備了酒菜，原本定的兩桌，現在看來連一桌的人都不足了，貞娘招呼來道賀的人用了飯菜。

午後，林婆子進來將冬郎抱出去，青竹吩咐寶珠好生看著，別出什麼岔子。

這裡早就準備好大半盆燒得滾熱的草藥水，周圍也都圍得好好的。

林婆子先供奉了痘疹娘娘等諸位神像，焚了香蠟紙錢，又進了糕點。

供好後，便解了冬郎的衣服，冬郎卻哭得哇哇大叫。

青竹在裡間聽了很心疼，忍不住穿了衣裳要出來看看，才走到門口，劉氏便瞅見了她。

劉氏忙道：「項奶奶這是做什麼？外面風大，透了風可要不得，還是去躺著吧。還在月子裡的人怎麼能輕易下地呢？」

青竹也不依，就站在門口看著。

林婆子將冬郎放進盆子，冬郎雖然還小，但害怕，手緊緊地抓住盆子的邊緣。林婆子拿著棉布輕輕地給冬郎身上擦洗著，一面洗，一面唸道：「先洗頭，做王侯；洗後腰，一輩比一輩好；洗洗蛋，做知縣；洗洗溝，做知州……」

說的都是些吉祥話，只是冬郎被這麼一折騰，似乎很不高興，青竹看著不免有些擔心。

擦洗了身子後，林婆子又接過貞娘給備的東西，點了艾葉球，貼著生薑片，放在冬郎的腦門上，像是在做什麼灸。青竹看得心都揪緊了，要是一個失手，燙著孩子怎麼辦？她都交代過要簡單辦一下就行，怎麼還鬧這些呢？

幾下子已經洗好了，林婆子和貞娘兩人合力將孩子包好。那林婆子又拿了幾根大蔥輕輕地拍打了冬郎幾下，口裡唸道：「一打聰明，二打伶俐。」言畢，又讓人將蔥拿到房梁上懸掛起來。接著將冬郎放到一個小簸箕裡，林婆子拿了些金銀首飾，往冬郎腋窩裡放，又唸：「左掖金，右掖銀，花不了，賞下人。」

青竹從來不知道原來洗三的花樣如此多。

最後見林婆子將那些絞出來的石榴花撒到竹篩裡，篩了幾下，又唸：「梔子花、茉莉花、桃、杏、玫瑰、晚香玉、花瓣豆疹稀稀拉拉……」

看到這裡，青竹忍不住笑了出來。

儀式差不多結束了，寶珠抱了冬郎進來，青竹順手接過，便躺回被窩裡去。

青竹又讓寶珠將封好的賞錢給了林婆子，那林婆子又進來給青竹道謝，說了好些吉利的話。

「做王做侯，一輩子福祿無窮。少奶奶憐惜，我也不多留了，還得去認門，這就告辭了。少奶奶以後再有了身子，吩咐一聲就來。」

青竹點點頭，讓貞娘去送。

劉氏和趙氏也紛紛回去了。

青竹方想起巡撫送禮的事來，忙讓寶珠將禮和禮單拿來給她看，只見大紅泥金帖子上，赫然寫著「恭賀項主簿喜得麟兒」，又有禮單在列。

赤金項圈一對、銀鐲子一對、小狐皮披風一領、蜜蠟觀音一座。

青竹心想，如此貴重的禮，她還是頭一回所見。摸了摸那領小披風，當真順滑無比，又去看那座觀音，很是瑩潤好看。她心下暗想，從未聽少南提及過巡撫府那邊，為何一個主簿家添了兒子，會送這麼重的禮來？這份人情該如何還呢？

等少南回來時，青竹便將此事告訴了他。

少南微怔，方道：「看來我得抽空去巡撫府那邊走走，難得竟記得咱們。當初在京的時候，就是遇見了巡撫的一個故交，幾下熟絡了，才推薦我來束水，不然哪裡有我的分兒呢？」

青竹訝道：「我不知還有這樣的牽絆呢！看來不能疏忽，等我出了月子，該去好好地拜訪一下才對。」

少南點頭道：「日後再說吧。」

青竹又將劉氏和趙氏到來的事也告訴他。

少南只點點頭，沒多餘的話。

青竹笑道：「我還在想，等到來年開春，天氣暖和後，帶著冬郎回平昌一趟，你說好不好？」

「只怕我走不開。」

青竹說：「你不回去的話，只怕家裡人更牽掛你了。」

「那有什麼辦法，開春後事情就更多了。我還在想過年要不要回去，只是那時妳才出月子，身子還太弱，又趕上一年最冷的時候，也怕冬郎受不了。罷了，再慢慢地籌劃吧。」

第一百零四章　提防

少南實在沒想過會驚動巡撫的注意，不得不挑了日子，送上拜帖。並不著官服，換了身家常的衣裳。

青竹特意給他挑了件茄灰色的繭綢斜襟長襖，加件藏藍的褂子，兩種顏色雖然襯得少南老氣了些，不過青竹想，多一分沈穩持重倒是件好事。這邊又囑咐他道：「這樣的大人物最是不好應付，什麼話說得、什麼話說不得，你多長幾個心眼。要是一沒處理好，說不定以後就有小鞋穿。」

少南有些不耐煩。「妳也不用嘮叨了，又不是從來沒打過招呼，當初剛到東水上任的時候也去拜訪過的，妳不用瞎操心。」

「我這不是擔心你嘛，你又嫌我嘮叨。」青竹咂咂嘴。

「好了，我出門了。」

「嗯，路上注意安全。」青竹向他擺擺手。

少南在巡撫家坐了不過一個時辰便告辭了，順路回了縣衙門，正巧遇上塗知縣找他。

「有事找你，怎麼偏不見你人影？」

少南笑道：「今天不是休沐嗎？出門了。」

「我聽你家裡人說，你去巡撫府呢？」

少南只好點點頭。

塗知縣見跟前沒別人，便小聲在少南耳邊道：「你是我的人，別和那邊走太近了！」

少南的身子微微哆嗦了一下，解釋道：「是因為小兒洗三時，他們送禮來，既然瞧得起我，我不好裝作不知道，怎麼著也該去道句謝吧？」

塗知縣見他一副緊張的樣子便笑道：「好了，你緊張什麼？就是要去攀高枝也是人之常情，而且你不是那汪侍郎推舉過來的嗎？自然也算作是他們的人了，不過白說一句。對了，按察使大人真走了？」

「千真萬確。」

塗知縣撚鬚笑道：「這就太好了。」虧他提心弔膽了好半個月。

「對了，你家娘子吃燕窩可還吃得習慣？要是覺得好，我再讓人買了送去。」

少南連忙道：「禁不得如此重禮，大人快別如此。」

「這有什麼？上一任主簿欺負我是個外來人，不懂這束水的規矩，對我欺上瞞下的，總算是陰溝裡翻了船，活該！如今我們倆的境遇一樣，理應該照應著。」

塗知縣昔日的一些所作所為，項少南是清楚的，也頗有些不齒，但他倒沒有在別人面前提及過塗知縣的半句壞話。

回到家後，少南只覺得渾身疲憊，坐下就不想起身了。

青竹便道：「你家知縣找你有事，你不去衙門嗎？」

「我才從衙門回來，真是頭疼死了。」

青竹含笑道：「那就歇歇吧，好在家裡沒什麼事要你頭疼的。」正說著，冬郎卻突然哭了起來，青竹連忙抱過來哄著，發現原來是尿濕了，正好少南坐在旁邊，便道：「你旁邊有乾淨的尿布，拿一塊給我。」

少南便隨手拿了一塊扔給青竹。

青竹熟練地給冬郎換好尿布，又給他餵了奶，小聲地哄著他，冬郎昏昏欲睡的樣子，不多時就已經睡熟了，青竹依舊將他放在旁邊暖暖的被窩裡。

寶珠幫著搬來小條桌，準備用晚飯了。青竹的飯是特意準備的粳米燕窩銀耳粥，少南吃的是普通白米飯，三菜一湯，有些簡便，但口味還不錯，看得出貞娘很用了一番心思。

看見青竹吃的燕窩，少南立即想到了塗知縣的那番話，待青竹吃了飯，少南便問她。

「吃這個燕窩，妳覺得身子怎樣？」

「倒無別人吹噓的那樣有神奇的效果，可能是見效太慢了吧，不過好像也沒多少了。」

少南有些愧疚地說：「妳若想長期吃的話，只怕我們吃不起呢。」

青竹笑道：「不過是別人送了些而已，我何曾說過要一直吃下去？不需要，我也還沒那麼嬌貴。你大嫂養她兩個女兒的時候，飲食也不如何，兩個女兒不都長得好好的嗎？也很少生病。」

少南點頭道：「剛才塗知縣問起這事來，還說妳若覺得好的話，要再買些送過來，妳說這事我怎能答應？再說也受不起。」

「倒不知這知縣大人葫蘆裡賣的什麼藥，不過我想，天下沒那麼多便宜事。你幫他張羅了小妾的事，以後還不知有什麼難為情的事讓你去張羅呢！我覺得你還是別陷太深，不然以後脫身難。」

「我也是這麼想的。」

少南不禁又想起程巡撫提起塗知縣時，那一抹不屑的表情來。當初他能來這裡，多虧了汪侍郎，他很想報答汪侍郎的恩情，這程巡撫和汪侍郎交情深，按理說他更應該和程巡撫走得近一些才是，只是官場中的事，他涉足不深，處處都要估量著，也不想太得罪人，難免會將自己陷入兩難的尷尬境地。

夜裡睡覺時，少南照舊只在房裡支了個榻，並不上床挨著青竹。

「青竹，現在我最大的心願就是能給妳和冬郎安穩的日子，清苦點也無所謂，只要你們平安幸福就好。」

青竹見少南這話說得毫無來由，忙問他。「突然冒出這麼一句是幹麼呢？」

「沒什麼，心裡有些感慨罷了。」

青竹輕笑道：「對了，你還沒說去巡撫那邊的事呢，可都致了謝？」

「那是當然。」

青竹又道：「他們是這地方上最大的官，沒想到還能將你一個小小的縣簿放在眼裡，說不定你有他們覺得可取的地方。」

少南覺得有些奇怪，忙問：「為何這麼說？」

「難道不是嗎？你是官場中的新人，人際關係簡單，圈子也小，對他們來說或許更好吧。你也提起過，在京城的那位貴人和這位巡撫有些交情，你難道就不想報答那貴人嗎？」

「我想，當然想。」

青竹的話是不錯，也是這麼個道理，只是杵在塗知縣和程巡撫之間，項少南覺得更多的還是棘手頭疼。他心想，難道就沒個可以平衡的法子嗎？

這一日午後，少南派去平昌的人回來了，白氏並沒有跟來，卻帶回來半車的東西，一半是給冬郎用的小孩物件，一半則是地裡的產物。還有兩個大荷包，裡面裝著散碎銀子，加起來也有四十來兩。

正好還剩了不少飯菜，青竹憐惜他們趕了那麼遠的路，肚子一定餓了，便讓寶珠盛些粥給他們吃，又問了家裡人好不好？

還有一封家信，青竹拆開看了一通，是些嘮嘮叨叨家長裡短的事，上面說今年魚塘的收成還不錯，加上賣的藕還有蝦等，就賣得一百二十兩銀子。青竹想，倒實在不錯。信上又說黃連還不能採，只怕還得再留一年才行。青竹暗暗算了一回，那麼成本就有些高了，要是魏掌櫃等著要的話，不就耽擱了人家嗎？要不，再想想其他可以種的藥吧？

兩位幫忙跑腿的軍牢已經用好了飯，向青竹道謝。

青竹讓寶珠給了二人一些賞銀，給他們打酒吃。

青竹想，眼見著要到臘月了，正是籌備年貨的時候，帶來的這些他們也吃不完，不如分成幾份，拿些去送人倒也好。板鴨、風魚、藕粉、蓮子、核桃，還有白氏自己曬的桑葚乾、院子裡棗樹結的紅棗。每樣雖然都是市面上能買到的，但自家地裡出的，總比賣的那些好。青竹選了兩份拔尖的，準備送塗知縣和程巡撫；又分了兩份給兩位軍牢；貞娘那裡也給備了小小一份。

等到少南夜裡回來，青竹將這些告知於他，少南點頭讚她慮得很周全。

隔日，青竹又讓寶珠和貞娘分別送去，各家又備了回禮，或是道了謝。

又隔了兩日，知縣夫人衛氏竟然親自登門了，這讓青竹很吃驚，偏偏她還在月子裡，又不好出門迎接。

塗夫人剛進屋，也來不及脫下身上這件厚重的青狐皮大衣，徑直就來到青竹的臥房。

冬郎才醒，正被青竹抱在懷裡，塗夫人一頭走進來，進門就先笑道：「喲，小少爺好精神！」又伸手要去抱那孩子。

青竹見塗夫人那雙染得紅彤彤的指甲，怕有幾寸長，心想這要是戳到了孩子怎麼辦？身上也不知抹了什麼，香味有些刺鼻，只好訕笑著婉拒道：「塗夫人怎麼親自來了？快請坐！冬郎才醒，還鬧彆扭呢，怕尿了太太的好衣裳。」

塗夫人便立即收回手，心想這身好衣服最是怕水，要是給尿了，她還怎麼穿出去呀？

「這月子沒幾天就坐完了吧？」

「可不是嗎？幸好是冬天，要是夏天的話可磨死人了。身上骯髒得很，倒是失禮了。」

塗夫人淡然一笑。「女人麼，不都是這麼過來的？我帶我家兩個小子時不也是這樣？再忍忍就好了。」

寶珠給塗夫人端了紅棗茶來，塗夫人見了這紅棗便想起青竹讓送去的土產，忙感謝道：「你們家裡帶來的東西能有多少，怎麼還送了那麼多給我們家？」

青竹笑道：「我們家爺多得大人和夫人照顧，很該孝敬一二的。」

塗夫人原本頗瞧不起青竹，認為她是鄉下來的村婦，沒什麼見識，但是熟絡了後，又覺得青竹說話、辦事很有一套，倒一點也不顯得小家子氣。

塗夫人給了青竹兩疋上等的綢緞，說是為了感謝送的土產之禮。

青竹忙推說：「自家地裡出的東西，不值什麼錢，哪裡當得起如此貴重的東西？」

「這也是自家店裡的貨，有什麼當不起的？我們老爺還誇讚妳家當家的能幹、會辦事，前任主簿留下個爛攤子，這位項主簿才來不到半年的時間就給整理好了，可給我們老爺幫了個天大的忙呢！我們老爺還說，都是外地人，在東水相互照看著也應當。以前我多有怠慢的地方，還請妹妹包涵。」

怎麼轉眼間就以姊妹相稱了呢？青竹頗有些納悶。

塗夫人接著又道：「以後妹妹需要什麼只管和我說，什麼地方有難處也和我說。」

青竹忙道：「有勞夫人費心了。」

塗夫人又誇讚冬郎長得好，說了好一番吉祥話，但這樣的奉承讓青竹覺得有些難受。

青竹讓貞娘去備飯菜，要留塗夫人用飯。

塗夫人卻道：「飯倒不必了，我還得趕回去呢。對了，上次和妳說的奶娘，我倒物色了一個不錯的人，要不改天讓她過來，妳給相看相看，要是覺得好就留下吧，一個人看孩子很辛苦。」

青竹想說不用了，但想到塗夫人已經物色好人選，再拒絕的話有些不恭，忙道：「那多謝夫人了。」

塗夫人燦然一笑。「妹妹和我客氣什麼呢？這就走了，改天再來看妳。」

「寶珠，幫我送送知縣夫人！」

塗夫人這來去匆匆的，難道就為了和青竹拉幾句家常、送兩疋緞子嗎？青竹心想，肯定還有別的什麼事在等著她，只是目前她猜不透而已。

寶珠將塗夫人送的兩疋緞子拿來給青竹看，一色是桃紅線羅，一色是松花色的紵絲，兩樣都是異常珍貴的布料。就是在年前，她去那些布店裡也很少見這麼貴重的布料賣，就算偶然看見了，也只敢看幾眼而已，不用猜也知道定是個讓人咋舌的價目。

「收著吧，我現在還用不上。對了，我記得收了好些布料，有一色柳綠的緞子，妳拿出來，去找街上的裁縫給裁兩套衣裳。」

寶珠忙問：「是少奶奶穿嗎？」

青竹笑道：「是給妳和貞娘的年禮。」

「喔。」寶珠趕著道了謝，然後想了想，也不知這話該不該問，有些吞吐不定的樣子。

青竹瞧見她的異樣，便說：「有什麼話妳就直說吧。」

「小的不該多管閒事，只是……這知縣夫人上門來說給一個奶娘，到底鬧的是哪一齣，小的看不大明白。少奶奶是怎麼想的呢？」

「能怎麼想？難道我連這個也招架不住嗎？既然要送來，也是一番美意，我接受便是。多個人幫著看一下孩子固然是好的，不過還是要吃我的奶。到時候妳和貞娘不用特意吩咐她什麼事，待久了，見沒什麼事，她也不好白賴在這裡吧？」

寶珠笑道：「這倒也是個應對之策。」

「不然能怎樣？目前也只好如此先應付著了。」在她還沒摸透塗夫人的底時，一切都得謹慎行事。特別是塗夫人那一句一個「妹妹」的稱呼，刻意想拉攏距離套近乎，讓青竹感覺如坐針氈般的不適。

到夜裡，青竹將塗夫人的來意和少南說了。

少南倒立即猜出他們的用意。「知縣是想拉攏我，不讓我和巡撫走得太近。」

青竹點頭道：「我也這麼猜想過。你幫忙參謀一下，我是接受還是不接受呢？」

「一般的小事可以接受，若是涉及太大的就推掉，我不想陷進泥潭裡。再有，此時派個奶娘來，只怕是為了監視我的動向。」

青竹有些納悶。「你一個小小的主簿，犯不著如此興師動眾吧？」

少南苦笑道：「那是妳不知道東水以前的事，也不知道關於上一任主簿的事。他想提防我，不讓我拆了他的臺，所以才要刻意拉近關係，讓我和他成為綁在同一條繩索上的螞蚱。這先是送奶娘，以後還不知要送什麼呢。不過什麼能要、什麼不能要，我也清楚。」

青竹聽得一愣一愣的，這官場上的事，和辦公室裡的那些事也都差不多，拉幫結黨的，各有自己的派系。不過她夏青竹也不是那麼好惹的，沒事便罷了，要是想打她和身邊人的主意，那是一點用處也沒有。

「其實我倒覺得，長遠來看，你也應該和程巡撫拉好關係，再說汪大人還有恩於你。」

少南點頭道：「是這個道理。可現在知縣不就是想提防我這麼做嗎？平日裡，他們都是屬於互相看不順眼的。」

「那有沒有可能先拉攏他們之間的關係呢？」

少南立即搖頭道：「我看不大可能，兩人的政見大相徑庭。」

「喔。」青竹想，這還真是難辦了。

「我只想在此平安順利地待到任滿期限，等離開此處，不管他們怎麼鬧也不關我的事了。」

「還有半年多的時間，只怕是不會讓你那麼順利了。」

「或許吧。」少南只想全身而退，不大想扯進他們的明爭暗鬥中。

自少南打算走科舉出仕這條路以來，就該預示到他既踏進這個圈子，就必須得遵循這個圈子裡的規矩。青竹思量良久才道：「或許他們都在等著你表態呢。其實我也覺得你該表個態，明確一下自己的立場，如此下一步就好辦了。」

青竹的話讓項少南如夢初醒，頓時覺得青竹果然是有頭腦的。「妳說得很是！只是，有些事並不那麼單純。」

青竹笑道：「也別太逼迫自己，一步步慢慢來吧。」

第一百零五章 安插

過了一日，塗夫人的陪房領來一個二十左右的年輕小媳婦，是給冬郎新找的奶娘，生得倒標標緻緻、嬌嬌弱弱的，叫做杏香。

青竹聽見這個名字時，不禁皺了皺眉，好一股脂粉味。

傍晚少南回來時，杏香拜見了少南，少南也不大在意，只點點頭。

青竹安排她和寶珠睡一處，貞娘重新挪地方。

睡覺的時候，青竹和少南嘀嘀咕咕著。

「這個塗夫人動作果然夠快，送了這麼一個年輕漂亮的女人來，不知道的還以為是買來給你的呢！」

少南覺得青竹這話沒來由，忙道：「妳可別胡亂給我扣帽子，我可擔不起！」

青竹立刻又說：「罷了，不說打趣的話了。反正我讓貞娘去查一下她的底細如何，要是被我逮住什麼把柄，可不是那麼輕易就過去的，我可不想被人當棋子般地算計，到時就走著瞧吧。」

少南知道青竹的心性，於這件事不怎麼關心。只是青竹要查底細的話，怕也是查不出什麼來的，畢竟塗知縣是何等精明的人，怎會輕易露出把柄？如今雙方的勢力他都得罪不起，看來遲早得作個決斷，尋個脫身的法子，不然只怕會落得連自己的妻兒都保護不好的地步。

身邊突然多了個來歷不明的人，青竹自然處處防著，又讓人去查她的底細，也從不讓她管屋裡的事，只分派些管理院子裡的花草、漿洗衣裳的活兒與她，更不可能讓她幫著奶冬郎。

冬月末，青竹終於出了月子，可以出門透風，她是一天也多待不了。好在總算熬了出來，又幸而是天冷之日，並未捂出褥瘡來。她忙讓貞娘幫著燒一大桶的熱水，痛快地洗了頭、洗了身子。腰圍雖然還未恢復到以前的樣子，不過比起懷孕的時候已經減了好些，看來以後得好好地鍛鍊身子、減減肥。

青竹拉著寶珠去街上逛了一趟，看了看外面的新奇事物，頓時覺得神清氣爽，月子裡的煩悶一掃而空，又買了不少東西。

過了兩日，程巡撫那邊派了個婆子來，說要請青竹進府坐坐。

青竹頗有些詫異，心想這才出了月子，怎麼這麼快就來請她？這巡撫太太比之知縣太太，又不知是個怎樣的人物？見親自來請，又實在不好推辭，只好將冬郎託付給貞娘照顧，可要吃奶，只好將奶擠出來，讓貞娘到時候熱好了餵他，反正是沒打算讓杏香幫著奶的，畢竟不放心。估算著不過坐一會兒就回來，應該不耽擱事。

巡撫家這邊讓轎子來接青竹，青竹拉著寶珠坐了。

寶珠放下轎簾後，還透過小窗向外張望著。

「別看了，妳比我還捨不得嗎？又不是去多久，一會兒就回來了。」

寶珠搖頭道：「我是感覺到有什麼人在背後盯著我們看似的。」

青竹笑道：「就這麼按捺不住嗎？只怕我們的一言一行都有人記住去通報吧？」

寶珠頓時覺得渾身不舒服。「這個知縣太太也真是的，何必這麼費盡心思？我們家能有什麼機密，值得她如此安排？監視我們能有什麼好處？」

青竹不想將少南那攤事告訴她，只淡淡地笑了笑，心裡卻想，看來這個知縣有不少把柄被少南握在手裡，所以時時刻刻怕少南拿去告狀。還真是有意思，她倒要看看，最後會演變成怎樣。

新年如期而至。

到了年下，項少南比平時還要忙碌，各處要徵收的稅款好不容易將數目對上了。有幾戶大商家來送禮討好，少南都將他們拒之門外，一概不見。上一任主簿就是因為太貪得無厭，最後沒落個好下場，少南知道自己的權力範圍，管好自己該管的，拿自己應得的俸祿就行。

眼見已經到了臘月二十八，今年沒有年三十，明天就是除夕了。從除夕到正月初四，衙門休息。一大早少南便去了衙門，走之前和青竹說今天可能會回來得比較早。

今天顯得格外的冷，原本家裡來了信，要讓少南帶著妻兒回家團聚的，只是假期只有這麼幾天，少南哪裡抽得出時間來？再說又太冷，怕在路上遇見暴風雪什麼的，更是耽擱行程，且冬郎還那麼小，也受不住。

青竹放了貞娘的假，讓她回去和家人團聚，過幾天再來幫忙。至於杏香，青竹也用了同樣的理由要她回去，杏香卻賴著不肯走，青竹沒法，只好將她交給寶珠看著，她倒想看看杏香究竟能鬧出什麼動靜來。

塗夫人差人送了個小條盆來，條盆裡養著兩株開得正好的水仙。寶珠說要放在裡間讓冬郎看看花，青竹卻嫌那水仙不適合養在臥室裡，再說冬郎也還太小，這濃郁的香氣怕影響他的鼻子，便讓她擺到少南的小書房裡去。

青竹給杏香分派的事不多，不過她還算勤快，院子裡倒收拾得齊齊整整，牆角的花盆也照顧得很好，那些紫玉蘭還怕天氣冷凍著了，甚至用了乾稻草將樹幹纏起來。這一切的舉動，青竹不是視而不見，只是她無法忍受身邊被安插了個眼線來監視家人的舉動。

午後，青竹正午睡。突然聽見外面有人叫門，寶珠便讓杏香去看看是誰。

杏香開了門，見門外站著兩個三十來歲的男人，手裡捧著幾個大盒子，身上都是上好的衣料，倒猜著他們是為何而來，便去和寶珠說：「像是來送禮的。」

寶珠道：「還送到這裡來了？」又去請示青竹。

青竹睡意跑了一半，略一忖度，道：「問清是哪家的人就讓他們走，東西也讓他們帶走。」

寶珠照辦了，來送禮的人原本賴著不肯走，直到寶珠和杏香兩個合力關上院門，任由他們在外面叫門，就是不開，過了好一陣子他們才回去。

「真是的，送禮找到這裡來了。」青竹被這麼一吵已沒了睡意，披了衣裳出來，見寶珠正在縫補少南的帽子，杏香坐在自己房門口在納鞋底，也不知是給誰做的，青竹無暇去管。

到了掌燈時也不見少南回來，青竹不由得抱怨道：「還說會早些回來，都這時候了還不見人影。」

寶珠在跟前勸道：「少奶奶別急，爺興許是什麼地方絆住了，脫不開身。再說，這些日子不是都忙嗎？」

青竹為了等他回來好一道用飯，哪知飯菜都已經涼了。寶珠說要拿去熱一熱，青竹擺手道：「再過會兒，等他回來再說吧。」

杏香在院子裡，突然高聲說道：「呀，下雪了！」

怪不得這麼冷呢！青竹聽說下雪，就更擔心起少南來，心想早上走的時候他的衣服添得夠不夠？會不會受涼？

天色已晚，寶珠和杏香都是女孩子，再說外面又冷，還在飄著雪，青竹也不好讓她們出去看看。這時冬郎突然不知怎的，一直哭喊個不停，奶也不吃，青竹哄了半天也哄不好，不免有些心煩。摸了摸他的額頭，沒有發燙，心想這孩子突然這樣到底是怎麼了？是不是涼著了？大過年的，可禁不起折騰啊！青竹只好先哄他睡覺。小孩子吵鬧總是讓人心煩，青竹先是耐著性子哄了一會兒，哭聲略小些了，可卻未止住，於是青竹便賭氣起來，索性不管他了。「你就哭吧，哭累就知道睡了！我也沒心思管你！」

「我來抱抱他吧？」杏香站在門口看了一下。

青竹瞥了她一眼，冷冰冰地說道：「不用了。妳和寶珠吃了飯去睡吧，我一人等就行。」

青竹雖然這麼說，可寶珠和杏香都不敢先吃。

直到聽見外面拍門響，青竹才放下心來，心想可算回來了。

少南腳步匆匆，聽見冬郎的哭聲也顧不得許多，徑直走到這邊的屋子，見青竹正抱著孩子哄呢，少南忙走上去道：「我來抱他吧！」

青竹便讓寶珠去熱飯菜，正想將孩子遞給他，卻聞見他衣服上有一股明顯的酒氣，不禁皺眉道：「我說你怎麼這麼晚才回來，原來是喝酒去了！虧我等你等到現在都還沒吃飯。」

少南連忙換了身衣裳，心疼道：「我以前就說過，若是我回來得晚，就不用等我，妳餓著怎麼行？冬郎也要吃呀！」

「他吃奶又不吃飯，奶水我夠。」

少南又去洗了個熱水臉，這才回來抱孩子。

「今天誰請你喝酒呢？」

「除了我們知縣大人還有誰呢？初二他請我們過去吃年酒，妳也一道吧。」

青竹有些不大想看見塗夫人，便道：「得了，我還是在家待著吧，天氣這麼冷，凍著冬郎怎麼辦？他還這麼小。」

少南本來想說有杏香在，可突然想起青竹根本不讓她接近冬郎，便沒說出口。

「我都答應了，那該怎麼辦呢？難道要去回絕掉嗎？」

「你去吧，我是不去的。」

「休這幾天假，我也想在家多陪陪妳呢。」

「得了吧，你有這個心就好。你是大忙人，我可不敢耽擱你。」

少南逗了一會兒孩子，冬郎在他的懷裡睡了，青竹便讓他抱回被窩躺著了。

這裡寶珠已經熱好了飯菜，青竹叫來杏香，三個女人一道用了飯。

雖然冷，可才吃了飯，也睡不好。青竹本來說讓寶珠給少南做一碗酸辣的醒酒湯，少南卻擺擺手。

「不了，我沒醉呢，不用煩勞。」

青竹聽了也就作罷，便讓寶珠她們去歇息。

自從青竹坐完月子後，因為憐惜少南在榻上睡著冷，便讓他回床上來睡，她帶著冬郎睡在靠裡的位置，少南睡在外面，夜裡要喝水什麼的，也方便起身。

「正月十七是巡撫太太的壽辰，聽說是五十大壽，兩家是有來往的，我看很該備份禮。」

青竹點頭道：「很該如此。我還在想二月的時候回平昌去，你之前是答應了的，可不許反悔。」

少南輕笑道：「我反悔什麼？妳帶著冬郎回去住一段時間也好。只是說不定妳再回束水的時候，我都要調離此處了。」

「也是。對了，巡撫太太的禮備什麼好呢？我又沒什麼經驗。」

少南沈吟了半晌才道：「既然對我們那麼關照，可不能太隨便了，妳斟酌著辦吧。」說著才記起一事，摸了摸腰間的荷包，想起剛才換過衣裳了，便又在堆放衣服的地方找了一陣，這才翻出兩個荷包來，一併給了青竹。

青竹打開一個，是少南的月銀，七兩的數；另一個荷包卻裝著一錠少說也有五兩重、黃燦燦的金子。青竹還是第一次見到這樣成色好的金子，掂了掂，忙問少南。「這個哪兒來的？福利這麼好，過年發金子嗎？」

「這是知縣給的，我還正覺得燙手呢！」

「別人也有嗎？」

「一般當差的每人五百錢，有品階的是二兩銀子，縣丞和我就這錠金子。妳說我是該要，還是不該要呢？」

青竹看著這塊金子，倒也不覺得激動，而是很平和地與少南道：「要是一般的年節，上級對下屬的福利慰勞倒也沒什麼，不算受賄吧？不過這數字卻讓人承受不住，打賞下屬都出手如此大方，看來你們知縣很有錢呀！」

少南有些不屑。「是有錢，不過都是搜刮來的。任了兩年的知縣，攢了幾處田莊了。」

青竹沈思了會兒，又將金子重新裝回荷包，找了個不常翻動的抽屜放了。「這些東西先放著，我們也不動用一分一毫，你若還是不放心，就記一筆帳，說不定日後還能保護自己。」

少南有些許詫異。「聽妳這麼說來，我也成了同黨嗎？」

青竹笑道：「我可沒這麼說。不過你在官場裡混，又是個新人，以後是什麼局面你也說不清，又沒什麼人可以仰仗，多長個心眼總不是壞事，至少自保的能力不能丟。」

青竹的話說得很直白，可細想卻是這個道理。少南清楚塗知縣想將他拉下水，而少南一直沒有表態，甚至還遠著他，這讓塗知縣很不安。

「要想自己前程有望的話，我也該下決心了，這樣耗著總不是辦法，不要到頭來兩處不是人。」

青竹一聽，便笑了。「看來你是想通了，那就好辦。放心，我是支持你的，我們娘兒倆還得靠你一輩子呢！」

少南握著青竹的手，望著那雙漆黑的眸子，堅定地道：「我會成長為一個足以讓你們依靠的人，雖然現在還不大成熟，但我會一直努力的。」

青竹頷首道：「這就夠了。我一直都堅信著，你不會讓我失望。」又探過身子，揚了揚頸子，輕輕地在少南的臉頰上印下一吻。

第一百零六章　安頓

程巡撫的夫人肖氏壽宴，青竹和少南商量提前送禮去，但禮到人不到未免感覺有些失禮，因此青竹只好帶了兒子去赴宴。東水官場裡的太太、少奶奶們都去捧場，她也見到了從京城回來探親的汪侍郎的夫人——祝氏。汪夫人和程夫人是閨閣中的姊妹，即便是各自出嫁，甚至是天南地北地住著，也仍有來往。

在程夫人的引薦下，青竹給汪夫人行禮。汪夫人點頭微笑，又誇讚冬郎生得好，還賞了冬郎一個長命鎖。

然而，壽宴回來的第二天，冬郎就生病了，高燒得厲害，這可急壞了青竹。

「都是我的錯，早知道就不帶他去了，一定是吹了冷風才受涼的。」青竹看著病懨懨的兒子，心如刀絞。

貞娘在跟前道：「昨天一天都好好的，不管是誰逗他都會笑，怎麼就這樣了？都是小的沒有照顧好！」

青竹此刻也沒那工夫去責備是不是貞娘的責任，只想著快快讓冬郎好起來。一大早少南就去衙門了，也根本不知道兒子生病一事，青竹急得如熱鍋上的螞蟻一般，讓貞娘快去請大夫來瞧，這裡又將冬郎換下來的衣物交給杏香，讓她將這些先洗過，然後再丟到熱水裡煮一下。

杏香心想，不過就是生個病嘛，用得著這樣麻煩嗎？居然還要煮衣裳，真是前所未聞。心裡雖然頗多怨言，但也只好照辦。

過沒多久，大夫就來了。

寶珠道：「少奶奶先迴避一下，讓大夫給小爺診斷吧。」

青竹才不忌諱這些，外面的男人又不是沒見過，只道：「我怕什麼？難道還會將我吃了不成？又不是侯門望族，充什麼大家子呢？快請進來吧！」青竹將冬郎放到床上，只見他臉頰通紅，哼哼唧唧的，很不舒服。

大夫進來了，也不敢看青竹，彎了身子給冬郎瞧病，診了脈，又看了舌苔、翻看了眼皮等。

青竹在一旁極為忐忑不安，焦急地問道：「大夫，我兒子怎樣呢？」

大夫倒是一臉的沈靜。「少奶奶稍安勿躁，不過是受了些涼而已，我開一劑藥，每天準時餵他吃，好好地養幾天，切勿再添加病情，過幾日就好了。」

青竹聽到這裡才放了心。

大夫去外間寫藥方，青竹讓寶珠給端了茶。

又拿了診金，數了兩百錢，走到外面給了那來瞧病的大夫。

不過大夫接了錢，卻並未立刻要走，而是道：「少奶奶，大老遠的趕來不容易，這天氣又冷，看能不能再……」

青竹又給他添了一串約兩百文的錢，才打發那大夫走了。

寶珠拿了大夫留下的藥方給青竹看。「少奶奶，聽貞姊說，這個大夫還挺可靠的。」

青竹大致看了一回藥名，她於醫藥上本就不大懂，只識得幾味藥，略知藥性，卻不懂得配伍，見上面並未出現那些所謂的虎狼之藥，便吩咐貞娘去買藥。

冬郎哭鬧了半天，直到餵完藥好一陣子他才肯睡，青竹一直守在跟前，焦灼地等待著，希望冬郎的病能立即好起來。

少南下午回來時，才知兒子生病的事，不免有些歉意。「妳怎麼也不讓人通知我一聲，我好讓人去找東水最好的大夫來給他看病。嚴不嚴重？」

「得了吧，哪敢煩勞你這個大忙人呢？吃了藥稍微安靜些了。」

「妳還說下個月回平昌去，如此的話，我怎麼能放心呢？」

「等他硬朗些再說吧。我必須回去一趟，有好些事忙著辦，再者，你爹娘還從未見過冬郎，也該讓他們看看。我知道你公務繁忙，抽不出時間來送我，沒關係，讓寶珠和我一道，雇了車就行。」

話雖如此，可少南畢竟不放心。少南知道青竹想回去還有一個原因，就是蔡氏的周年在四月，青竹要回去祭拜，少南也沒理由阻攔著不讓。

「要走的話，我會安排得妥妥當當的，妳不用操心。」

「好呀，有你出面安排的話，我也就不用再顧慮了。」不過青竹想，在她走之前，至少得將這裡的事安排妥當。

少南守在兒子跟前，突然想起一事來。「對了，我收到賀兄的信，他在湘南做知縣，聽說不大順利，不過將他母親接去了，也和趙家小姐成了親，一家子總算是團聚了。」

青竹點頭道：「這不是很好嗎？只是你們兄弟倆就很少有時間可以坐在一起談笑了，都有了自己要忙的事。」

「可不是？他也算出息了，雖然派遣得晚了些，但總歸是好差事。」

青竹聽他言語間似乎有些不大甘心，心想莫非他又憶起會試時那些不順心的事了嗎？也是，準備了那麼久，最後卻沒成功，換作是誰都會受打擊。

青竹緩緩起身來，從後面攬著少南的肩膀，溫柔地說道：「你也不用太失意了，以後還有的是機會。再說你又有貴人提攜，還怕什麼呢？」

少南雖然什麼都沒說，但青竹卻能清楚地捕捉到他的心事。少南握了握她的手，淺笑道：「放心，我沒事。」

「沒事就好，不管以後怎麼樣，至少我們一家人的心是在一處的。遇到不順的時候，你就想想冬郎吧，或許能開心一些。」

少南含笑道：「我還沒脆弱到那地步，再說都過去的事了，大不了從頭再來，就像妳說的，以後有的是機會。」

冬郎睡到半夜又驚醒了一次，哭鬧了一陣，讓在同屋的青竹和少南都不得好睡，青竹只好餵了奶，又抱著他在屋裡轉了好一陣子，這才安然入睡。

過了兩日，冬郎雖然沒有再發高燒，可其他症狀也跟著出來了，愛哭、流鼻涕、咳嗽，硬是讓青竹沒有睡好一晚。

杏香見病情並未有什麼明顯的好轉，便在跟前建議。「說不定在程家撞著什麼東西呢，少奶奶要不許兩個錢，讓白水庵的婆子來給驅驅邪、燒點符水什麼的，小爺也就好了。」

青竹哪裡肯信這些？板著臉說：「妳有這個心就好，別去玩那些花樣，這受了涼感冒了，誰不折騰個幾天？難道那符水是靈丹妙藥不成，什麼病都能立即見效？我可不信這個邪。」

杏香好心建議，哪知青竹並不理睬，不免有些氣結，覺得自討個沒趣，便要走。

青竹卻叫住了她。「妳等等，我有話和妳說。」

杏香只好垂首立在跟前，靜等青竹吩咐。

青竹慢悠悠地問道：「我問妳，我們這邊院子裡的小事，怎麼就傳到塗夫人那裡？」

杏香裝糊塗，迷茫地搖頭道：「不知少奶奶說什麼呢？」

青竹冷笑道：「這時候給我裝傻有什麼用呢？程夫人、汪夫人派來的婆子說了些什麼話、送了些什麼東西，妳不都是記得一清二楚嗎？我還不知道妳的記憶力這樣厲害呢，看樣子妳是入錯了行。得了，妳這樣大的菩薩，我這裡的小廟也安放不下，收拾收拾，明天就走吧。」

杏香聽說要趕她，一怔，又趕緊求情道：「少奶奶，這怎麼能怪我呢？少奶奶又不讓我進妳屋，我怎麼會知道這些事？少奶奶，妳知道我男人不是東西，這麼回去了，又會打罵我，還請少奶奶收留，我一定好好做事！」

青竹不再看杏香，讓她出去，心想這樣的人還留著做什麼？再過些時日，只怕自己和少南一個月行房幾次，杏香也會拿去告訴塗夫人，還有什麼隱私可言？再說她已決定要回平昌去了，自己不在的話，留下杏香做什麼？看她一副嬌弱的樣子，誰知道會惹出什麼事來？青竹已經拿定主意要趕她走。

寶珠不屑地道：「都這時候了，還裝什麼可憐呢？趕得好，少奶奶早該如此了！我就看不慣她這副模樣。」

青竹沈著地道：「妳拿一兩銀子給她，再送塊布給她。我也算是仁至義盡，對得起她了。」

「還是少奶奶心慈。」

杏香雖然不甘願，仍被青竹給辭退了。作為奶娘卻沒有奶過一次孩子，就連抱冬郎的次數也一隻手就數出來；作為衛氏派到項家這邊的眼線，有利的消息也沒提供多少。

就這麼失去了一顆棋子，衛氏雖然心裡不滿青竹這樣的做法，畢竟杏香是她給找的人，不派活兒給杏香，不讓她近身服侍，這明顯是給衛氏臉色看，但不滿又能怎樣？青竹有權處置自家的僕人。

送走了杏香，青竹便讓寶珠和貞娘收拾兩間屋子，讓貞娘將丈夫和女兒帶來住在一處。貞娘丈夫姓李，單名一個粱字；一個六歲的女兒，小名雪娥。

李梁和青竹見了禮，青竹點頭道：「以前我就有這個念頭，讓你們搬來住在一起，大家也有個照應，這下不就好了嗎？替我照管好家裡。」

李梁含笑道：「少奶奶一片好意，還給我們住，多謝少奶奶的美意。」

青竹又問：「不知李哥如今在哪裡高就呢？」

李梁的臉色微微有些發紅。「不怕少奶奶笑話，自從去年掌櫃回了老家後，還一直沒有找到合適的事做，在家閒著。」

青竹想，要不去和少南說說，讓他給李梁找個穩定的活兒做，於是點頭道：「也不急，慢慢地找，總有合適的。」又見小雪娥生得乖巧，便給了她一只小銀鐲。

貞娘忙讓雪娥給她磕頭道謝。

「快起來吧，不值當什麼。等冬郎會跑了，妳多陪他玩玩，也算是有個伴了。」

貞娘說道：「她膽小，又不大喜歡開口說話，只怕會惹少奶奶生氣。」

「妳這話就偏了，不說她年紀小，不懂事又沒見過世面，再說我又怎麼會生一個小孩子的氣呢？犯不著和小姑娘較真吧？」

貞娘不好意思起來。「少奶奶別在意，我隨便說說的。」

青竹嘲笑道：「妳就是太小心翼翼，太會揣摩別人的心思了，這樣該多累呀！」

過完了正月，天氣就漸漸暖和起來了。青竹找了少南商議，少南給李梁安排了一份衙門裡的雜役讓他幹，每個月有一兩多銀子的收入，活兒不累，大多數都是在幫忙跑腿。

李梁兩口子對這個安排千恩萬謝，很是感激。

漸漸地，院子裡的紫玉蘭花也開了，春光融融，實在是個不錯的季節。青竹抱了冬郎坐在院子裡，指著那些綻放的花和冬郎說著話。他還那麼小，也不知能不能聽懂，不過這一樹綻放的花朵他卻很喜歡，樂得手舞足蹈，眉開眼笑的。

青竹已經定了二月十四動身回平昌，該準備的事都準備得差不多了，聯絡好車子，少南委派了送青竹他們回去的人，也買好了給家人的見面禮。

肖氏知道青竹要回老家，還特意派了個婆子來，送了些滋補的藥材讓青竹拿回家孝敬二老，又捎話給她，讓她帶些地裡的土產回來。

對青竹來說這些事也不算什麼，又親自去程府謝了。

少南這裡計議道：「我看，要不請巡撫太太和知縣太太來家裡坐坐吧？」

「她們倆本來就不對盤，再說以什麼理由請呢？」

「玉蘭花不是開了嗎？請她們過來賞花吧。讓貞娘整出一桌酒席，她們請了妳那麼多回，回請一次也應該。」

青竹想，事不算麻煩，但只怕這塗夫人和程夫人見了面，話不對頭就冷冰冰地散場，她杵在中間也不好做人。

「要是我請了程夫人，再去請塗夫人的話，她會來嗎？程夫人的壽宴上，塗夫人口不擇言，傷了程夫人的臉面，聽說兩人還在賭氣呢！」

少南道：「去請一請不就知道了？」

青竹讓寶珠分別去請，又和貞娘商議酒席的事。果不其然，請了兩個，一個說頭疼病未好，一個說家事繁雜脫不開身，誰都不願意來，青竹只好作罷。

另一方面，少南原本安排好一個送青竹回去的軍牢，因家裡出了事走不開，少南又臨時找不到別人來送。

李梁出面道：「小的願意護送少奶奶和小爺回老家去，爺儘管放心交給小的吧。」

少南仍有些放心不下。「這來回得耽擱一個多月，你願意？」

李梁誠懇地說道：「小的願意赴湯蹈火。」

少南負手而立，看著院子裡那一樹樹開得正好的紫玉蘭。他是走不開身的，要說放心的人，除了那兩、三個常幫自己辦事的軍牢外，還真找不出別人來。李梁看上去倒也憨厚可靠，託付與他，或許沒什麼不妥的，總該信任別人才是，何況他妻女也都在這邊院子裡住著呢，沒有不放心的地方。思量再三後，少南便答應道：「倒也用不著赴湯蹈火那麼嚴重，目前也只好讓你跑一趟，辛苦了。準備一下吧。」

李梁見少南允准，臉上露出欣喜的笑容來，連忙拱手道：「爺放心，小的一定將少奶奶和小爺平安送達！」

少南點點頭。「回來時我再付你工錢。」

李梁歡欣鼓舞地跑去和貞娘說這件事。

貞娘聽後只道：「既然接了這事就好好地做，千萬別出什麼亂子才好。」

「呸呸，烏鴉嘴！這還沒出發呢，妳倒說這樣的話。走的是官道，送的又是官家太太，怕什麼呢？我不在家，妳好好地帶著雪娥。」

「不用你說我也明白。送到了就早些回來……」說來貞娘還有些依依不捨。

李粱只好安慰貞娘一番，又說了些溫存的話。

第一百零七章 回鄉

眼見著已經到了二月十四，這天是個春光明媚的日子。李梁和寶珠幫著將那些東西都搬上車，少南抱著孩子，青竹提了一個包袱遞給寶珠。

少南道：「東西還真夠多的，千萬得小心。」

青竹伸手將冬郎抱過來，笑道：「又不是頭一回出遠門。來，跟爹爹說再見。」青竹拉著冬郎的手，向少南揮了揮。

等青竹抱著孩子上車，寶珠才上去，貞娘又囑咐了李梁一番話。

少南略一沈吟，便也跟著上了車。

青竹有些疑惑。「你也上來做什麼？難道想通了，要和我們一道走？」

少南笑道：「我送你們出城。」車上一下就擠了三個人，原本也不小的，但堆放了不少東西，就越發顯得逼仄起來。少南心想這一離別還不知在哪兒相會，心中只是依依不捨，可當著寶珠的面又不好向青竹訴說衷腸。

李梁駕著車，緩緩地出了城門。

直到大路口，少南方叫住車，走之前拉著青竹的手說：「好生保重，到家時給我寫信。」

「我知道的，你一個人凡事多留意。」

「嗯，替我向家人問好。」少南莞爾一笑，又摸了摸冬郎的臉，依依不捨。青竹又催促了一回，少南這才下了車。目送著馬車向官道駛去，他揮揮手，心想幾時才能再見？

寶珠揭了簾子的一角，向後看了一眼，笑嘻嘻地道：「爺還沒走呢，看來是真捨不得。」一晃，已經看不見少南的身影了。

青竹卻是一臉淡然，眼睛只顧盯著已經睡熟的冬郎。

寶珠這是頭一回跟著青竹去那麼遠的地方，心裡十分激動，又笑問道：「平昌到底是一個怎樣的地方？」

「反正沒束水好，不過是個閉塞的小鎮罷了，更何況還沒住在鎮裡，妳去了只怕不習慣。」

寶珠笑道：「我也是從小過慣苦日子的，哪有不習慣的道理。」

「倒不是苦，妳慢慢就明白了。」青竹心想，來束水的這幾個月，雖然也有那些煩心事，不過日子卻過得瀟灑自在，每天都能見到少南，簡單的三口之家，沒有那麼多口舌之爭，她已經習慣這樣平靜的小日子。

一路勞苦奔波，好在沒遇到什麼大事件，走了半個月，就平安到達平昌。

寶珠掀著簾子，不住地往外張望，只見橫七豎八的有三、四條低矮破爛的街道，街上鋪的也不是青石板，遇上這樣連綿不絕的陰雨，更顯得有些頹敗。

等到達項家時，已經是下午過半了。車子無法在家門口停下，有一段田埂路必須得下來走才行。可遇上這樣倒楣的天氣，寶珠才一下地，一雙嶄新的繡花鞋就立即沾上稀泥，不禁連連撇嘴說：「早知道我就該換雙爛鞋子！」

青竹抱著孩子，讓李梁幫著提東西，寶珠要給青竹撐傘，又要提東西，顯得有些忙不過來。

細雨綿綿，田野裡幾乎沒什麼人，等走到家門口，青竹便伸手拍了拍門，過了好一陣子才聽見裡面高聲問道——

「誰呀？」

是白氏的聲音。狗也跟著吠了起來。

青竹應道：「娘，是我，快開門呀！」

很快地，門就開了一條縫，白氏探頭來看了一眼，果見是青竹，不禁一臉的詫異，又帶著驚喜。「呀，怎麼突然就回來了？也不往家裡寫封信說一下。快進來！」又見後面還跟著兩人，雖然猜不著身分，但想來肯定是護送青竹回來的。見青竹懷裡抱著孩子，白氏在圍裙上擦了擦手，便要去接，不過青竹卻沒抱給她。

白氏樂呵呵地往屋裡一邊走，一邊喊：「他爹，你快出來看看是誰回來了！」

寶珠看見那屋簷下拴著一條土黃色大狗，露出凶惡的目光，正虎視眈眈地盯著她，嚇得有些不敢上前。

青竹忙對白氏道：「娘，妳幫忙牽一下狗。」

「沒事，沒事的！牠不咬人！」白氏趕緊去拉了鏈子。

屋裡明霞聽見人語聲，也出來看，見是青竹他們回來了，還以為在夢裡呢，不禁揉了揉眼，露出淡淡的微笑來，走上前去，看了眼正睡在青竹懷裡的一個小嬰兒，又道：「二嫂回來了？」

「是呀，回來了。」

明霞又往外看，就是不見她二哥的身影，不免有些失望。就和剛才的白氏一樣，以為少南也會跟著一道回來，哪知卻沒有。

永柱在家睡覺，聽到白氏的聲音，也早就披了衣裳出來，看見青竹倒也歡喜。「回來了？」

「爹！」青竹清脆地喚了一聲。

李梁又回頭去搬東西。寶珠看了眼腳上這雙沾滿了稀泥的鞋，卻不想再折回去了。

青竹道：「娘，車上還有東西沒搬完，妳幫忙搬一下好嗎？」

白氏倒也爽快，聽說就去了。

永柱第一次見到孫子，激動得不知說什麼好。

正好冬郎也醒了，青竹忙將孩子遞給永柱。「冬郎，快讓你阿公抱抱。」

永柱很多年沒有抱過孩子，怕自己抱不好，摔著了孫子，小心翼翼地伸手去接。

冬郎不知是否已經知道認人了，永柱才接過，就哇哇地大哭起來。

寶珠在一旁笑著。

青竹扭頭和她道：「妳傻笑什麼呢？幫我把這些東西搬到那間屋裡去吧。」

「喔，我換雙鞋子就做。」

冬郎還只是哭，永柱也沒法。

明霞也伸出手來，笑嘻嘻地說道：「讓小姑抱！」

「當心點，別摔了。」永柱又遞給明霞。

明霞向來就喜歡小孩子，豆豆和小靜婷她都帶過，如今抱著冬郎，哄了一會兒，冬郎竟就不哭了，甚至對明霞露出笑容。

明霞立即對永柱道：「爹，你看，他正笑呢！」

等東西都搬了進來，收拾妥當後，青竹讓白氏幫忙把車趕到鴨棚那邊，那裡地寬，路也寬。當初就是為了板車、馬車能進來裝貨，才鼓動家人修了一條路。

李梁和寶珠倆拜見了兩位老人，都以「項老爺」、「老太太」呼之，弄得白氏和永柱很不自在。

翠枝也知道了青竹回來的事，先遣了兩個女兒過來看。

豆豆又長高了不少，小靜婷則是長得越來越像翠枝了。

豆豆笑問：「二嬸要回來怎麼也不先寫封信呢？」

青竹道：「信也慢，只怕我還比信先到呢！字有長進了，算術掌握得如何呢？」

豆豆答道：「一般的計算還是會，只是也遇到過不少難題。」

「沒事的，慢慢來就成。」青竹在想，將帳務方面的事託給豆豆，還是為難她了吧？

白氏五十幾了，養了兩個兒子，這還是頭一回抱孫子，眼裡哪還有兩個孫女？只一心圍著冬郎轉。要不是冬郎還太小，吃不了什麼東西，只怕白氏會煮上一大堆東西給冬郎。

「要是少南跟著一起回來該多好，這孩子也一年多的時間沒回來了。」

青竹道：「他每天都忙，也走不開。就看任期滿了卸任後，會不會有時間回來。」

「罷了，能看見寶貝孫子我也滿足了。回來就好好地住著吧，也多些人幫著照顧，而且家裡這攤子事還多著呢。」

青竹說道：「能住幾個月，也還有些事要辦。」

白氏聽見青竹如此說，知道不是立刻要走，更加歡喜了幾分，又忙讓永柱去撈魚，又準備殺雞。

天快黑時，翠枝和少東才一道過來。

翠枝見一家子都圍著冬郎轉，心裡多少有些不舒服，又暗想著自己在這家裡以後怕是更沒地位了。不過當青竹送了翠枝兩疋上好的素羅，又給了兩個女兒銀錁子時，她又滿臉堆笑了。「小叔現在果然是出息了，我們大家都跟著沾光呢！」

「不過一個芝麻小官而已，職位不大，煩心事卻一大堆，哪裡說得上出息呢？不過爹娘高興罷了。」

翠枝奉承道：「榔頭村裡難得出一位當官的，這很不容易了，也讓項家光宗耀祖了一回。冬郎以後必定也是個出息的，說不定比他爹還能幹呢！」

白氏在一旁聽著，心想有這奉承羨慕的分兒，不如也趕著去生個兒子來才是正經。不過養了兩個女兒，又胎死了一個兒子，看樣子也生不出什麼來了。好在有了這一個孫子，白氏這才有些許釋然。

白氏抱著冬郎，讓他給祖先作揖行禮，可惜冬郎還太小，根本就不會這些。

晚飯做得異常豐盛，飯桌上大家都喜孜孜的，話題自然也就圍繞著少南和冬郎轉。也沒人來問青竹在束水過得好不好、習不習慣？不過青竹也不在意，在項家這些年了，她也早習慣了。

青竹讓白氏暫時將李梁安頓在少南以前的小書房裡住，寶珠則跟著她一道住。

「噯，我還以為他們是兩口子呢，原來是不相干的。」

「寶珠不過十幾歲，還沒嫁人，李哥已有妻女，哪裡就是兩口子了？快別亂說。」

白氏笑笑道：「沒想到現在連服侍的丫鬟有了，跑腿的僕人也有了，還是妳福氣好。只怕村裡人更要眼紅，由著他們說去。」

青竹想，村裡人不提起，白氏也會拿這些事四處招搖的，她不就是這樣的性子嗎？因此撇撇嘴，也沒跟著附和。

「趁著年輕，趕著再多養兩個孫子吧，我也還不算老，可以幫妳帶。」

青竹卻道：「冬郎還這麼小，以後再說吧。」

「是，不急，慢慢來。我在家也給他做了好些小衣裳、小鞋子，正好回來了也能穿。」說著便從裡間搬出個籮筐來，裡面亂七八糟地堆了些從一些舊衣裳改出來的衣物。

青竹看了兩眼，也沒伸手去撿，只道：「放那兒吧，辛苦妳做這些。」

「都是給孫子做的，說什麼辛苦呢？」又見青竹身上的衣服好，便又誇讚道：「這做了官夫人就是不一樣了，我聽那寶珠也一口一個『少奶奶』的稱呼，真正是極好的。」

「娘還記得以前來往的賀兄吧？聽說已經去了湘南，還做了個知縣，也成家了，將他母親也接了去。」

「喲，這可真是翻了身呢！」一提起賀鈞，白氏就滿心覺得遺憾，怎麼明霞就沒這個福分呢？要是命好些，如今已是知縣太太了！她不免有些嘆息，道：「哎，真是悔不當初，姓賀的在平昌時就該將他倆的事給定下，現在後悔也沒用了。」

「明霞不是不願意嗎？也強求不來。這或許就是所謂的緣分吧。」

「緣分，有緣無分，大約就是說這事。」白氏苦笑了一下，又催促青竹去睡覺，她也回了房。

只見永柱在燈下刨木頭，白氏見狀忙問：「弄這個做什麼？別吵著了孫子，也該睡覺了。」

「我打算給冬郎做頂小床。」

「當真是心疼孫子。」白氏趕著鋪好了床。

永柱在燈下對了一下木頭的寬厚，實在不行了，眼睛越來越不好使，只好明天再弄。

「我說妳活了半輩子的人了，怎麼還是不會說話？剛才吃飯的時候，妳沒瞅著大媳婦臉上不高興嗎？這才過了幾天安靜日子，難道又要鬧到雞犬不寧？」

白氏停頓了一下，忙問：「我什麼時候說錯了話？」

「還說沒有？妳眼裡不是只有冬郎？大媳婦不就因為這個才冷冰冰的？」

白氏道：「我心疼誰那是我的自由，她生不出兒子來，難道還要怪在我的頭上不成？養了兩個毛丫頭，到頭來都是賠錢貨！」

「妳還說這樣的話？二媳婦走後，不多虧了大孫女幫著寫、幫著算，妳還嫌棄？」

白氏不想和永柱計較，因此也不吱聲。她是瞧不上林翠枝，也看不慣兩個孫女，改不了了。

永柱收拾好了，這才脫了衣服上床。早就吹了燈，屋裡黑漆漆的。「給的那幾疋布，我看還是拿去送人吧。」

「幹麼要去送？」

「莊戶人家，穿不了那麼好的衣裳，再說也可惜了。」

「兒子當了官，難道連身好衣服也不該有嗎？這些布只怕花錢也沒處去買，青竹說也是些官太太送的，我看得好好留著。那顏色好的給明霞做兩套衣裳；顏色深的，我一套，給你也做一套。辛辛苦苦養了一回兒子，難道連這個也享受不了？不光這些布，那匣子裡還有幾根好東西，我也不認識，後來問青竹，說是紫參，最是滋補的好東西。白放著只怕會長蟲，我看該燉了湯給你補一下身子！」

永柱嘟囔道：「好好的，補什麼啊……」

青竹自然也沒忘記夏家的姊妹，也給她們留了禮，準備哪天回夏家時給他們帶過去。

那牆角栽種的金銀花依舊長勢不錯，這裡還未打花苞，青竹又關心起種的黃連來。

永柱道：「冬月裡挖了一株給郝大夫看了，郝大夫說還要再長一年才行。」

青竹沈吟道：「黃連太費時日了，要不等採了這些後，還是種點別的吧？對了，程巡撫家的夫人誇讚咱們家的板鴨做得好，我看要不要今年多做一些？我也好拿去送人。」

永柱道：「這裡鴨子才餵了十七隻，每天能撿五、六個蛋，要不然自己孵一回吧？毛驢賣了一頭，得了三兩銀子。」

青竹點頭道：「慢慢地擴大規模吧。」

寶珠正在裡屋收拾東西，聽見外面的這些談話，心想這農家日子過得十分有趣。糧食能從地裡長出來，要吃肉可以餵家畜、餵魚，要穿衣服可以自己種麻、種棉花來紡，這樣的小日子實在不錯。

永柱花了兩天時間，硬給冬郎做出一架小床。和一般的床不同，還在下方做了四個小輪子，可以推著走。

永柱本說要上一層桐油，青竹卻道：「冬郎那麼小，怕聞了那些不好，這樣就很不錯了。」青竹心想，這和現代的嬰兒推車有得比呢，她確實很喜歡。「爹的手就是巧，如今連木工也做得！」

永柱倒很謙虛。「輪子是讓李木匠幫著刨的，我也做不出來。將就用吧，我當阿公的也做不了衣服鞋帽，就這架小床希望他喜歡。」

「肯定喜歡！」青竹由衷地說道。

翠枝見青竹有了冬郎後，二老都快樂地要上天了，很有些不忿，不免想到自己養兩個女兒時的情景來。不都是項家的兒女嗎？這偏心也偏得太厲害了！

「大嫂，豆豆呢？我正找她。」

「她替我跑腿去了，一會兒回來我就讓她過來。」見青竹向她招手，翠枝想，有什麼好事呢？

青竹暗暗地塞給翠枝一只裹金鐲子，低聲道：「這個妳收著，別讓其他人知道了。」

「我……哪裡……」翠枝本想說「我哪裡受得起」，可握著鐲子，卻激動得已不知如何是好。青竹倒是個有良心的，不管什麼好東西都記得他們房裡，當初青竹在這邊受氣的時候，沒有白費她的一片疼惜。

青竹想，少東在家任勞任怨地幫著跑這跑那，她就給銀子也不好，不如拿些實際的東西給他們。至於鋪子的事，她一直都記著呢！

第一百零八章　產業

回來了三天，青竹一直記掛著青梅姊妹的事，於是這天一早，帶了冬郎，和寶珠一道往南溪村而去了。

青竹的突然到訪讓青蘭驚了一跳。「真是的，二姊怎麼突然就回來了？倒讓人好生意外！快快請裡面坐！」又看了看寶珠，一張陌生的面孔，因此偏著頭問：「這是誰呀？」

寶珠忙給青蘭福了福身子，笑道：「小姐叫我寶珠就好。」

青蘭是頭一回被人稱為「小姐」，感覺怪怪的。這才發現青竹懷裡的孩子，湊上前一瞧，立即笑道：「呀，真是個可愛的娃兒！多大呢？」

青竹道：「四個多月了。大姊他們呢？」

青蘭笑道：「還在地裡忙呢，要插小秧。他們讓我在家看著，順便幫著帶一下小平安。」想要倒水給青竹喝，卻發現壺裡的水已經沒了，只好去燒。

青竹抱著冬郎來到牌位前，帶著他作揖行禮，口中唸道：「娘，您外孫來看您了。這一年來過得可好？」

寶珠也跟著一道行禮。

青竹有許多話想和青蘭說，便讓寶珠幫著看孩子，自己去找她。

「家裡人可都好？」

青蘭正忙著燒火，突然聽見青竹問，忙答道：「都挺好的。」

「那我就放心了。成哥兒呢？在學堂可還好？」

青蘭沈默了一陣子才緩緩開口道：「成哥兒他沒去學裡了。」

「為何？」

「他說在家幫大姊他們幹點活，自己溫書就行，不想再去學堂了。」

青竹聽罷笑道：「這樣也行，當初賀鈞也沒進學堂正式學過幾天，現在不也中了進士嗎？只要他肯上進，沒有不成的事。」

青蘭卻苦笑著搖搖頭。「但願如二姊說的這般，就再好不過了。」

青竹沒瞅出青蘭的話裡有話和她的異樣來。

過了一陣子，聽見一陣叮叮咚咚的腳步聲，接著門口出現了個小小的身子，青竹回頭一看，只見是小平安，忙向他招手道：「小平安，過來，讓二姨抱抱。」

小平安卻不認識青竹，驚惶地看了青竹兩眼，一副躲閃的樣子。

青竹和青蘭說：「這小傢伙都不認得我了，這才多久沒見呀？不過個子是長高了一截。」

青蘭道：「他越大越怕生起來，一點都不像個男孩子。我還和大姊說該再養個閨女，那得多好玩！」

青竹想，青蘭在姊妹中最小，從小就幫著帶成哥兒，這會兒又帶平安兄弟倆，所以就格外喜歡比她還小的女孩子，偏偏家裡卻沒有。

待到中午時青梅等人回來了，見了青竹也分外歡喜。青竹帶了見面禮來，青梅再三謝了。

不過幾個月的時間沒見，青竹卻覺得青梅似乎更添了幾分老成，心想母親沒了，要照管妹妹和弟弟並不是件容易的事，還真是辛苦她了。

夏成又問青竹。「二姊夫怎麼沒一道回來呢？」

「你二姊夫忙公事，哪裡走得開。」

青梅在跟前也道：「是呀，二妹夫如今都當官了，還真是件大喜事。」又見青竹一身衣服，顏色樣式雖然都很樸素簡單，但那面料卻是上乘的，心想二妹在項家苦熬了這些年，也終於出頭了。

青竹又對夏成道：「你努力上進，以後定比你二姊夫強。」

夏成只靦覥地笑笑，並未接口。

坐了滿滿一桌的人，先供了夏臨和蔡氏的飯，這才開動。

飯桌上就吉祥和平安兩個吃飯不老實，一刻也靜不下來。

這久違的團聚，青竹已經很久沒有體會過了。

用過午飯沒多久，青竹便說要回去了。

青梅找了兩件小平安小時候穿過的衣服給了青竹，雖然是穿過的，但大都還是半新的衣物，都是青梅一針一線自己縫的。青竹也不嫌棄，便讓寶珠包了衣裳，又道了謝。

去了村口正好有同路的車，趕了車便回榔頭村去了。

往夏家走了一趟，寶珠一路上都沒怎麼說話，青竹瞧出些異樣來，笑問她。「妳是怎麼了？哪裡不舒服嗎？」

「沒有的事，少奶奶不用擔心。」

「沒有就好。」

寶珠兀自望著那連綿起伏的山丘，早已經心潮澎湃。來了平昌這幾日，見多了各種相聚歡笑，她也確實有些想家了。也不知家裡的兄弟姊妹如今過得如何？父親是不是依舊嗜酒好賭？母親呢？也不知還在不在……這些年她總是孤零零的一個人，這樣的日子過久了也會覺得厭煩，只是，那個家她還能回得去嗎？

到家時，青竹轉達了青梅等人對項家二老的問候。

正好少東也在這邊，見了冬郎就伸手去抱，青竹便遞了過去。

少東抱著孩子，一口一句。「冬郎，我是你大伯父，笑一個。」

哪知冬郎卻將腦袋偏向一旁，根本不給少東面子。

「對了，我曾在信上說過不養黃鱔和泥鰍了，改養螃蟹，下了蟹苗沒？」

少東一面逗著冬郎，一面和青竹道：「今年蟹苗價高，跑了好些地方才買了養起來。不過弟妹倒是算著了，現在黃鱔和泥鰍越來越不好賣，富貴人家根本不屑吃這些，賣給那些餐館酒樓吧，好像菜品也不多，不如螃蟹好，又值錢，一斤就能賣兩分銀子。」

「嗯，以後藕慢慢地減少，多養點螃蟹。遇見了一些官太太，還讓我們家種葡萄來著。」

「葡萄？太多的話白白地爛了，更不好賣。」

青竹笑道：「當水果是一方面，也可以賣葡萄乾呀，另外還可以拿來釀酒。聽說那些官太太家不愛喝什麼高粱酒、拐棗酒，還就喜歡這葡萄酒呢！」

「葡萄酒那玩意兒好喝嗎？只怕和我們自己泡的青梅酒、拐棗酒一樣，都是甜絲絲的。」

青竹笑道：「這葡萄酒可是和這些酒不一樣，不是用糧食酒泡出來的，是等它自己發酵，並加一定的糖釀製出來的。」不免想起二十一世紀歐洲那些葡萄莊園裡自己釀出的紅酒來，裝在橡木桶裡，年分越久遠的越醇厚。以現在的條件只怕釀不出正宗的紅酒，也分不出干紅和半干紅來，不過自己先試著釀一些，以後拿去送人，說不定成氣候了還能自己開個小酒莊。

「要種葡萄的話還沒地呢！」

青竹也道：「是呀，家裡不可能不要農田，畢竟一家子大小要吃飯。要不，看有沒有人要賣地吧？要是合適的話，我們買幾塊來。」

少東聽說青竹打算買地種葡萄，先是一怔，接著才道：「如今地也漲價了，只怕不好買。」

「先買個三、四畝種上再說。」

「這事還是先和爹商量一下吧？」

青竹微笑道：「這是當然，肯定要和爹說。」

白氏端了一盤才洗出來的桑葚讓他們吃，關於他們的談話，白氏只聽到一部分，便問：「要商量什麼事？」

少東將冬郎遞給白氏，抓了一把桑葚，又坐回原位，蹺著腿邊吃邊道：「弟妹說要買幾畝地，打算種葡萄。」

「種葡萄？這裡才養了螃蟹，又打算種葡萄？妳準備在家賣葡萄嗎？」

青竹笑著解釋。「倒不是都賣水果，還能拿來釀酒。我們家說來產業也不少，光是靠一項的話也難有什麼突破，還不如多嘗試一下別的。那巡撫家的太太還誇讚娘醃的板鴨好呢！」

白氏一聽連巡撫家的太太都誇讚她，突然顯得有些不好意思起來。「我還怕醃得不好呢，沒想到那些富貴人家竟然也喜歡？正好家裡還養了鴨子，改天殺些來，我再做就是。」

「嗯，晾曬好了，我也好帶走。」

「聽妳這口吻，是還要回東水嗎？」

「回不回東水不知道，因為少南任期滿後也不知還會不會留在那裡，不過肯定是要走的。」

白氏臉上的笑容漸漸就冷了，看著孫子那可愛的面龐，十分不捨，不禁在心底將青竹罵了千萬遍：一點也不顧家，就知道往外跑！不過這些話她卻不敢說出口。

等永柱回來時，青竹將她的計劃跟永柱說了，永柱心想，家裡如今有好幾項產業了，還要經營別的，怕照顧不過來，且這樣下去又得請幫工，原本有些不大樂意的，半天沒有吱聲，不過當聽見青竹說是為了給少南的貴人送禮，便答應下來。「這兩年家裡開銷大，再買地的話只怕會周轉不過來，還是拿兩塊地先種著看看吧。」

青竹想了想，也只好如此。不過她又想起了別件事，便笑著和少東道：「大哥，我看以後你開鋪子的話也不要賣什麼布料了，市面上賣這個的本來就多，競爭也大，不如把娘的手藝發揚光大，開始賣板鴨吧？以後等到自家的葡萄酒出來了還能賣酒。」

「賣板鴨？」少東一時有些摸不著頭腦。

「是呀，說不定還是項出路呢！你考慮考慮吧。」

白氏聽了忙插嘴道：「要擺到鋪子裡賣的話，只怕我一個人也做不出那麼多來呢！」

青竹笑道：「一步步來，到時候招點人跟著娘學，幫著醃製、晾曬，漸漸地就有規模了。」

白氏心想，這個能賣出好價錢嗎？還不如直接賣活鴨就好，何必這麼麻煩？而且真要做板鴨生意的話，那得養多少隻鴨子，得有多大的地方來晾曬啊？只怕這個院子還不夠呢！

第一百零九章　送禮

又到了收麥子的季節，家裡人大多數都出去忙了，青竹帶著冬郎看家，留了寶珠在跟前照顧。

「明天我也下地去幫著收割吧？」寶珠主動請纓幹活。

青竹有些疑惑。「能夠躲閒，何必再去勞累？妳是不知道幹農活到底有多累吧？」

寶珠笑嘻嘻地說道：「我不怕累，能夠自由自在地在田間地頭奔跑，想想就覺得興奮呀！」

青竹卻搖頭道：「妳把幹農活想得太簡單了，真想去幫忙的話也不是不可以，妳去受兩天苦就知道好歹了，到時候可別找我哭。」

寶珠笑道：「哪會呢！」

寶珠幾歲的時候就被老爹賣了出來，進了大戶人家做丫頭，就是在大戶人家家裡也做的是三等小丫頭，根本無法到主人跟前服侍，也沒見過什麼世面，再加上以前不大愛說話，也沒什麼朋友。可自從到了青竹跟前，整個人立即就變活潑了不少，或許是壓抑的天性終於得到釋放了吧。寶珠雖然看上去老成，不過也才是個十幾歲的小姑娘，更何況她根本沒享受到什麼快樂的童年。

第二日，青竹便讓寶珠跟著家裡人一道下地去幹活。果不其然，正如青竹所預料的那樣，寶珠才幹了一日，第二天就不想再去了。

「沒想到會這麼累……」

青竹笑道：「農活是看著好玩，其實挺費體力的，又要一定的毅力才行。」

寶珠來平昌的這些日子，項家人從來沒把她當成丫頭使喚，而是當作來家的客人一般，所以也從未要求她幫忙什麼。

好不容易忙完了收割，地裡的麥子都擔回了家，依舊擺放在院子裡。

沒幾日，明霞和寶珠就混熟了，因為兩人年紀相仿，天性也相仿。等到收割完麥子，等著犁田的工夫，明霞帶了寶珠，提了竹籃就去田間拾麥穗，又帶了她去爬山、爬樹、採桑葉、摘桑葚，寶珠的日子過得十分快活，在青竹看來，她是不想回束水了。

青竹忍不住取笑她。「妳這麼喜歡這裡，我看要不和秀大嬸說說，讓她給妳找戶人家，妳就在這裡扎根好了。」

寶珠不懂青竹口中所說的「秀大嬸」是誰，偏著腦袋問：「少奶奶是嫌棄我了嗎？所以急著要將我打發出去？」

「傻丫頭，哪是嫌棄妳？」青竹忍住不笑。

明霞聽了，也跟著說：「是呀，妳乾脆別去那勞什子的束水了，就留在我們榔頭村吧，我們也好有個伴！」

白氏聽見這三人的談話，心想這鬧的是哪齣戲？

收完了麥子，還有將近一個月的時間才放水浸田插秧，還得將田耕出來晾一晾。家裡以前的那頭老黃牛早已贖了回來，但因為年事太高，去年冬天就賣了。雖然重新買了一頭，但還是小牛犢，根本幹不了重活，永柱只好去別家借了牛來耕。

這幾天天氣還算不錯，白氏和明霞一道趕著將堆放的那些麥子晾曬起來，下午就開始進行脫粒，弄得灰塵漫天。青竹害怕冬郎呼吸到這樣的空氣不好，於是帶著他就待在裡屋玩，脫粒的事一直忙了四、五天才算完。

後來田家人給項家捎來一封信，是項少南寫來的，也不知怎的就到了田家手裡，不過田家的僕人親自送上門來，白氏便讓明霞給送信的人抓果子吃。

信很快就到了青竹手上，青竹展開來匆忙地看了，也沒說什麼十分要緊的事，不過是問了些家裡的情況，又問青竹什麼時候回去等等。信中還提到一件事，就是塗知縣被調查了，連帶著少南的日子也不大好過。

當青竹看到這裡時，心裡有些不痛快，當真迎來這一天了嗎？要是受塗知縣的事牽連過深，少南他會不會丟官？這才頭回任職，難道就無法任滿嗎？她不免有些憂心忡忡。

家裡人也都知道了這件事，關於官場上的那些事，他們也不大清楚，不過想來和村裡的爭權奪勢應該差不多。若少南真受了牽連而丟了官，他們也沒轍，畢竟只是清白、沒有任何背景的莊戶人家，也沒有人脈可以依靠。

白氏是個沒什麼見識的村婦，也想不出什麼點子來替兒子解決難題，只好去廟裡燒香拜佛發宏願，祈求菩薩保佑兒子平安順利。

因為少南的事，鬧得家裡幾天都愁雲慘霧的，後來青竹實在看不下去了，開口勸慰道：「少南是個聰明人，也想了不少脫身的法子。況且汪侍郎既舉薦了他，不會不搭手相助的，再說還有程巡撫呢，他一直想拉攏少南，應該不會有什麼事的。」

「但願如此吧，這個家不能再遭受什麼不測了。」永柱一副茫然無助的淒然表情。

過了兩日，田老爺親自上門拜訪，永柱熱情地接待了他，兩人坐在堂屋裡喝茶聊天，青竹則在裡屋帶著冬郎做針線。

田老爺慢悠悠地喝著茶，又慢悠悠地說道：「項老爺如今正是享福的時候，兒子在外當官，還操這些田地裡的心做什麼？依我看，不如將這些土地分給佃戶們來種，自己安心做個地主就好，哪還要自己下地去耕田。」

永柱卻很謙虛。「當莊戶人家當了大半輩子，早就習慣了，當年還在瓦窯上幫工呢，如今雖然幹不了重體力活，但也閒不下來，一沒事幹就渾身不自在，是天生的勞苦命，哪敢和田老爺比，當個自在的鄉紳大地主，人前人後有人服侍，城裡又有產業，別說在榔頭村，就是在整個平昌都無人不羨慕、無人不誇耀的。」

田老爺對永柱的奉承顯得很雲淡風輕。「這些不過都是些虛浮的東西，我那兩個不成器的兒子，哪裡比得上項家的舉人老爺？如今又做了官。對了，項老爺不去兒子那裡享福嗎？」

永柱嘆道：「享什麼福？屁大點兒的小官，去了不是給他增添麻煩嗎？還是家裡自在。」

田老爺便笑起來，心想這項永柱果然只能當一輩子老實巴交的莊戶人，一點也不懂享受。要他是永柱的話，還種這勞什子的田地？早就跟著兒子去了。

青竹在裡間做著針線，冬郎躺在搖籃裡，一雙黑亮的眼珠子正盯著四周看，今天他還算安靜，似乎也和青竹一樣正在關注外面的談話。

田老爺說了一大堆有的沒的，永柱一直保持著淡淡的微笑，並未在田老爺跟前透露出半點關於少南惹著的事。這是項家的事，沒有必要讓外人知道。

後來田老爺問起項家還準備種點什麼、養點什麼時，永柱開口了。「二媳婦說要種葡萄，還要多養鴨，只是地太小了，還只是想想罷了，如今地也不好買。」

田老爺笑道：「也只有你們項家種地種出了花樣，不過也翻了身，賺了錢，是個不錯的路子。買地麼，倒是件極容易的事。」

永柱想，換成田老爺自然是容易的事，他們家上百畝的地還一直買進賣出的，據說在別地也有些田產、房產。

田老爺喝了兩盞茶就告辭了，永柱將他送到了院門外。

田老爺出門也沒僕人、隨從，打算一路走回去。

過兩日，田家竟然派僕人給項家送了份禮，那禮不是別的東西，而是一張田產，上面清楚地寫著二十畝地！這倒讓項家人有些猝不及防。

「這田老頭是什麼意思？好端端的為何要送地給我們啊？」少東不明白。

永柱說道：「我提起過地不好買的事，沒想到他竟然上了心，還送了田產來。」

少東拍手笑道：「這不正好嗎？如今花錢也不好買，竟還有送上門來的，田老頭還真是個會來事的人！我看也不用謙虛，大大方方地收下吧，要種葡萄也有地了。」

永柱不知是福是禍，只覺得燙手，心想或許不該接，更何況又是這麼關鍵的時期，思忖了一陣後，便將那張田契遞給少東。「我看你還是還回去吧，這麼重的禮，我們也收不了。」

少東有些疑惑。「爹，田家好心送來，我們再退回去的話，會不會有些不恭？再說也正需要。爹要是覺得過意不去的話，不如我們給點銀子，就當是買的吧？」

永柱卻道：「二十畝地該花多少錢，你算過沒有？家裡本來就沒什麼錢，再說現在又買了魚苗、蟹苗、母藕、鴨子等，哪還有那個閒錢？買地的事以後再說吧。」

少東卻是不捨，裝了田契，正琢磨著要不要還回去時，就見青竹抱著冬郎出來了，少東心想，不如讓青竹說動父親收下這份禮，便笑道：「弟妹，妳看田家人難得如此大方一回，再說送上門來了，哪有退回去的道理？弟妹不是想種葡萄嗎？有了這二十畝地，幹什麼不成？」

青竹道：「這是個燙手的山芋，我看還是別收的好。萬一被人抖出來，弄不好會成為少南的把柄，在這關鍵的時期還是小心為妙。」

「咦？」少東一臉的疑惑。

永柱點頭道：「二媳婦考慮得很周全，我看還是退回去吧。你就說我們不能收，地的事以後自有辦法。」

少東心有不甘地答應了。

其實白氏想的和少東一樣，將田契退回去，也覺得很可惜，以後只怕遇不上這麼好的事了。

永柱說出了一番自己的顧慮，加上青竹在跟前說項了一回，兩人這才慢慢地轉念。

說起種葡萄的事來，翠枝倒有建議。「我家院子裡種了一大株葡萄，都種了好幾年了，結的果又多，滋味又甜，不如去剪些枝條來，我們來插吧？」

永柱說道：「好啊，那就辛苦大媳婦跑一趟了。」

翠枝笑道：「小事一樁！」

青竹想著，蔡氏的周年很快要到了，少不得要回去祭拜一回，便和家裡人商量。「我母親的周年不能不回去，只怕得耽擱兩日。」

白氏聽了便爽快地答應著。「是該回去的，妳自己準備東西吧，冬郎我們幫妳照顧，妳放心去吧。」

青竹卻捨不得離開冬郎。「冬郎還是跟著我。」

「上次去了夏家一趟，夜裡就睡不好，驚醒了好幾次，是不是走那方不利呀？要是撞著什麼可不好，我看還是別帶他去了。」

「娘，我帶他回他姥姥家，難道還要忌諱這些不成？不管妳怎麼說，我帶他走是帶定了！」青竹無法理解白氏的思維。

白氏畢竟是心疼孫子，所以才好心好意地提醒幾句，沒想到青竹竟然衝著她大吼大叫，因此當場就拉下臉來，心裡憋著一口氣，也不管好歹就說：「我看很該找人給冬郎算算，看哪一方去不得，多少得防備著些，免得衝撞了什麼陰靈惡魂，中了邪可要不得！」

青竹見白氏說得越發過分，也不想為了這些和白氏爭辯，抱了冬郎便回自己屋裡去了，重重地關上了房門。

寶珠連忙跟上去，留下一屋的人都愣在那裡。

白氏還在念叨著。「看吧，還以為當了娘後脾性會變得好一些，哪知還是這樣的臭德行！我真是造了什麼孽呀，竟遇著這麼個冤家！」

永柱說道：「妳就少說兩句吧。」

「年輕人不懂事，難道我還說錯了不成？」

少東和翠枝也不好勸解，兩人便回去睡覺了。

青竹拍著冬郎，正哄他睡覺。

寶珠在跟前卻不敢說話，心想這個主子的心思是不好琢磨的，何況還在氣頭上，更不敢貿然開口，萬一頂撞了哪兒更不好收場了。

青竹也搞不懂為何要和白氏鬧僵，以這裡人的思維來看，說出那番話來也算正常，更何況白氏還是天天燒香拜佛，那麼迷信的人。但青竹心裡就是不痛快，想到蔡氏的周年，便又記起以前的許多事來。

蔡氏還活著的時候，青竹也說不上和她有多交心，有多親密。她大部分的時間是在項家這邊度過的，按理說應該和白氏更親近才是。她也惹蔡氏生氣過幾次，只是這些事都過去了，當時還不覺得如何，如今回想起來不免有些自悔，要是當初語氣更軟和些，蔡氏或許就不會那麼難過。而今自己也做了母親，青竹才體會到蔡氏的許多不易，還想和她好好地道個歉，只是上天已經不給她這樣的機會了……

寶珠在跟前將洗乾淨的衣服一一疊放好，正要開門出去打熱水伺候青竹梳洗，卻瞥見她坐在床沿暗自抹眼淚，她只當是青竹心裡惹了白氏，覺得委屈，想了想才說：「少奶奶，您別氣，過陣子就好了。」

「我哪是生氣了……」那淚珠卻控制不住地往下掉。

寶珠微微嘆了聲，開了門，便去準備熱水。

屋裡人大都散了，只永柱還在燈下閒坐。

第一百一十章　沒種

第二日一早，青竹用了飯，便帶著冬郎去了一趟集市，買了些香燭紙錢，一些水果糕點，並些肉類蔬菜，而後與寶珠一道徑直去了南溪村。

青梅知道這日青竹定要來家，因此早早地就備好了祭品，糊了四套紙衣，就等青竹來家一起拜祭。

青蘭照顧著灶膛裡的火勢，鍋裡正煮著全雞，這些也都是要拿去祭奠的。

青梅走進來便問：「妳看見成哥兒沒？」

「剛才不是還在院子裡和姊夫說話嗎？」

「不見人影，正找他要寫幾個字，怎麼一轉眼人就不見了？」青梅有些氣急，只好去別處尋找。屋裡屋外都找遍了，還是不見夏成的身影，青梅不禁抱怨道：「真是的，需要他幫忙了，卻人影也不見，還能指望他做些什麼？」

青梅這個大姊不好當，特別是在母親沒了以後，自己要帶著兩個孩子，還要照管青蘭和夏成。青蘭好歹懂事，又肯幫著做事，人也勤快。只這夏成如今連學堂也不去了，也不見他溫書，真不知他想做什麼？以前天天將「項家二姊夫」幾個字掛在嘴邊，看那樣子是要以項少南為榜樣，知道上進學好，哪知這一年來卻越來越不像話了。

青梅只覺得無名火往上竄，連母親的周年也不能安生地過，娘知道了不知該有多麼傷心！她站在籬笆牆邊立了好一陣子，還是不見夏成回來。

沒等回來夏成，青竹卻已經到了。

「大姊！」

「噯，妳來了。」青梅趕著開了籬笆門，又去看寶珠抱著的冬郎，伸手摸了摸他的小臉，冬郎便笑起來。青梅也不想再等夏成了，便對青竹說：「妳來得正好，我正找人寫字，墨都磨好了，快隨我來吧！」

「喔，好的。」青竹隨青梅到了堂屋，將手裡提的東西放下。

青梅對青竹道：「我唸妳寫。」

青竹點頭答應著，提了筆，按青梅的意思，幾下就寫好了，只是顯得有些沒自信。「我這字沒法兒看……對了，大姊怎麼不叫成哥兒來弄呢？」

「快別提他了，又不知跑到哪裡去鬼混了，妳說我能指望他做什麼呢？」

青竹面露疑惑，心想夏成以前也是個乖巧懂事又上進的男孩子，難道脾性變了不成？

謝通砍好了竹子；青梅和青竹也備好了要去墳上的祭品；青蘭拿了幾個洗好的杯碟碗筷，分門別類地裝進兩個背篼裡。

謝通沒看見夏成，便問：「這小舅子跑哪裡去了呢？」

「快別給我提他了！我等了他半天也不見人，不用等了，我們自個兒去吧！」

謝通心想，夏成是夏家唯一的兒子，這周年大祭怎能不出現呢？便道：「我出去找找，等我們回來再去吧。」

謝通這一去就將近半個時辰。
青梅早沒了耐心，咬牙恨道：「還等他做什麼？再耽擱下去天都要黑了！」
青竹勸道：「還是再等等吧。」心裡又想，這成哥兒到底跑哪裡去了？是不是出了什麼事？一方面又告誡自己不要瞎猜測。
終於，夏成出現在三姊妹面前，只見他挽著褲腳，雙腳都是泥，腰上掛著一個笆簍。
夏成笑嘻嘻地說道：「今天手氣不錯，撈了半簍的泥鰍和黃鱔呢！」
青梅站起來，當場就甩了夏成一個耳光。「你就知道去摸泥鰍！今天是什麼日子也忘了嗎？」
夏成捂著被青梅打著的部位，青梅這一下手還真重，臉上火辣辣的疼。夏成也沒任何反駁的意思，一聲不吭地將笆簍裡的泥鰍和黃鱔倒出來，洗了腳，換了身衣裳，然後主動地揹了背篼，與家人一道去給父母上墳。
青梅之所以會生氣，原是情理中的事，青竹看了成哥兒一眼，心想他真的忘了母親的忌日嗎？這麼要緊的事他當真忘得一乾二淨，只知道去河溝摸泥鰍？
青竹讓寶珠帶著冬郎在家，她隨大家一道去墳上祭奠。
謝通扛了鋤頭，重新給兩座墳墓壘了土；姊妹們忙著準備拜祭品；夏成卻站在後面，一動也不動的。
青梅索性不再理會他，由著他去。
平安和吉祥兩個小孩子也漸漸懂事了，跟著父母一道跪拜叩禮，有模有樣。

青梅望著那一堆慢慢燃燒的紙錢，緩緩說道：「娘，您放心，我一定會照顧好這個家。青蘭和成哥兒的事都是我的事，我一定會管教好他們，讓他們有個好歸宿。您和爹爹團聚了，也要過得開開心心的。我們做兒女的沒用，沒能讓您在生前享福，到那邊後，只求您老安寧，這個家就交給我吧。」

聽著青梅的話，青竹和青蘭兩個忍不住別過頭去抹眼淚。

夏成依舊站在那棵槐樹下，一臉的無動於衷。

青竹想，到底發生了什麼事，讓夏成的性情大變？難道是因為蔡氏走了的關係嗎？夏成受不了這麼大的打擊，一年了還沒緩過來？是不是該找個時機好好和他交談一下？

好不容易祭奠完畢回家，青梅和青竹說：「妳現在帶著冬郎，想來他們家也不需要妳多麼地操心，不如在家多留一天，好不好？」

青竹答應了。

青梅又道：「初一那天我去了廟裡一趟，讓兩個和尚幫忙唸三天的經。作不了大的法事，也只好如此將就一下了，希望娘不要怪罪。」

青竹道：「大姊已經做得夠好了，娘怎麼會怪罪妳？」

青梅擰著眉頭，心想要是當初沒有招上門女婿，這個家會變成什麼樣子？青蘭和夏成兩個誰來照管？想到夏成，青梅不由得嘆息了一聲，終究還是沒有管教好他。

夏氏來了，沒有趕上去墓地祭奠，便在家裡的牌位前上了一炷香，燒了些紙錢。見青竹養了個白白淨淨的兒子，很是喜歡，抱過來親了冬郎一臉的口水。

冬郎明顯是一臉的不樂意，青竹在一旁看著，早就覺得頭皮發麻，心想就算再怎麼親近、再怎麼喜歡，也不該這般啊，眼看著冬郎就要哭了。

夏氏又誇青梅會辦事，將家裡料理得妥妥貼貼的。

青梅卻很謙虛。「自從爹沒了後，多虧了姑姑照看我們，不然哪有今天？」

夏氏說道：「唉，誰叫我也是夏家的人，哪有不顧娘家人的道理？你們姊弟幾個也怪命苦的，不過好在都熬過來了。」

青梅留姑姑用了飯再走，又和青蘭忙著去做飯，留青竹在旁邊陪夏氏說話。

「聽說妳男人做官呢？」

「不過是個小小的縣簿而已，算不得什麼官。」

夏氏誇讚道：「那也是個官兒。我聽人說這主簿比那縣令還吃香，可是好肥差，能撈不少的好處呢！日子過好了，可別忘了提攜一下妳兄弟啊！」

青竹只點點頭。官場上的事哪有那麼容易的？她想起過年那時，各處趕著來送禮的一些商戶，少南也沒敢收他們的好處，因為天底下沒有白得的東西，你拿了人家的東西，就得給別人辦事，到頭來將自己弄得裡外不是人。不過這些話青竹卻不願意在家人面前提及，他們只知道做官好，未必能體會到其中的煩惱。

在飯桌上，夏氏提起青蘭的親事來。「前兩天我遇見了張家的人，他娘還問青蘭來著。他們家想早些將青蘭娶過去，只是這裡服又未滿，看那樣子好像有些等不及了。」

青梅道：「再等不及又怎樣？哪有在服中成親的道理？」青梅心裡想著：實在等不及就娶別家姑娘去吧！不過因為青蘭也在場，青梅不好說這話。

青蘭聽見他們討論自己的事，倒顯得格外淡定，一聲不吭的，只顧著吃飯。

夏氏道：「話是這麼說沒錯。玉娘的婆婆上個月沒了，她婆家的兄弟已經定了婚期在今年，不還是娶不成？」

青竹許久沒聽見玉娘這個名字了，她腦海中清楚地記得當初那個嬌小姐脾氣的錢玉娘，嫌家裡髒不肯進屋，又嫌青梅的手藝不好，做的東西不好吃，可吃起牛肉來卻比誰都來勁。這些年了，也不知她的脾氣有沒有改一些？當初去她家，還送了一堆她不穿的衣裳。青竹帶走的那兩套衣裳，她一次也沒穿過，後來好像給了翠枝，給靜婷做了小衣服還是做了尿布，她也記不得了。

吃了飯，夏氏也不多留，便回去了。

地裡的事還要忙，謝通便與青梅一道出了門；青蘭在家照顧養的那些雞。

青竹帶著冬郎坐在籬笆下，看那些已經冒出花苞的木槿花。

青蘭將雞都放出來，提了半桶蚯蚓來撒在地上，那些雞們便爭著來搶吃。

冬郎似乎很好奇，兩隻小腳很想下去和那些雞玩，青竹抱著他說：「你還不會走，下去做什麼？給我老實地待著。」

冬郎又咿呀一陣，只是嬰兒的語言沒有誰聽得懂。

寶珠笑道：「看樣子小爺想說話了。」

青竹道：「他還這麼小，說什麼話呀？」吃了飯後，就不見夏成的身影，青竹便問起青蘭來。「成哥兒忙什麼去了？」

「不知道。」

「他現在不想在家裡待著嗎？」

「誰說不是呢？雖然和他一起長大的，不過現在他的脾氣是越來越古怪了。」青蘭說著，撇了撇嘴。

「這樣耗著算什麼呢？說來都十二歲，也不小了，不會不懂事。我看要不讓他去跟著誰學點本事吧，若是以後沒有考中，也好另謀別的路。」

「這話二姊和我說沒用，妳和他說去。」青蘭沒有那個自信能說動成哥兒，現在大姊也沒轍了。

到了夜裡，青梅帶著一雙兒子去睡覺，青蘭趕著收拾。

青竹給冬郎餵了奶，便將他交給寶珠，讓她哄他睡覺，這會兒便去找夏成了。

小木窗裡透出微弱的光亮，青竹知道他還沒睡，走到房門前敲了敲。

「成哥兒，開門。」

裡面過了好一陣子才傳來聲音。「誰呀？」

「是我，青竹。」

這才聽見一陣細碎的腳步聲，緊接著是門閂晃動的聲音，終於給青竹開了門。

「二姊不睡覺嗎？有什麼事？」

青竹一隻腳已經跨進門檻，看樣子是不準備在門口說話，夏成想要趕也來不及，只好讓青竹進屋。他已經預感到二姊找上門來是為什麼事了。

青竹見小桌上一盞昏暗的油燈，屋裡有些亂糟糟的，床上的被褥也亂成一團，地上還有隨意丟棄的衣物、書本等雜物。

青竹在長凳上坐下來，對夏成道：「我們姊弟倆好久沒說過話了，你也坐吧。」

夏成惶惑地看了青竹兩眼，乖順地在床沿坐了。「二姊是來和我說教的吧？是大姊讓妳來的嗎？」

「不關大姊的事，是我想和你聊聊。怎麼，難道現在連姊弟間的溝通也不能有了嗎？這一年裡我們沒怎麼見過面，也有許多話想和你說，你不打算聽嗎？」

夏成低下頭來，眼睛望著地上，不知該如何開口。

青竹見他沈默了，心想他肯沈默的話，那麼應該還能聽得進自己的話，略思忖了一番才開口道：「我們夏家和別家是不一樣的，早早地就沒了爹，娘一個人要撫養我們幾個，也吃盡了不少苦頭——」

青竹的話剛開了個頭，還沒說完，就被夏成給打斷了。「二姊是怪罪我今天的不是嗎？對不起，我今天是做得不好，我會反省的。」

「難怪大姊會生氣。你也多替大姊著想一下，她只比我們大多少呢？卻要背負這整個夏家。娘沒了以後，她比誰都累吧？」

夏成咬著唇，點點頭。

「你是我們這一代唯一的男子，應該明白自己的責任才是。以前你那麼意氣風發，怎麼現在卻看不見半點呢？」

「那二姊夫呢？辛苦了十幾年，最後還不是沒考中進士？我資質沒他高，又能走到哪一步？」

「可你二姊夫沒有想過要放棄呀！只是一個挫折而已，難道就要選擇退縮嗎？那不是男子漢的作風，他還會再去考的。」

夏成之所以現在不熱衷這些，他自己也無可奈何，因為有母孝，參加不了考試，那些書本放下後，想再拾起來就變得困難了。現在的他也很迷茫，不知該做什麼，不管什麼事都覺得無趣，這些心情，二姊她未必就懂得。

「成哥兒，你還記得當初在娘跟前說的那番豪言壯語嗎？」

夏成茫然地搖搖頭。

「當初你怎麼說來著？說會給娘掙個封誥，怎麼會忘了呢？」

夏成的目光漸漸變得呆滯起來，好一陣子才道：「二姊，我說這話或許不恰當，但我還是想說出口。我不是沒有夢想，不是沒有衝勁，可這一切都是娘害的，她終結了我的夢！難怪姑姑會說她是個天煞孤星，到死也要拉兒子下水。兩、三年後，誰又知道是個什麼樣子？白白地浪費了幾年的光陰，哪裡還有勇氣走進考堂？」

就因為這個，他放棄了一切？青竹氣不打一處來，也很想搧夏成兩耳光！當真還只是個小孩子嗎？竟一點骨氣也沒有！

「夏成！你覺得自己配說這樣的話嗎？娘已經沒了，你讓她的陰靈也不能安息是不是？別以為你讀了幾天書，空有兩句抱負就了不起了，說到底你也不過是個懦夫而已！」青竹氣呼呼地說了一通後，也不等夏成反應便出去了。

青竹這一通話猶如一把刀子，生生地刺進夏成的心窩，不過現在的他似乎也不覺得疼痛了。明天該怎樣，只等到了明天再說。那些所謂的理想、所謂的抱負，也不過是兒時的一句戲言，如今他又能為誰去努力呢？姊姊們都有了自己的小家，就是青蘭也早就定好了婆家，等到母親的服一滿便要嫁到張家去。他努力為了誰？當年母親還在的時候他是為了母親，如今他卻找不到答案了。

青蘭忙完了手中的事，正坐在堂屋裡。

青竹見了她便道：「妳還不睡嗎？」

青蘭抬眼道：「二姊，沒用的，不管誰去說也沒用，他不是一年前的成哥兒了。」

青竹嘆息道：「虧得當初還將他寶貝似的疼著，沒想到卻是這麼個不成器的人，真是白白疼了他一回。娘要是還在，也會被他給氣死！」

當晚，青竹夢見了死去的蔡氏。還是舊日的光景，說是成哥兒中了舉回來，蔡氏身穿新衣，端端正正地坐在那裡，臉上早就笑成了一朵花。

可這終究只是一場夢，也不知蔡氏在天上還能不能看見這一幕？

第二日一早，青竹便說要回去，去和青梅道別。

青梅從青蘭那裡得知青竹找夏成談話的事，她只木訥地和青竹說：「妳以後也別管他了，他愛怎樣就怎樣。」

「這樣哪成呢？我看他是沒有吃夠苦，大姊不要太慣著他了。」

走的時候依舊不見夏成的身影，青竹心想，昨晚的那番話他會不會多少聽進去一點？夏家的人不會這麼的沒種吧？

第一百一十一章 顯擺

天色還是矇矇亮，只聽見鳥語喧鬧。

初夏的清晨還帶著深深的涼意，白氏開了堂屋的門，拿了掃帚準備打掃院子，一天的生活準備開始了。

空氣裡瀰漫著濃郁的槐花香氣，白氏掃了幾下，卻覺得頭有些暈。雖然早就習慣了早起，可是睡意並未全醒，此時還真想再去補個回籠覺。

清掃了院子，給棚子裡的牛添了草料，打掃了一下狗窩，諸事都忙完以後，白氏便拿了梳子站在簷下梳頭。

寶珠也起床了，笑著向白氏打招呼。「太太真早！」

白氏支吾了一聲。這兩天她沒怎麼和青竹說話，說來還是因為上次那件事。看樣子青竹是真的生氣了，而白氏也拉不下臉面來說軟和的話，只好什麼事都問寶珠，寶珠便成了她們倆的傳話筒。

寶珠梳洗過後便走到灶下，準備弄早飯了。

白氏也走進來，繫了圍裙，準備淘米。

「昨晚少奶奶說想吃烙的蛋餅，我去找些小蔥。」

「那好，我來和麵吧。」白氏便將舀出來的米又倒回米缸。

兩人就在灶房裡忙碌開了。

白氏絮絮叨叨地和寶珠說著話。「妳也是個勤快的人，怎麼就沒擔上個好人家？」

寶珠笑道：「少奶奶對我就挺好的啊！」

「我是說妳父母，難道就不管妳了？」

寶珠黯然道：「他們不管，我自個兒管自個兒。」

「唉，倒難為妳了。妳和明霞差不多年紀，看看明霞多淘氣，妳卻比她穩重多了。要是我有妳這麼個女兒就好了，也省了許多事。」

寶珠笑道：「是我上輩子沒積德，沒有那個福分。」

「傻孩子就會說傻話。十五的時候和我一道去廟裡上香，求個好姻緣吧！只要嫁得好，便將以前的委屈都折過了。」

寶珠有些不好意思，於是沒有開口。

今天起，要準備開始插秧了，家裡的事也就多了起來。白氏自然也要到田裡去忙碌，還要分擔些重體力活，畢竟這樣的活兒永柱幹不了了。

烙好了蛋餅，熬了小米粥，又煮了三十來個鹽漬鴨蛋。

家裡人也都起來了，永柱在分配事物。青竹要帶冬郎，自然是不可能下田，擔秧苗的事就交給家裡的長工勇娃和少東。留了靜婷在家，明霞和豆豆都要下田去，寶珠在家負責伙食。青竹還要時不時地去魚塘那邊看看，給驢添草料、放養鴨子都成了她的事。今年各家都在忙碌，要等他們來幫忙的話，只怕事都堆積起來。

早飯過後，正準備出發幹活時，熊貴和明春兩口子趕來了，還帶著小滿。又多了兩個勞力，自然是好的。

「你們都來了，磨坊誰看管？」

熊貴笑道：「前些天忙亂了，這會兒農忙反而清靜了，便過來幫著插兩天秧。」

「這自然是好的。」

青竹看了眼明春，這還是她回平昌後第一次看見明春。人似乎黑瘦了些，綰著烏黑光溜的纂兒，穿著翠藍色的粗布衫裙。夫妻兩人之間交流得不多，但看得出來，在人前，熊貴對明春還是不錯的。

小滿那熊孩子又長高了些，不過卻顯得一點也不安靜，錯眼不見，就已經爬到棗樹上去了。家裡人各司其職，大都出門了，小滿也沒人去管。

明春留在家裡，和寶珠一道照顧一家的飯菜，下午再去田間幫忙。明春也樂得自在，從白氏那裡拿了錢，提了籃子就上街去買菜，走的時候根本沒叫寶珠和她一道。

既沒叫寶珠，也沒叫小滿。

小滿似乎自從親娘死了以後，就一直處於被放養的狀態，無人管教。

青竹在之前讓永柱幫忙做了個手推的小車，她畫了大致的圖紙，永柱看了半天卻有些摸不著頭腦，只好讓李木匠看了。李木匠畢竟是行家，看了幾次就當真做了出來。此刻青竹在小車裡鋪好小褥子，將冬郎放在裡面讓他坐好，推著他往魚塘那邊去，寶珠自然跟在她身後。

「以前沒來平昌的時候，我想都沒想過少奶奶家裡的產業這麼大。」當寶珠看見了那幾畝魚塘和藕塘，由衷發出了感慨。

「藕塘現在只有一畝多了，以前種了有四畝多，到了荷花開的時候，碧綠的荷葉、紅色的荷花，那才叫好看。只是這兩年種藕的人多了，藕價跌下來。今年改養螃蟹，也不知產量如何？」

魚塘的堤岸上綠柳成蔭，青竹讓寶珠幫著看孩子，她去鴨棚裡準備將鴨子給趕出來，還得去給幾頭驢添草料。

冬郎年紀雖小，不過卻很喜歡出來逛，此刻精神十足，坐在小車中，嘴裡咿咿呀呀的不知說些什麼，手腳也跟著舞動，看樣子十分開心。

寶珠一邊看著冬郎，一邊又去折那嫩綠的柳枝，坐在大石頭上就編了起來。

青竹將鴨子都放出來了，那些鴨群見了水，一個個揚著脖子叫喚著，撲通地就跳下了水。

冬郎看見這一幕，更是咯咯地笑開了。

青竹便將兒子抱在懷裡，和他說話。「快看，鴨鴨在游水，不過你千萬不能下去。」又見寶珠只顧著編柳枝，不禁笑道：「妳也是有幾分淘氣的。」

寶珠很快就編出一個玲瓏的花籃，又去採了些野花放在裡面，襯著翠綠的柳葉，顯得十分嬌媚，這會兒將編好的花籃給了冬郎。

冬郎伸手去抓籃子裡的花，一抓住就往嘴巴裡塞。

青竹趕緊阻止了。「你還真是貪嘴，不管什麼都敢往嘴裡塞！」

這邊兩人坐在大石頭上守著鴨子說話，過了一會兒，卻聽見塘裡的鴨子呱呱地大叫起來，像是有人在趕牠們。

青竹忙站起身來，趕著往對岸走去。

寶珠推著小車，也緊緊地跟在後面。

「是誰？是誰在那裡？」青竹大喊了一聲。

綠柳掩映，根本就看不大清楚，等到他們繞過了圈，只晃眼看見一個人影迅速地竄走了。

寶珠愣道：「有些像剛才爬棗樹的那個小孩子。」

「小滿？」青竹心想，他怎麼會在這裡？還真是個淘氣的渾小子。

鴨子沒有放多久，青竹便將牠們趕回圈裡關上了。

寶珠拍拍衣服上的草屑、塵土。「大姑奶奶應該買好菜回來了吧？我還得回去幫忙呢！」

「嗯。」

等他們回去時，明春果然已經回來了，寶珠趕緊去幫忙。

明春也不吭聲，只細細地看了寶珠兩眼。

寶珠笑嘻嘻地說：「我還是第一次看見大姑奶奶呢，大姑奶奶和二姑娘長得真像。」

什麼姑奶奶？明春聽得頭暈。她不大習慣和陌生人攀談，因此一直未怎麼說話。

寶珠起先還興致勃勃的，後來覺得有些尷尬，因此也不大開口了，心想這個大姑奶奶還真不好相處。

當明霞回來看見了那個柳枝編的花籃後，很喜歡，寶珠也大方地送給了她。

明霞拉著她道：「寶珠，妳也教我編一個吧？」

「好啊，改天空了就教妳！」

到了吃飯的時候卻還是不見小滿的身影，永柱便讓明霞去找找看，明霞有些不大情願地出去了。

明春卻坐著未動，一副事不關己的樣子，臉上流露出的冷漠讓青竹覺得她這個後母不好當，也或許，明春壓根兒就沒想過好好地去盡一個做母親的職責吧。

午後的太陽有些曬人，永柱說還是休息一陣子再出去勞作。

翠枝嚷著要小睡一會兒，帶了豆豆便回那邊去了；青竹和少東正在商議事情；永柱去了魚塘那邊；寶珠在明霞屋裡。

白氏便將明春叫到裡屋，要和她說話。白氏掩上房門，從櫃子裡翻出一個包袱來，坐在床沿邊解開包袱，摸索了一陣後，掏出條手帕，打開一看，裡面包著一對簪子，一支是點翠的蝴蝶簪，一支是純銀嵌寶的芍藥花簪。

明春已經看直了眼。

白氏壓低聲音和明春說：「這個妳拿去吧。」

明春接了過來，只覺得這兩樣東西甚是好看，以前她在馬家也見過類似的東西，心想應該值不少錢，便又問：「娘哪裡來的？」

「我哪來的，還不是她給的。」又暗暗地指了指門外，接著又說：「我也戴不出去，特意給妳留著的。說是什麼巡撫太太送的，妳好生收著吧，自己不敢戴的話，還能拿到當鋪去當幾個錢。」

明春抽了那支點翠的蝴蝶簪來，立即就插在頭上，又找白氏要鏡子照。

白氏忙道：「妳快取下來吧，要是讓她看見我給了妳，只怕心裡會不高興。我這屋裡沒鏡子，在她屋裡放著哩。」

明春笑嘻嘻地說道：「我才不想拿去當，要留著自個兒戴。多謝娘給了我這麼好的東西，沒想到她還挺大方的。」

白氏又低聲說道：「我還收著幾疋好布呢，妳走的時候都帶回去吧。」

明春滿面春風地笑道：「多謝娘，還是妳最心疼我。」

「自家女兒不心疼，那心疼誰去？」

明春道：「沒想到二弟做了官，還真是件大好事，什麼都有了！」

白氏嘆息了聲，搖搖頭道：「他倒十分不容易，也沒時間回來，眼下又有難關要過，千萬得平安無事才好，這些日子來我和妳爹都睡不安穩呢！」

明春趕著將簪子用自己的帕子給包好了，揣到了身上。

第二日，永綗家也過來幫忙了，永綗兩口子和鐵蛋兒已經下田勞作去了，白英留在家裡幫著做事，小女兒柳兒正圍著冬郎玩。

白英見了明春，忙上前和她說話。「大姊怎麼這時候才來？都以為你們今天不來呢！」

明春理了理鬢角，道：「哪有不來的道理？」又四處看青竹在什麼地方。

白英看出來了。「大姊找二嫂嗎？二嫂去魚塘那邊了。」

難怪不見人影！嘖！

白英便和明春聊起家常來，又說起小柳兒這會兒大病才好，可操了不少的心。

明春也跟著附和道：「帶個孩子真不容易。」

「可不是磨人嗎？以前養她哥的時候也沒這麼多事。阿彌陀佛，總算好了。」白英正削著土豆皮，抬頭就看見明春髮中的那支簪子，很是顯眼，立刻就問：「大姊，妳這簪子真好看，是什麼做的？」

明春便取下來遞給白英，讓她看仔細。

白英兩手都黑乎乎的，也不敢去接，就在明春手裡細看了幾眼。「真是好東西，比那些金呀銀呀的都好，只是叫不出名字來。」

明春心裡十分得意，誇耀道：「這樣的貨很少見，縣城裡才有得賣，聽說是叫點翠。」

白英羨慕道：「名字也怪好聽的！大姊夫還真大方，捨得給大姊這麼花錢。」

明春得意洋洋地說道：「他哪裡有錢呢？這是娘給的。」

「姑姑送的？」白英似乎明白這支簪子的來由了。

「是好東西吧？回頭妳讓鐵蛋兒也給妳買支戴戴！」

白英連忙搖手道：「我可消受不起，比不得大姊這麼有福分。」

明春笑道：「什麼福分？不過沾沾光而已。」

中午吃飯時，明春戴著那支點翠的蝴蝶簪子，特意從青竹身邊經過了幾次。

青竹原還納悶呢，後來寶珠悄悄告訴了她「少奶奶送太太的簪子，怎麼就到了大姑奶奶的頭上」，青竹這才發現。見明春一副得意洋洋的樣子，暗想這人特意戴出來顯擺給她看，是什麼意思呢？是故意來挑撥，還是來炫耀？青竹也不想多猜，這些年了，她和明春之間還是異常疏遠。青竹只當沒看見，她給了白氏幾樣東西，也早就料到白氏會留給明春，因此顯得一臉淡然。

明春顯擺了半天也沒見青竹有什麼反應，便覺有些無趣。

明春的舉動倒把白氏驚出一身冷汗，本以為青竹會和明春鬧一場，哪知是她多想了。

待母女倆在一處說私房話的時候，白氏才小聲地和女兒說：「妳也真是的，有什麼好東西立刻就拿出來顯擺，也不怕她心裡有疙瘩！」

「我就是故意做給她看的，誰叫她那麼目中無人呢？我就看不慣她那輕狂的樣子！」

「哎喲，我的小祖宗，妳就不能少說兩句嗎？」

明春冷笑道：「娘這是怎麼了？如今妳倒是越發地怕起她來了，還真沒道理！」

白氏嘀咕著。「妳懂什麼……」
明春拿著手絹搧了搧風。
白氏又一板一眼地和明春說：「我看妳也很該自己養個娃兒了，不管是男是女都成。」
明春撇嘴道：「何苦來？娘也這麼來說我，現在這樣我覺得挺好的。」
「我說妳呀，別以為自己還年輕，一點也不知道謀劃……」
然而明春卻一點也不在意，見白氏說得多了，便覺得心煩，抬腳就走。
明春那一副無所謂的樣子讓白氏覺得無可奈何，心想明春都已經嫁第二次了，可連一個孩子也沒有，這怎麼成呢？雖然有個小滿，可畢竟不是親養的，隔著肚皮呀！

第一百一十二章 姻緣

後來那支簪子不見了，明春便疑心是小滿給偷了，結結實實地把小滿打了一頓，把熊家鬧得雞犬不寧。後來熊家妹子出面，又和明春大鬧了一通，將小滿接走了，事情才漸漸地平息下來。明春被弄得身心疲憊，只一味地埋怨熊貴窩囊，要不就說熊貴沒本事，一面說一面哭。

項家給明霞說了門親事，眼見著就要訂親了，明春這當姊姊的也該出面，再說給明霞說的那戶人家她還沒見過呢！聽說家裡也有兩家門面，日子頗過得，明春心下無不羨慕。她換了身半舊的衣裳，熊貴要照顧磨坊去不了，至於小滿，明春壓根兒也不想管，自個兒就出了門。

到了項家這邊，白顯家、永林家、永椈家都來了。

白氏見只明春來了，不見女婿和小滿，就多問了明春兩句。

明春道：「磨坊裡走不開，錢雖然掙得不多，但也是項來源。」

白氏點頭道：「這就罷了。但妳也該將小滿那孩子帶過來玩玩，這邊同齡的孩子多，他也有個伴。」

明春聽了母親的話，心裡更是難受，紅著眼，悄悄地將簪子的事告訴了白氏。

白氏聽後氣不打一處來。「怎麼養了個如此的兒子來？妳沒錯，是該好好地教訓，要是不管教，以後還了得？吃虧的只怕還是妳這當娘的。」

明春哂笑道：「他可從來沒將我當娘過，口裡喊的是他那死去的親娘，我算什麼？一口一句『妳這女人』！娘妳聽聽，我該怎麼管？」

白氏嘆了聲，心想這些都是明春結的業障，便想勸明春向佛，解開這些業障。「罷了，妳也多忍忍，等自己以後生養一個，好好地教他。」

明春聽後只是抹淚不語。

白氏見她這樣，也覺得心酸。

翠枝走了來，瞅著這場面，心想這娘兒倆又怎麼了？又和白氏道：「娘，前面找妳呢。」

白氏拍拍明春的肩，安慰道：「想開些。」

明春背過身去擦了擦眼淚。

翠枝看得一愣一愣的。

明霞拉了寶珠，讓寶珠教她編花籃，白氏進來見了，板著臉斥責道：「今天是什麼日子，妳還這樣胡鬧！還不快收拾了！」又見明霞身上的衣服還是尋常的舊衣服，便和寶珠說：「妳找套像樣的衣裳讓她換上。」

寶珠笑著應了個「是」。

明霞卻不以為然，依舊盤腿坐在那裡，擺弄著手裡的東西。

寶珠替明霞選好了一套衣裳，讓她換。

明霞卻道：「我也裝不了知書達禮又溫順的嬌小姐，本來就是這個樣子，改不了了。」

寶珠勸道：「妳若不依，只怕太太要生氣了。」

「氣她的，我不管。」

寶珠笑道：「二姑娘還真是隨興的人，只是不怕失了禮數嗎？太太要是怪罪下來，二姑娘還得受氣。」

明霞禁不住寶珠嘮叨，只好勉為其難地換了衣裳。寶珠又說要重新給明霞梳頭，明霞也由著她擺弄。

寶珠手巧，幾下就給明霞梳了個清爽俐落的髮式，又將鏡子遞給她看。「二姑娘可還喜歡？」

明霞瞥了一眼鏡中的人，似乎有些不敢相認，裡面那個影子當真是自己嗎？那端莊乖巧的樣子可一點也不像她。

寶珠找了脂粉來，說要給明霞搽抹。

明霞忙擺手道：「饒了我吧，最怕這些東西，快拿走。」

寶珠笑道：「年輕女孩子搽脂抹粉也很正常，難道二姑娘出嫁的時候就不搽抹嗎？」

「臉塗得就跟紅屁股似的，一點也不好看，饒了我吧！」

寶珠也不好十分勉強，只好作罷了。

這裡收拾完，就聽明春在窗下道：「還沒弄好嗎？出來吧，人都來了。」

明霞很是忐忑不安，寶珠推搡著她出了門，只聽見堂屋裡的人鬧哄哄的，她頓時羞怯起來，不好意思前去。

寶珠撇下明霞，想去瞧個究竟，走到堂屋門口一瞧，只見坐了半屋子的人，其間有一陌生的青年男子，一身寶藍紗袍，手執摺扇，依稀是相貌堂堂的樣子。

說給明霞的這戶人家姓盛，人稱「桂花盛」，之所以得了這個名號，是因為他們家做的桂花糕遠近聞名。雖然都是些小本買賣，可經過兩代人的經營，也漸漸有了規模，將桂花盛的名號打出去了，在縣城有兩家門面，在平昌還有一家門面。

盛家養了五個兒子、兩個女兒，如今兩個女兒都嫁出去了。這一位與明霞訂親的，在兄弟中排行第三，單名隆，今年剛滿二十，早些年也進了幾天學，所以寫算都會。

項、盛兩家能聯姻，也多虧了田家人在中間牽線。盛隆對於娶什麼樣的女子為妻，要求並不高，只要家世清白，姑娘貌端品正就行。他沒有那麼多的風花雪月，心想成了家，能有人幫著打點內務，他就能一心跑外面的生意了。

項家雖然沒有做買賣，也沒什麼生意場上的人脈，不過盛家見項家雖然只是普通的種地，卻種出了這麼多花樣，一年下來也能掙一筆錢，而且十分有發展的眼光，當時就覺得這樣的人家養出的女兒應該也是有頭腦的，所以當田家人提及兩次，便就應承了下來。

白氏對這門親事也很歡喜，以前秀孀給說的那戶黃姓人家，也就是平昌一帶還算混得開而已，實在是比不上桂花盛，且盛隆這小子嘴巴甜，會做人，白氏也喜歡。

永柱對這門親事看法不多，一切都是順理成章。

寶珠走到這邊的屋子，只見青竹正和陳氏、永林媳婦說話。

冬郎在永林媳婦懷裡。「長得倒還快，都像是七個月大的孩子了，還是妳帶得好。」

青竹笑道：「現在比以前還頭疼，兩、三個月大的時候除了吃就是睡，很安靜。現在越來越大，睡得少了，夜裡幾乎都要醒兩、三次，自從養了他，還真沒睡好一晚的覺。」

陳氏在跟前說：「當娘的不都是這樣嗎？孩子健康呢倒什麼都好。我們家柳兒真是折磨死人，吃了那麼多藥，受了快一個月的罪，總算好全了。前些天我見孩子瘦成那樣，都以為帶不出來了，還和白英說讓她拿去送人算了，偏偏他們又捨不得。」

永林媳婦想，這陳氏一把年紀了，說起話來怎麼也不看場合，小孩子跟前說什麼生呀死呀病的？真怕惹得青竹不高興。她暗暗地給陳氏使眼色，陳氏才識趣地轉移話題。

青竹並不怎麼在意。

這裡正說著，白氏一頭走了進來，見了兩位妯娌，皺眉道：「我的祖宗們，妳們坐在這裡幹麼？快去給我陪陪客人吧！我忙得走不開，總沒有怠慢他們的道理。」

永林媳婦便將冬郎交給青竹抱著，笑道：「大嫂別惱，這就去。」又去拉陳氏。

陳氏卻有些彆扭。「做生意的人，都是能說會道的，我又嘴笨，要是說錯了什麼可不得了。大嫂別怪，還是讓她三嬸去吧，我在這裡幫著帶冬郎。」

白氏咬牙道：「不用妳去奉承討好，在跟前陪坐著就行！青竹也去吧。」心想外面五、六個女眷，也沒人在跟前那怎麼行？明春性子古怪，是個不中用的。

青竹說道：「娘請她們到這邊來坐吧，娘兒們幾個也好一處說話。」又吩咐寶珠收揀一下屋子，搬了幾張凳子、椅子過來。

白氏沒法，只好將盛家隨行的女眷請到這邊來坐。

頭髮花白的是盛家母親，五十幾歲的人了，牙齒也掉了一半。盛太太個子不高，顯得有些乾癟，身上一套豆青色的素綾衫裙。可能是因為牙齒掉了的關係，嘴巴顯得有些癟。

跟前兩個女兒，一個叫盛琴，聽說在兄弟姊妹中排行最長，不過長得不大像盛太太，長長的臉兒，額頭有些凸，聽說嫁得還不錯，夫家是做什麼的，青竹暫時無從知曉；一個叫盛梅，和盛琴像是一個模子刻出來的，一看就知是姊妹倆。

後來青竹等人才知道，盛家的這兩個女兒不是盛太太親生的，據說當初是前一房死了後，娶了現在這位盛太太，盛太太過門後，倒十分爭氣，一口氣就生了五個兒子，盛老爺喜歡得緊。

盛太太和永林媳婦原本也有幾分相識，明芳嫁的那戶人家算起來竟然是盛太太娘家遠房的姪兒，兩人很快就攀談起來。陳氏卻插不上嘴，顯得有些木訥。

盛琴主動和青竹說話。「這個小娃娃長得真好！自己帶嗎？」

青竹含笑道：「是只有自己帶。」

盛琴道：「你們這樣的人家，既有服侍的丫頭，奶娘也應該用得上，請個奶娘幫著看的話，妳也輕鬆許多。」

青竹答道：「話是這麼說沒錯，以前也來了個奶娘，只是用著不滿意，我給辭了。自己親生的，還是自己看護著他放心些。」

盛琴笑道：「那該多累呀！」

青竹想，這哪裡叫累呢？看著冬郎一天天慢慢地長大，她覺得幸福滿滿。只要他能健康成長，受再多的委屈和苦楚都是值得的。

至於盛家其他兩、三個隨行的女眷，項家也不見得能分清她們的身分。

這邊屋裡聊了半晌，寶珠來回地添茶倒水、送果碟子。

明霞在簷下站了片刻，又回自己屋裡去了。

外面堂屋裡，永林、少東和永柱在跟前相陪著。

盛家老爺子聽說身體欠安，所以沒有過來，只來了盛家大哥和盛隆。

永林又是一張好嘴，幾下就和兄弟倆聊上了，一陣天南地北的胡扯，那兄弟倆聽得很是入神。

少東在一旁聽得一愣一愣的，心想他這個小叔叔口才果然好，雖然家裡只是個鐵匠鋪子，不過還真有幾下能說會道的本事。

盛隆坐久了，覺得背不大舒服，於是到院子裡走走，私心也想瞧瞧明霞。雖然不是頭一回見面，不過兩人還真沒說上什麼話，明霞究竟是怎樣的一位姑娘，他也不清楚。

牆角的金銀花開得正是時候，今年是第二年，開得比去年還好，密密匝匝的，一股隱隱的香氣撲面而來。

盛隆伸展了下胳膊，瞧了一眼左面的那間屋子，房門緊閉，不聞任何聲響，心想她會在裡面嗎？要不要上前找她隨便聊聊？可又怕唐突了人家。雖然已經到了訂親的地步，可畢竟還沒過門，再說也不熟悉……遲疑再三，盛隆還是走到了門口，抬手正打算敲門時，卻突然聽見身後有人在喊——

「喂，你有什麼事嗎？」

盛隆一驚，忙回頭去看，只見明霞站在棗樹下。玉色竹葉暗紋的繭綢窄袖圓領衫子，繫著杏紅色的褶子裙，烏黑的頭髮梳了個齊齊整整的凌雲髻。粗眉秀眼，唇紅齒白，臉頰上泛著健康的紅暈。手裡拿著一大束才摘下來的柳枝，脖子上有一圈紅紅的，也不知是什麼，還牽著個一臉髒兮兮的小姑娘。

盛隆略一怔，又莞爾道：「我正想找二姑娘聊聊，以為二姑娘在屋裡，沒想到二姑娘卻從後面冒出來了。」

明霞只覺得胸口跳得厲害，還是第一次覺得這麼尷尬。

小靜婷已經抽出了手，悄聲對明霞道：「小姑姑，我回去洗個臉，要是娘看見我這個樣子又要罵了。」

明霞沒理會她，只呆呆地站在棗樹下，心想這人真無聊，堵在自己門口做什麼？討厭！

盛隆已經走過來了，也清楚地看見了明霞脖子上那一圈紅色的東西，原來是用針線串起來的石榴花，竟然掛在脖子上作為項鍊，他心想，這個女孩子果真有些古怪，讓他摸不著頭腦。

明霞見他走來，立即紅著臉走開了，一句話也沒和盛隆說，顯得有些尷尬狼狽。

搭訕失敗。盛隆有些垂頭喪氣，心想自己也算是個能說會道的人，莫非在明霞面前行不通？這要是連脾性也不清楚，以後成了親該如何相處呢？盛隆不免覺得頭疼。

堂屋裡已經在傳擺飯的事。男客們不多，不過也湊了一桌，女眷們兩桌。

盛太太說：「這事就算定下來了，回頭我再讓人給挑日子，今年就娶過門，親家和親家母怎麼看？」

永柱只說：「好，你們作主吧。」

白氏則歡歡喜喜地說：「日子自然由男方來定，選好了說一聲，我們也好準備，今後還請多關照。」

盛太太笑道：「哪裡，親家、親家母太客氣了。你們家老二在外面做官，以後還要多幫忙提攜呢！」

兩方說得都極謙遜，氣氛很是融洽。

青竹想，能尋到一門讓白氏滿意的親事，還真是不容易呀！

一屋子的人，盛家人的目光自然就落到了明霞身上。

明霞渾身不自在，也沒吃多少飯便下了桌。白氏暗想，明霞十幾歲了，還是沒什麼教養，要是盛家人不喜歡怎麼辦？哪裡有提前離席的道理！於是明裡暗裡地給明霞使眼色，但明霞卻渾然不覺。

回到自己住的屋裡，桌上還堆放了些綠柳枝，花籃連一半都還沒編出來，因此她又埋頭專心做自己的事，由得屋裡那些人說去。何必去顧別人的目光呢？明霞討厭被拘束的感覺。她顯得有些手拙，弄出來的東西總是歪歪扭扭的，才理出了兩條柳枝，明春卻突然進來了。見她正擺弄這些，明春不由覺得好笑。「妳以為妳是婷婷呀？都多大了，還弄這些，毛丫頭一個！都要嫁人了，還沒長大的樣子。」

明霞噘著嘴說：「不與大姊相干！」

「是，我管不了妳，也比不了妳有福氣。小時候妳愛吃貪嘴，長大了就嫁入一家賣糕點的，說來還真是緣分。」

明霞白了她一眼，心想提這些做什麼？要是讓盛家的人聽見了算什麼？因此顯得有些不大高興。

明春心裡也不自在，和明霞明明是同一個娘生的，怎麼到了嫁人這裡就顯出天差地別來？明霞貪吃又愛玩，還帶著男孩子的脾性，偏偏讓她嫁了戶好人家。回頭看看自己，嫁了兩戶人了，日子還是過得這麼窩囊，可見老天是多麼不公！

明春感慨了一番後，搖搖頭，心想親妹妹嫁得好的話，也不是什麼壞事，因此嫉妒歸嫉妒，但也是要祝福的。她正想和明霞好好地說一番話時，盛隆卻突然出現在門口。

盛隆含笑道：「大姊，我想和二姑娘說說話，不知行不行？」

明春忙起身欲走，笑答：「這有什麼不行的？你們慢慢聊！」

明霞慌慌張張地將桌上一堆亂七八糟的東西收拾了一下，起身道：「說什麼？」

明春向明霞點點頭，便出去了。

盛隆依舊站在門口，溫柔地笑問著。「二姑娘剛才在做什麼呢？」

明霞掩飾道：「沒什麼，鬧著玩的。」又想到他就這麼站著嗎？於是趕緊搬了張杌子來。「你請坐吧。」

盛隆見明霞目光躲閃，心想難道害怕他不成？他又不是什麼凶惡的人。跟前這個女孩對盛隆來說不討厭，要是討厭的話，他就不會允准這門親事了。

盛隆開門見山地道：「我長年在鋪子裡幫父親的忙，雖然有兩個姊姊，但都早早嫁人了，也沒小妹妹疼愛，所以不大會體貼人，以後要是有疏忽的地方，還請二姑娘見諒。」

明霞一愣，她萬萬沒想到盛隆會和她說這些，一時不知該如何開口，只含羞帶怯地低了頭。

盛隆又道：「我們盛家親戚多，又是生意人，來往什麼的自然少不了，所以想娶一個會來事又聰明能幹的女人幫我打點這些。雖然我對妳還不大瞭解，不過想來項家這麼大的產業，培養出來的女兒自然也不會差。」

明霞微微地臉紅了，心想這算什麼呢？剛才大姊還跑來取笑她，現在這個姓盛的又說這麼一篇話。她哪懂得什麼打點？因此吞吞吐吐地說道：「只怕要讓你失望了，家裡這些事物都是大哥和二嫂在打點的，我什麼也插不上手，既不會算帳也不識字，甚至連針線上的功夫也不會，就連安安靜靜地待在屋裡也堅持不了多久的時間。我也不想欺瞞你，不過想來我們不適合，我看趁著還沒完全錯誤前，要不你去和他們說，還是算了吧？」

盛隆甚為震驚，萬萬沒想到明霞會如此坦率地說出這麼一番話，詫異地看了明霞一會兒，半晌才道：「是嗎？」

「娘常訓我，說我不懂規矩、不識禮數，要真成了盛家媳婦，怕是要鬧笑話的，再說你臉上也無光。我看，要不還是算了吧？」

盛隆沈默了，心想明霞的確和他理想中的女孩一點也不一樣，那雙清澈的眼眸沒有心機，喜惡都清楚地寫在臉上，和這樣的姑娘度過一輩子到底值不值得？盛隆頭一次對即將締結的這門親事產生了疑問。不管從哪方面來說，明霞都算不上是最佳的人選。

明霞哽咽了，雖然鼓足勇氣說出了一番自我剖析的話，也句句是實情，不過卻從沒有一刻像此時般的討厭自己。看樣子這樁婚姻是毀在自己手上了，要是娘知道了，不知會發多大的火，家裡也不知該如何指責自己。可是都說出口了，絕沒有收回的道理，她也深信盛隆已經拿定了主意。像他們這樣的生意人，婚姻也是一樁買賣，選擇絕對是要最合適的，不會出現任何偏差。

良久，兩人都沒再說話，各有各的心思。

明霞埋著頭，此刻心情已經低到了塵埃裡去，後來還是她催促著盛隆。「還愣著做什麼呢？你是男人，這些話自然該你開口。去向他們說明吧，晚了只怕來不及了。無論如何，我是不好開這個口的。」

盛隆見明霞眼圈紅紅的，有些猜不透她。雖然他自己也有小小的不確定，不過在這一刻，他已經作了決斷。他突然握住明霞的一隻手，堅定地道：「不，我不想去說。雖然我們看上去好像不大適合，不過沒和妳相處過，也不知道以後會是怎樣的生活方式。我並不排斥，就算會有矛盾，只要慢慢適應的話，應該不會太糟吧？因為我從來沒有遇見過像妳這麼直率坦誠的人。」

明霞錯愕地望著他，心想這人沒吃錯藥吧？也不是傻子吧？剛才她說得那麼清楚了，兩人明顯的不適合，難道他還要堅持不成？她訕訕地抽回了手，一時也不知該說什麼好。

「這樣就很好了，那些事以後用得上的話再慢慢學。妳別太有壓力，放寬心吧。」

這樣溫柔的聲音，讓明霞心裡微微一顫，臉上的紅暈更深了。

第一百一十三章　家事

盛、項兩家正式聯了姻，如今就等選日子、下聘禮了。

白氏對盛家沒有一點挑剔的，即將成為她女婿的盛隆她也是滿心滿意的喜歡，心想四個子女，總算在明霞的親事上如意了一回！

如今雖然定下來了，可嫁妝還差了好些都還沒準備，那針線上的事也還缺了許多，她只好收拾出些簡單容易的活計來交給明霞。

「我能幫著妳做些，但沒一點妳自己做的也不像話。這枕帕、床圍子，就妳自己來做吧，由著妳繡什麼花樣。」

明霞覺得頭大，她本來就笨拙，哪會弄這些？要是換成以前，早就鬧彆扭不幹了，不過此刻卻換了個人似的。「放在那裡吧，我有不懂的地方再請教娘。」

「嗯，千萬別忘了。」白氏心想要嫁人了，總算是安靜了些。倒也好，省得她又苦口婆心地勸說。

明霞望著母親給她的一堆布料、幾卷彩線、幾枚繡花針，還是覺得頭暈。千頭萬緒的，不知該從哪裡開始。枕帕上要繡什麼花樣？好像該弄些寓意吉祥喜慶的圖案。偏偏她又不會描，若不描圖，直接上針線的話，她是不會的。

於是，明霞只好去請教青竹，讓她幫著描一下樣子。青竹設計的東西總是很雅致，比別人弄得都好看。

當明霞抱著一卷東西出現在小書房門口時，青竹有些錯愕，忙抬頭問她。「有什麼事嗎？」

「這個，還請二嫂幫一下忙。」明霞將一卷東西放在長書桌上，說明了來意。

青竹放下手中的書信。

明霞看了眼，問道：「是二哥寫的信嗎？」

「是呀，今天才收到的。」

明霞想問問信上說什麼？二哥的事有沒有處理好？但卻猶豫了，心想畢竟是他們夫妻間的事，問這些也不知妥不妥？

青竹似乎瞧出了明霞的心思，微笑道：「妳坐吧。」又指了指旁邊的一張靠背椅。

明霞乖順地坐下。

青竹收好書信，和明霞道：「妳二哥說，之前那些煩心事都處理好了，問家裡人好，還說想兒子了，問我什麼時候回去呢？」

「二嫂準備要走了嗎？」

青竹想了想，才道：「不，還沒決定。不過這裡也沒多少事了，估計就這一、兩個月吧。」

「喔。」

青竹翻弄了下那些布料，打算用來做枕帕的是四塊長方形的大紅色細棉布，青竹問明霞。「妳自己有什麼主意嗎？」

明霞搖頭道：「就是因為不知道，才來請教二嫂。」

青竹略忖度了下。「結婚用的，不外乎就那些花樣，一對鴛鴦戲蓮、一對喜上眉梢如何？」

明霞略有些尷尬地說：「不怕二嫂笑話，我繡不好鴛鴦。以前大姊還笑話過我，說我繡的哪裡是鴛鴦，分明是大肥鵝！」

青竹又道：「那，要不就繡一對團花的囍字吧？應景又不單調。」

明霞忙點頭答應了。

不過團花不大好描繪，青竹想了想，得下點工夫。

「那床圍子呢？要做成組圖的花樣嗎？」明霞又比了比，有八尺來長，這麼大的布料，繡什麼都是件難事，她的針線又不出眾。

青竹細想了一會兒，方笑道：「要不這樣吧，我翻翻書，找幾首合適的詩詞幫妳描上去，再配點插花，如此就簡單許多，而且還不落俗套，如何？」

明霞心想真是不錯，果然沒找錯人，便歡喜道：「好呀！到底是二嫂，想得真全！」

「那麼這些布料我先替妳收著，等描出來後，妳再來拿吧。」

「好。」明霞起身就告辭了，不好再打擾青竹。

明霞走後，青竹便去書架上找些詩詞書籍來替明霞選材。不多時便找了五、六本書來，堆放在跟前。隨手拿了一本翻了兩頁，青竹卻一行也看不進去，只好又將剛才那封信拿來看了一遍。

信上少南說，塗知縣已經被撤職了，而他由於程巡撫的保舉，才沒有受到多大牽連，且看樣子很有可能要接任東水的知縣，也就是說能在東水待上幾年。

青竹合上了信，深深地呼吸了下，總算是過去了。塗知縣的倒臺是罪有應得，好在沒有折騰出什麼來，真是祖先保佑！

昨天青竹收到信時已是傍晚時候，永柱又不在家，因此便沒在家人面前唸這封信，今天才和他們提起此事。

永柱和白氏都大大地鬆了一口氣。

想到兒子即將升官，白氏更是歡喜得緊，忙道：「我明天就去廟裡還願！阿彌陀佛，總算是靈驗了。」

「那二嫂定了什麼日子走呢？」明霞突然問了句。

永柱忙問：「二媳婦準備要走嗎？」

青竹道：「少南信上問我呢，說是想冬郎了。再說那邊也安定下來了，所以讓我準備回東水去。」

永柱聽說後也沒再問什麼了。

白氏卻捨不得孫子，心想要是將冬郎留下該多好，因此臉上有些不喜。「要不等盛家定了婚期再決定吧？」

青竹點頭道：「也好。」
永柱卻說：「聽他們的口氣，像是要選在秋冬的時候，也還早。」
這裡正說著，少東便過來了。
「今天有什麼事嗎？」
永柱道：「今天沒特別的安排。不過告訴你一件喜事，你二弟可能要升知縣了。」
少東一聽，歡喜道：「真是件大喜事呢！可惜二弟不在家，不然該好好地熱鬧一回。」
青竹笑道：「還是低調些好，畢竟事情才剛過去。」
少東又道：「弟妹說得也對。」
白氏問少東吃過飯沒？
少東道：「翠枝今早弄了窩窩頭，我吃了兩個，有些不喜歡。有粥嗎？若有的話給我盛一碗吧？」
寶珠便幫著盛粥。
永柱問道：「對了，你從城裡回來，交給你的事辦得怎樣呢？」
「爹還不放心我嗎？都是妥當的。」
「那就好。」
少東喝著小米粥，就著白氏自己醃製的醬菜吃著花卷，突然想起一事來，便放下筷子，忙道：「爹，我去了城裡一趟，倒尋著了一副好木料。寸把厚的杉木，紋路也好看，問了下價錢，要二百兩銀子呢！」

永柱咋舌道：「二百兩？那得養多少魚才夠啊！」

青竹插嘴問道：「大哥問木頭做什麼？難道又要建房子？」

少東笑道：「是爹的意思，讓我留意一下，他想將壽材給置辦出來。」

「壽材？」那不就是棺木嗎？活得好好的……不過這也不算什麼稀奇事，好些上了年紀的老人都會讓家裡給備這些。在二十一世紀也有購墓地留著的，甚至還有炒墓地的呢！不過提起這事來，難免會讓人想起「生死」二字，心裡多少有些不舒服。

「我只是讓少東留意一下，既然這麼貴，我看還是算了。我這樣的人，也享受不起杉木，有一般的柏木就行了，再慢慢瞧吧。」

少東說道：「爹放心，總歸能找到合適的讓你滿意。」

青竹喝著粥，心想真是備壽材的話，那麼作為二兒子的少南也不能沒有表示，便說要出錢。

少東道：「弟妹先別急，以後再算帳。」

青竹聽說只好作罷了。

白氏在旁邊道：「好木頭難得，要看機遇，遇著了就合適。要不我看再緩緩吧，將明霞的事先處理了再說。」

眾人也就不再議論了。

永柱點頭道：「這個木頭先放一放，還得給明霞打嫁妝呢，不能讓他們盛家小瞧了我們。也只這麼一個女兒了，不比前兩年，要做就做得風光一點。我和李木匠商量了一番，看中了一整套的樟木，李木匠算了算，加上工錢要三十兩。」
白氏皺眉道：「三十兩，也實在是貴了些。」
永柱道：「我已經答應下來了，讓他幫著改出來開始做。」
少東在旁邊道：「家具錢還是我來出吧？當了一回大哥，也該如此。」
眾人都無話，好在翠枝沒在跟前，不然只怕又不高興了。
給明霞置辦嫁妝，成了項家目前最主要的事。
塘裡今年新養了螃蟹，永柱期待著能賣個好價錢，餵養的那些鴨子也希望沒什麼閃失，畢竟還要曬了板鴨讓青竹帶了去送禮。
這邊白氏和青竹商議。「妳給少南回信時，在信上問問他能不能抽出時間回來一趟？」
青竹點頭道：「我會的，只是怕他也沒什麼辦法。等以後都安定了，這邊也成氣候，能有人專門照管了，再將你們二老接了去，大家一處住著吧。」
白氏立即歡喜道：「這倒是件好事！我也想去城裡住住看，只是不知有沒有那個福分？」
青竹說道：「這一、兩年恐怕較難，等兩年再說吧，我會和少南商量的。」
白氏一聽還要等兩年，不禁有些失望，不過有個盼頭也不錯。如今椰頭村誰不羨慕她呢？有兒有女，地裡還產那麼多東西，如今也終於抱上了孫子。她對於眼下的生活狀況是滿意的，也清楚這些福分有一大部分是青竹帶來的，要是遇見了一個尋常的農家女子，現在還不知如何呢。白氏想到這裡，便由衷地對青竹說：「青竹呀，這些年辛苦妳了。」

青竹有些詫異，看了白氏一眼，笑問道：「娘說這個做什麼？」

「這個家能有今天這樣，都是妳帶來的。」

青竹微怔，心想白氏突然這樣，還真有些不適應。她在這邊生活了多年，也早就成了這個家的一分子，為何突然顯得客套起來？

翠枝娘家找來的那些葡萄枝已經扦插入土，不過聽人說這第一年就是存活了也無法結果，看樣子只好將希望寄託在明年。青竹本以為年下就能釀葡萄酒，這個願望是落空了。

明霞的婚期還在冬月初九，還有半年的時間。青竹定了下月回東水，已經在回少南的信中告訴了他，就等少南派人來接她。

白氏自是不捨。

青竹說讓白氏給備些土產，畢竟答應過巡撫夫人。

這個季節再醃板鴨有些不實際，白氏只好道：「只有到年下的時候我多做些了，明霞成親妳總是要回來的，那時候再來拿吧。」

青竹只好作罷。

白氏又道：「雖然眼下不好做板鴨，不過我可以做些燻鴨給妳帶走，會下一番心思的，保證不會走味。」

青竹笑道：「好呀，娘的手藝我當然是信得過的。」

白氏頗有信心地說：「妳要是想學呢，我也可以教妳。」

青竹對做吃的方面本來就感興趣，因此便答應下來。

過了一日，白氏去鴨棚裡捉了兩隻大白鴨出來，殺了以後放了血，接著燒了一鍋開水，傳授道：「不能直接用開水澆下去，會將皮給燙壞。」

青竹點點頭。

只見白氏舀了熱水，慢慢地澆下去，先扯了上面一層大羽毛，再慢慢地、細緻地用熱水燙著覆蓋的那層薄薄的茸毛，待收拾得乾乾淨淨了，才在肚皮上開了一條小口子，緩緩地將腹中肝腸之類的內臟掏出來洗淨。

然而翅膀和脖子上還沾覆著不少細毛，這時候就要用火來燻，反覆地燻過幾次，直到肉眼看不見為止。

接下來的工序就是要晾曬，白氏將殺好的鴨子懸掛在屋簷下。

家裡的黃狗見了這個就眼紅，哼哼唧唧的，很想去咬一口。

「這樣要曬一天，得晾乾水分，最重要的是讓肚裡的血水都滴乾淨，不然是會影響到口感的。」

青竹想，白氏做了幾十年，自然是積累了一手寶貴的經驗。

「接下來就要準備香樟葉和滷料了。香樟葉我已經收了不少，不過滷料前幾日做了菜以後沒有收好，味道已經變了，看來不能再用，明天上街去再配。」

殺好的鴨子在陰涼通風的地方晾曬一天，而後又取了長針，在鴨子身上各個部位都扎下不少小孔，裡外都細細地抹上一層鹽，再接著晾曬。

白氏這便開始準備滷水。「這些比重都是這麼多年來我自己總結出來的，哪一樣放多少，也全都憑自己的感覺，多了少了都不行。」

青竹點頭道：「這個我清楚，不然味道就不純正了。」

「是這麼回事。」

白氏打開紙包，又一一指給青竹看。「陳皮、山楂、茱萸、草果、紫蔻、丁香……」一大包滷藥。

白氏將這些東西又添了些糖、適量的鹽後，一併煮上了，汩汩地煮了將近一個半時辰，熬得顏色也濃厚起來，冒著草藥特有的香氣。

後來取來一只木桶，兌了滷水和一定比例的冷開水後，便將初步醃製過晾曬好的鴨子浸入滷水中。據說要整整泡一天一夜，若是趕上冬天的話，必須得浸泡到三天以上。

夏天做這些醃製的東西，稍不留意就會做壞掉，因此保存就成了首要的難題。古代雖然沒有冰箱，不過古人也有古人的智慧，且白氏積累了幾十年的經驗，也是自信滿滿的。

浸泡完畢後，接下來就該燻製了，用來燻鴨子的燃料就更加講究了——香樟葉、柏木枝以及泡過水、已經曬乾的茶葉末。

在地上挖個小坑，埋上燃料，不用明火，只要煙霧燻製就好，一燻就至少要半天的時間。

青竹想，這麼反覆地燻製，只怕也快熟了。

白氏卻道：「還是生的。只是讓味道更深入裡面，烘乾水分，更容易保存而已。」

青竹這才明白，心想要吃上燻鴨還真是費時費力。

過了兩、三天，白氏將燻好的鴨子蒸了一隻來吃，果然香醇無比，味道也濃烈，餘味深長，青竹不禁暗暗為白氏的手藝叫好。

青竹要帶走一些去送人，白氏只好又讓永柱殺了十來隻鴨子，一一開始準備燻製起來。

青竹嚐著口感醇厚的鴨肉，心想白氏這麼好的手藝，說來也是門生財的門路，若只是供自家人享用，不能變成賺錢的點子，那也太可惜了。鎮上幾家熟食店的生意一直不錯，要是經營有方，能在城裡盤一家好點的門面，將招牌打出去，說不定過不了多久就能賓客盈門、財源滾滾了。青竹閉上眼，幾乎就能預見那幅情景了。

「娘，我在想，要不明年我們就開始大規模地養鴨子，然後再進行加工，自己開始賣燻鴨和板鴨吧？」

白氏依舊覺得是天方夜譚，搖頭道：「不行，我沒那個精力。妳不肯在家幫忙，又有誰願意呢？明霞要出嫁，我也上了年紀，妳大嫂看樣子是不想動手的，這不是白費力氣嗎？」

「我卻覺得是個不錯的法子，只要肯經營，不出一、兩年，一定會成為一個品牌。娘傳授經驗，雇些人來做，再去盤家門面賣，有什麼做不成的？」

白氏道：「妳說得容易，這裡面的門道卻多著呢！要是真賣了錢，生意不錯的話，那些人肯安分，不會打聽做法？再說，這些做法本來也不算是十分困難，只怕他們學一次就會了。」

青竹笑道：「娘不是有秘方嗎？哪就那麼容易洩漏出去？多少的比例妳也摸索了幾十年才總結出經驗，這才是最關鍵的地方。妳只管配料，別的工序交給旁人來做。冬天大都農閒，說一聲請人，給個合適的工錢，我看村上好些女人都會趕來找事做的。」

白氏心想，青竹說得倒像那麼回事，只是真要賣的話，她依舊一點底氣也沒有。再說連門面都沒有，她是不放心交給外人經營的。

此事青竹已經上了心，就想將它做好。家裡目前經營的事項雖然已經不少，但有些費時費事又不大來錢的，她覺得可以漸漸地捨棄了。不過關於經營燻鴨這事，光青竹一人作決定還不行，得和永柱、少東商議。

第一百一十四章 衣錦還鄉

架子上的金銀花開，好多花苞都打出來了，有些甚至已經開出白色的花朵。以前家裡沒種過也不知道，原來這花就是要花苞的藥效才好，白花次一點，若轉成金色的就更微弱，那就賣不出去了。

青竹道：「不如將這些花摘了去賣，再有，冬郎有些拉肚子，我去問問郝大夫，看有沒有什麼法子，或是給開點藥。」又叫寶珠來幫忙摘花。

明霞本來在屋裡做針線，聽說摘花，也歡歡喜喜地跑來幫忙。不多時，小靜婷也跑來了。太陽已經落下去，但地上的餘熱未散，青竹將冬郎放在小推車裡，坐在棗樹下看三個女孩子摘花，又一面搖著扇子給冬郎驅蚊。

滿院子的霞光，映得臉蛋紅彤彤的。青竹想，所謂的歲月靜好，應該就是現在這幅情景吧？

豆豆走來，謙遜地請教了青竹幾個問題。

青竹耐心地和她解說了，又問她。「妳娘在忙什麼，怎麼一整天也不見她？」

「娘出去割草了，還沒回來。上次趕集的時候買了五、六隻小兔子，娘還笑說要學二嬸以前那樣，開始餵兔子。」

青竹想，那段時光似乎也回不去了。以前那時候便常常是在這樣的晚霞滿天時約了韓露一道去割草，等到兔子好不容易長大了，又一起去街上賣。現在都各自當了母親，她再也沒那閒暇去餵養照料這些。

三個女孩子齊上陣，摘了滿滿一籃子的花，隨即又將它們晾曬在竹箅子上，打算明天拿到藥鋪裡去換兩個錢。

第二日一早，早飯還沒吃，小靜婷就過來了，看樣子是想纏著一道上街去，明霞也說要去，白氏由著她們，也不想多管。

青竹交代寶珠在家幫著看冬郎，畢竟外面熱，青竹怕冬郎受了暑氣又添了病。

白氏將晾曬著的金銀花都收起來，裝在布袋裡過了秤。「還沒三斤重，只怕連四十文錢都賣不到，這個還真賣不出好價錢來。」

青竹想了想方說：「當初要不是郝大夫給我這麼包種子，還真沒想過要種金銀花。不過這個雖然不值錢，但倘若自己需要了，也容易取得，用的範圍本來就廣，摘一把下來洗乾淨就可以泡水喝。」

「是呢，自從種了這個以後，章家就來要過四、五次了。要是種在外面的話，只怕會很容易招人來偷。」

青竹笑道：「這個野生的也不少，只是大面積集中種的卻少，並不是十分稀奇的東西。」

娘兒幾個便準備上街去。

冬郎看見母親走，便哭了起來。

「呀，這麼小就知道黏著妳了！寶珠抱他進屋裡去吧。」白氏笑道。

明霞提著布袋，幾個人齊往街上去。

還沒走到村口，就碰見了左家人。那是左森媳婦，背上還揹著個一歲多大的小姑娘。以前兩家來往很密切，現在竟疏遠了許多，聽說左森依舊在村裡的學堂教孩子們唸書。

白氏向左森媳婦問了幾句關於左王氏的事。

左森媳婦道：「娘的病犯了，讓我去買藥。」

白氏一愣，又忙問：「怪不得好些天沒有看見她出門，得什麼病？」

左森媳婦答說：「犯頭暈，又說噁心。」

白氏道：「聽著也怪害怕的。」

都是去醫館，正好同路。不過青竹和左森媳婦並不怎麼熟識，因此沒什麼共同話題，不過隨意客套了兩句就再沒繼續交談。

大家來到郝大夫開的醫館後，左森媳婦拿出藥方，讓郝大夫給揀藥。

青竹環視了一下，見醫館裡已經請了別的小夥計。

郝大夫忙著給人診治，因此揀藥的事便交給了小夥計。

白氏見來看病的人不少，等到她們賣金銀花還不知要多久，便說：「我先去買滷料，一會兒再過來。」

青竹點頭答應，明霞和靜婷自然跟著白氏去逛街。

良久，終於輪上青竹。青竹提著花給了郝大夫，又含笑道：「郝大夫，還認得我吧？」

郝大夫覷著眼看了半晌方道：「妳是項家的二媳婦吧？」

「是呀！摘了花兒來，郝大夫給看看。」

郝大夫翻看了一下，讓夥計秤了秤，又報數。「二斤七兩四錢。」

郝大夫笑道：「還是給十二文一斤，最近這個價錢下來了。」

青竹倒沒什麼異議，又道：「我家孩子正鬧肚子呢，所以想來問問郝大夫，看能不能給開點藥。」

「多大呢？」

「七個多月了。」

「現在天氣熱，小孩子腸胃不好，一熱就容易拉肚子，要小心些。正好這裡有對症的藥散，拿回去調了水，早晚各餵一次。吃完了還不見好轉的話，就抱來給我看看。」

青竹答應著。

郝大夫從後面的藥屜子裡拿出一個包得好好的紙包來，又數了賣花的錢給青竹。

青竹又問藥錢，郝大夫擺手說：「這個就算了吧。本來這花的價格就給妳算低了些，不用再給了。」

青竹倒沒怎麼推辭。

郝大夫又道：「對了，正好妳來了。前兒我兒子回來和我說魏掌櫃那裡有種丹參的門路，妳要不要種？」

「丹參嗎？可以試試看。只是下個月我要回束水了，今兒回去和我大哥說一聲，讓他去百草堂那邊找魏掌櫃問問。」

郝大夫點頭道：「也好。」

青竹笑道：「多謝您將這麼重要的事告訴我。」

買了藥，賣了花，本該回去了，只是見那娘兒幾個還沒過來，只好再等等她們，青竹便和郝大夫閒話起來，後來又說到了賀鈞的事。「他現在是真出息了，在湘南那邊做知縣。」

郝大夫一聽，忙唸阿彌陀佛。「果真是出息了，好在沒有讓他繼續跟著我，不然真是埋汰了他。」

青竹笑道：「要是以後見了他，我將郝大夫這話轉達給他聽聽。」

聊沒幾句，又有人來看病拿藥，青竹只好坐在一旁的凳子上繼續等白氏她們。

到家後，青竹連忙調了水給冬郎餵藥。小孩子吃藥是件十分費力的事，哭喊得異常厲害，她和寶珠兩個人忙活了好一陣才將藥給餵下去。後來冬郎流了一頭的汗，青竹拿著手絹給他擦汗，又是心疼。

「誰叫你要生病呀？要是好好的，誰會餵你這些？快些好起來吧，下個月我們還得趕遠路呢。」

寶珠在一旁道：「不知爺會不會親自來接我們？」

「他哪裡走得開？我可從未奢望過。」

寶珠笑道：「那倒不一定，說不定爺會回來的。」
青竹只是不信。
「中午還是給冬郎煮蛋粥吧？」白氏問著。
「行呀，最好再加點菜葉。」
隨著輔食吃得越來越頻繁，青竹餵奶的次數也漸漸減少，心想再過一個月就給斷了奶，可又怕他挑嘴，那麼營養就跟不上去。
白氏說：「有些一直要吃奶吃到兩、三歲，我看怎麼著也得餵到滿一歲半吧？」
「不斷是不行的，只好慢慢來。」
現在冬郎坐沒有問題，已經快要學著爬了，青竹也一直在鍛鍊他，甚至開始教他說話。不過聽人說女孩子開口說話要早些，男孩子有些一歲多的時候才會開口。只好一步步慢慢地教他了，也不急。

過了七、八天，少南突然回來了。雖然坐在朱輪馬車裡，可當他下車以後，不少村民都看見了，紛紛議論。
「項家的官老爺回來了！」
甚至還有磕頭跪拜的，倒把少南弄得很不好意思。
少南一句招呼也沒打，突然就出現在家人面前，因此個個都是一副驚恐的樣子，青竹也很意外。

「你們都怎麼了？我不過走了一年多，難道不認得我了嗎？」少南笑說。

永柱見少南站在門口，比以前更加威風凜凜，儀表堂堂。頭戴褐色紗帽，身上雖然是家常便衣，但見那衣料也不是十分平常之物，他一時感慨，卻不知該如何開口，只搓了搓手，沒什麼舉動。

白氏則顯得自然許多，拉著少南上下瞧了一回，甚是埋怨。「你這臭小子，出去一年多了也不回來瞧瞧我們，將家裡人都給忘了！」

少南面有愧色地道：「兒子不孝，讓爹娘操心了。」

少南回家，闔家歡喜。

寶珠小聲地和青竹說：「少奶奶，我說得如何？爺果然回來接少奶奶了！」

青竹想，寶珠怎麼就料著了？

和兒子分別了幾個月，兒子又長大不少，少南見了就伸手要去抱他，但冬郎卻將頭偏向一旁，根本不理會他。對冬郎的無視，少南還是很有意見的，捏著他的臉說：「臭小子，連你老子也不認識了！」

青竹笑道：「他現在怕生得很，除了家裡幾個人，別人都抱不了，一沾手就哭，淘氣的呢！」

少南道：「沒關係，只要在他跟前幾個月，就會又變得親近我了。」

永柱問道：「你不是總說公務忙嗎，怎麼有空回來呢？」

少南笑道：「偷了空閒才脫身的，不過也待不了幾天。這不是不放心他們母子嗎？所以想來接他們回去。」

白氏聽說待不了多久又要走，連孫子也要走，頓時就不言語了，心裡很是不捨。見少南親自來接他們回去，青竹心裡是高興的。

隨行來的那兩個軍牢，白氏只好暫且將他們安置在蠶房那邊，好在這些日子沒有餵蠶。又叫了寶珠，趕著要殺鴨、撈魚，準備給少南做頓好吃的。

等到下午太陽落山，天氣涼爽些時，青竹將冬郎放在小車裡，和少南一道出去走走。殘陽如血，灑了一池五彩斑斕的霞光，就連垂柳也鍍上一層旖旎的光芒。柳樹下、魚塘裡，四處可見三五成群的鴨群。藕塘裡的蓮葉也長得比人還高了，有些甚至已經冒出了花骨朵，再過半個月不到就能荷香滿塘。

勇娃正在幫忙看守鴨子，棚子前後的草坪上養了幾頭驢，此刻正愜意地吃著草。勇娃見了他們，連忙起身來問好。

少南點點頭。數月來，官場上的事讓他心力交瘁，此情此景，卻讓他在瞬間覺得世界都美好起來了，而且妻兒在旁，少南心想，沒有哪一刻像現在這麼幸福了。

青竹指著那片沈寂的田地說：「看見沒有？今年藕種得不多，就這麼一片。那邊以前養泥鰍、黃鱔的地方已經重新養了螃蟹，只是還太小了些，起碼得過了中秋以後才能吃上螃蟹，你回來得不是時候。」

少南笑道：「我又不是為了吃幾隻螃蟹才回來的。」

青竹也笑道：「是呀。辛苦你跑這一趟。」

少南望著四周自家的產業，不由得想起小時還在學堂裡唸書的事來。那時候家裡還靠著祖上掙來的幾畝地生活，老爹還在瓦窯上幫工，大哥也在鎮上的鋪子裡當小夥計。那時候從未憧憬過現在這一幕，沒想到自家也能擁有這麼多田地，養魚、養蟹、養驢、種藕、種藥更是想都沒想過，這一切的改變是青竹來家以後慢慢才有的。雖然只是個童養媳，青竹卻有著不同一般人的見識和眼光，如今這個家也初步繁榮起來了。

想到這裡，少南突然挽住青竹的手，緊緊地攥住，柔情密意地說了句。「青竹，所幸遇見了妳。」

青竹聽得一頭霧水的，心想這是幹麼呢？好端端的來這麼一齣？遂含笑道：「你不覺得肉麻嗎？」

「肉麻我也得說。」此時的項少南倒像是個頑皮的大孩子。

有蜻蜓飛來，冬郎看見了，揚了小手想去捉住。

青竹勸道：「讓牠飛走吧，你捉住了就知道往嘴巴裡塞。不是什麼都能吃的，小傻子。」

少南也蹲下身來，和青竹道：「我們倆一定要盡力將冬郎培養成一個出色的人。」

青竹卻道：「我從未想過他有多麼出色，或是頂天立地，只要他能健康成長，以後謙遜有禮、知上進就行了，不敢奢望太多。」

少南若有所悟地點頭道：「妳說得或許不錯。」

此時水邊的蚊蟲不少，不一會兒，只見冬郎的臉上、小胳膊上被叮出了幾處紅點來，青竹便推了他準備回去了。

堤岸還沒走完，少南突然見那田埂上站了一人，身影有些熟悉，忙對青竹說：「好像是左兄！妳先帶冬郎回去，我找他說說話。」

青竹答應著，就見少南往左森的方向而去了。

第一百一十五章　道賀

晚上就家裡的這些人，還滿滿地坐了兩桌，加上少南帶回來的兩個隨從以及做長工的勇娃，硬分了三張桌子。

三桌人的飯菜可忙壞了白氏，幸好翠枝帶了豆豆過來幫忙，寶珠也能幫著打些下手。席間，少南問起明霞的親事，聽說是盛家，愣是沒什麼印象。

少東道：「他們家在平昌也有間鋪子，就是『桂花盛』，是賣糕點的。」

少南還是不大能記起這些，畢竟這些年在家裡待的時間不多。

白氏說道：「我看不如去和他們盛家說說，讓二女婿過來坐坐，少南也見見，看配你妹妹配不配得上？」

少南笑道：「明霞慣像個男孩子，只怕她配不上人家。」

明霞聽了噘著嘴，有些不高興。

青竹小聲地道：「何苦來，你又取笑她。」

白氏嘆道：「我滿心希望你們能在家多待段時間，還想和孫子多親近親近呢，下次回來只怕就不認得我這個當阿婆的了。」

永柱顯得很冷靜。「我看少南也難得回來，不如通知一下自家親戚，讓他們來坐坐吧。備個四、五桌的酒席，算是辦個簡單的家宴。」

少南沒什麼意見，白氏也滿口答應下來。

晚飯後，大家都坐在院子裡乘涼。

青竹和寶珠忙著收拾被褥，好在是夏天，用不了多少被褥。

安排寶珠和明霞住一屋，兩個隨從一個住少南小書房的榻上、一個住蠶房，青竹以前用過的竹床也收拾出來，勉強都住下了，好在屋子還算夠大。

勇娃依舊回魚塘那邊幫忙看守。

少東、少南兄弟倆還在院子裡聊天。

「那次你來信，說是遇到些麻煩，可把爹娘嚇著了，都生怕你會丟了官，惹上麻煩，如今沒事就好。」

「裡面的關係有些複雜，一時半會兒也和大哥說不清楚。讓你們替我擔心了，實在對不住。」

「你倒是越來越見外了，不是一家人嗎？都姓項，說這些做什麼？」

少南笑道：「是呀，我還經常想起小時候大哥在鋪子上做夥計的事來，我記得你發了工錢時，總會買果子呀、糖什麼的帶給我們吃，家裡你又最長，總是關照著我們。現在我長大了，偏偏還在外面，甚至連回家過年的時間也沒有，更說不上回報，家裡的事還得全靠大哥來操心。」

少東頗為感慨地道：「說這些陳年往事做什麼？家裡的這個攤子越拉越大，這兩年裡又添了許多產業，日子倒比以前好過了許多，讓村裡不少人眼紅。以前田老爺還經常上門來找碴，不過你如今做了官，我們算是朝中有人後，他再也不敢怎麼樣了，反而還來巴結討好，甚至送了二十畝的田契來，可弟妹說不能要，怕你被牽扯進來，只好退了回去。那田家也是個看人上菜的主兒，這幾年人事變得還真夠快，多虧你出息了，不然還不知道過的什麼日子呢。」

少南點頭道：「關於人情往來方面的事，其實我也不大能應酬過來。想當初會試落榜，什麼滋味都嘗過，幸好遇到命裡的貴人，不然哪有今天？」

「那你還準備再考嗎？」

少南堅定地道：「別說什麼知府、同知，就是和我一般的縣令、主簿，兩榜進士出身的都不在少數，我一個舉人出身怎麼也不夠看。要不是遇著了貴人提攜，只怕還賦閒在家呢！以後還想更進一步的話，就必須得中了進士，至少也得是同進士出身。」

少東笑道：「是呀，你的性子裡天生帶著不服輸，我就比不上你了，所以也終究難成大事。」

少南也只是淡淡地笑了笑，不免想起黃昏時和左森的談話來。不過幾年的時間，當真能將一個人的驕傲和理想給吞噬得一乾二淨。若是當初他和左森一樣運氣不好，受到舞弊的牽連，終身不能入仕途，現在或許還不如左森呢。

兄弟倆聊了許久，直到青竹來叫少南回去睡覺，這才作別。

少南到淨房裡痛快地沖了澡，經過堂屋時，見父母的屋裡漆黑一片，卻還時不時地傳出幾句說話聲，心想他們原來也還沒睡。

等走到這邊屋裡，能聞到空氣裡還瀰漫著一股淡淡的熏香。冬郎已經在小床裡睡熟了，青竹還在燈下描花樣。

少南湊上前說：「妳叫我進來睡，自己怎麼還不收拾呢？」

「我這不等你嗎？這麼久沒見，話不少，不過不一定非要在今晚聊個痛快，明天也可以再說呀！」

少南嗅了嗅，說：「這屋裡的香氣倒好聞，不像艾草的味兒那麼刺鼻。」

「這是甜夢香，以前汪夫人送過我一小盒。艾草熏過的屋子，味道太大，怕冬郎受不了，畢竟他還那麼小，鼻子不能給弄壞了。這甜夢香不僅能驅蚊蟲，還能凝神安眠呢！」

少南在一旁癡癡地看了會兒，覺得青竹說得嬌俏可愛，忍不住又去拉她的耳墜子，輕聲道：「我們倆好像有許久沒在一處了吧？」

青竹自然明白他說的「在一處」是什麼意思，紅著臉說：「今晚不行，那個還沒乾淨。」

少南聽說，微微有些失望。

青竹覺得眼睛越發乾澀起來，只好起身將桌上的東西簡單地收拾了。

「給明霞備嫁妝，針線上還缺著一大截，你娘讓我幫著給描些樣子出來。這裡又要走了，所以又趕著給我加了些活兒。」

少南道：「那我回頭和娘說說，妳這麼晚還在弄，也是怪累的。」

「得了吧，回頭又說我嬌氣來著。」青竹又看了一回冬郎，摸了摸身下墊著的尿布，確定沒有尿濕，這才吹了燈火，準備睡覺。

幽暗的月光透過窗紙照進來，帳子裡有些朦朦朧朧的，不過還不到能看清人影的地步。少南摟著青竹，兩人說著枕邊小話。

青竹問道：「你好不容易見著了左森，怎麼沒多聊幾句，這麼快就回來了？」

「還說呢，現在越發覺得和他生疏了起來，他也不像以前那麼的善言詞了，不過客套了幾句，問了些學堂裡的事，就再沒了什麼可以聊的話題，頓時覺得無趣，便回來了。剛才我還在想，不過幾年的時間，一個人的變化還真大，莫非左兄這輩子都要埋沒在村裡的小學堂不成？本來我想和他說，讓他出來，在我身邊做個師爺，但最終也沒開口，也不知他會不會答應。」

「或許對左森來說，你的變化更大，他才要疏遠你呢，畢竟如今算是兩個階層裡的人了，所以他不敢親近吧。要請他當師爺的話，也不知他能不能放得下自尊？他比你還大幾歲，且實際上來說是沒犯過什麼錯誤的，不過是因為受牽連而已，就斷送了一生。」

「那妳說我該不該去問問他？」少南一直沒拿定主意，特別是和左森聊了幾句後，更加迷茫。

「你們算是同窗，他的脾氣性格你應該比我更瞭解才是，在問他之前，不妨先站在他的立場上來想想，如何？」

少南摸著青竹的背脊說：「妳這話說得很是。」

青竹又問：「對了，束水那邊當真安定下來了嗎？」

「塗知縣被撤了職。本來我是要被調去別處的，後來程巡撫保舉，才讓我暫領知縣一職。過段時日還要上京去述職，或許到時候還有別的調任也說不定。不過程巡撫說，他能出面幫我調停下來。」

青竹道：「還真多虧了程巡撫！對了，程夫人還好嗎？」

少南道：「或許還好吧，我也不好打聽。」

青竹又笑道：「說來我有些想念貞娘做的飯菜了。」

「回去讓她做給妳吃吧，直到妳吃厭了為止。」

青竹這時候才反應過來剛才少南說要上京，便拉了他說：「你要上京也帶我去，好不好？」

「我是去述職的，又不是玩，妳跟著去做什麼？再說冬郎也還小。」

「冬郎我自然也要帶上。我想去拜見汪夫人，再說也沒去過什麼大的地方，東水算是去過最遠的地兒了，不像你去過省城，還入過京。正好遇上這樣的時機，帶我去吧，好不好？」說到最後，青竹竟撒嬌起來。

青竹嬌滴滴的樣子讓少南沒轍，只好暫且答應。「到時候看安排吧。」

「那好，就這麼說定了！」青竹滿心歡喜，又開始幻想起京城是幅什麼情景，甚至還想到了皇宮。會和電視裡的那些宮殿一樣嗎？東水官太太們的圈子就已經夠亂糟糟的了，京城的官太太圈子更大，也更複雜吧？不過和青竹暫時是扯不上什麼關係的。

青竹又問：「那我們回去還住以前的那座小院子嗎？」

「住衙門那邊的院子。」

「那不是以前塗知縣家住的地方嗎？」青竹去過幾次，但印象不深刻。她還想多問少南幾句，卻聽見他已經傳來陣陣的鼾聲，便作罷了。他趕了這麼多天的路，好不容易回家，一定累極了，因此也不再打擾他，翻了身子，背對著少南準備睡了，不過思緒已經飛到千里之外的京城。會去的，少南答應過帶她去，就一定能實現的，對不對？

那田老爺不知從何處得到少南回家的消息，第二天屁顛屁顛地帶了幾樣見面禮來，說是要拜見項少南。兩家本來也有來往，再加上明霞的婚事是田家在中間幫忙牽線搭橋，因此也沒有拒之門外的事，但那田老爺一口一句「項大人」，弄得項少南很不自在。

項家設了家宴要和親友們聚一聚，幾家親近之人知道此事都來了。

明春是一人來的，熊貴要忙磨坊，至於小滿，她是從不過問一句，由著他是死是活。

夏家則是夏成出面，代表夏家。

和白氏預想的差不多，還真的湊了六桌的人。幸好有人幫忙料理廚下的事，她還不至於忙亂，而青竹只顧著帶冬郎，別的事也用不著她操心。

見夏成來了，青竹也歡喜。夏成一身杏白的夏布單袍，手裡拿著把摺扇，倒還有幾分讀書兒郎斯文的氣質。她不免想起上次和夏成說的那番話，也不知他聽進去沒有，會不會心態已經有了轉變？

夏成從袖子裡掏出一塊糖來，就要往冬郎嘴巴裡塞，青竹見狀連忙制止住。「他還小，吃不了，當心噎著。你自己吃吧！」

夏成又蹲在旁邊和冬郎玩。「冬郎，快叫舅舅！」

冬郎哪裡會叫人呢？眼見著已經癟了嘴，要哭的樣子。

青竹倒沒理會，而是和夏成道：「你怎麼不去找你姊夫說話，在這裡和冬郎玩？他怕生呢。」

夏成沈默了半天才道：「二姊夫正被一群人圍繞著問東問西，我插不上嘴，也不知道說什麼好，還不如躲下清靜。」

「青蘭怎麼沒跟著你一起來呢？」

「她嫌熱，又說身上不自在。」

女孩子難免會嬌氣點，青竹也能理解。若是夏成的心態還是沒轉變過來，以後該怎麼過呢？還是這樣渾渾噩噩地混日子嗎？青梅雖然也管著他，但他畢竟是兄弟，不是兒子，不能像教導吉祥、平安兄弟倆那樣。

蔡氏只養了這麼一個兒子，自然盼望他壯立門戶，有朝一日能夠光宗耀祖，所以當初那麼艱難地跑到錢家尋求援助，供夏成讀書。結果讀了幾年，過了啟蒙，怎麼卻越來越糊塗了？

青竹少不得要訓導一番。「成哥兒，家裡的日子比起我們小時候怎樣？」

夏成毫不思索地回答道：「比以前好過不少。」

「可不是？當初娘帶著你去姑姑家找姑父幫襯你上學，這些事還沒忘吧？」

夏成已經意識到二姊要說什麼了，起身便準備走開。

青竹喝斥了一聲。「你站住！現在連禮數也不懂了是不是？我話都還沒說完呢！難道現在連聽完別人說話的耐心也沒了嗎？」

夏成垂了頭，冷冰冰地說道：「二姊要說什麼我知道，這些道理妳也不用再和我講，又不是四、五歲的小孩子了，難道還不清楚嗎？」

「我看你就是不清楚，一直在糊塗！別以為娘死了，就沒人敢管你，就成了小霸王了！」

夏成不敢開口，微微彎了身子，訕訕地站在那裡，頭埋得低低的。

青竹頗有些恨鐵不成鋼，說了兩句也說不下去了，擺手道：「你愛上哪裡就去哪裡吧！」

夏成半晌未動，聽見青竹叫他走，才抬頭說道：「二姊，對不起。」

青竹心想，夏成正好到了叛逆的年紀，要是沒有人正確地引導他，只怕以後會誤入歧途。想到以前夏成很崇敬少南，心想要不讓少南去勸說一下？沒準兒還能聽進去幾句呢！

當項少南進來換衣服時，青竹將這個想法告訴了他。

少南一愣。「妳兄弟以前不是挺意氣風發的嗎？怎麼會變了個樣子？」

青竹覺得亂糟糟的。「我哪裡知道呢？自從娘走了以後，就完全變了個人似的，什麼糊塗事都做得出來。大姊氣過好幾次，打也打了，可還是這樣。說不定你出馬了，還能回轉過來。」

少南想了想，問道：「莫非是岳母的事給他的打擊太大了，還沒從悲痛中走出來？」

「我倒覺得他是拿這個做幌子。母親沒了，也沒人好管教他，才變得如此。你狠狠地說他幾句吧！」

少南點點頭，心想這是要和小舅子說教，還真沒那麼容易開口。

換好衣裳後，出去也不見夏成在何處，接著又聽見有人說盛二姑爺來了，少南倒想好好地會會這個即將成為他妹夫的盛家少年。

後來白氏讓豆豆幫著算人數，竟然不止六桌，只好又讓鐵蛋兒去幫忙借桌椅板凳。

鐵蛋兒倒勤快，吩咐一聲便去幫忙跑腿。

少南在堂屋裡和盛隆見了禮，正在說話，盛隆只比少南小一歲不到的樣子。以前做主簿時，少南時常和商戶打交道，這會兒和盛隆才說了幾句話，就暗自下了結論——是個有為的青年，配明霞的話，絕對配得上。

「二哥這麼年輕就中了舉、做了官，整個平昌怕也挑不出第二個來吧？」

「要說起才學來，那是真慚愧，不過是運氣好而已。」少南答得也謙虛。

盛隆卻由衷地說：「我輩羨慕也羨慕不過來，剩下的只有敬仰了。」

少南只是一笑，心想不愧是做生意的，嘴巴果然厲害。他突然想起明春和馬家不成功的親事來，因此當著眾人的面，直截了當地說道：「盛公子，我只有這麼一個妹妹，雖然生在絕對說不上富裕的人家，但雙親疼愛，也是從小嬌生慣養，從未受過什麼大的委屈，以後到了盛家，還請公子多多珍惜。」

盛隆連忙道：「能娶到二姑娘是我的福氣，自然會寶貝似的珍重，請各位放心。」

寶珠聽見這句話，又連忙跑到明霞跟前說嘴。

明霞紅著臉說：「妳跑來告訴我做什麼？」

寶珠笑道：「看樣子未來的二姑爺果真不錯呢！」

明霞有些不以為然地道：「他在家人面前自然會揀好聽的話說，所謂日久見人心，以後才會清楚他到底是怎樣的一個人。」明霞嘴上雖然這麼說，心裡卻忍不住竊喜，心想還真會討嘴賣乖，不愧是賣糕點的，嘴巴就跟抹了蜜一樣甜。倒希望他真是個有良心的人，不會說一套做一套。

直到開飯時，少南才看見夏成，便拉他和自己坐一張桌子，又特意吩咐他飯後在小書房裡等著，夏成點頭答應了。

席間敬酒的不少，少南的酒量這兩年因為四處要應酬，也練了些出來，只是兩杯下肚就臉紅的狀態改不了。

青竹在別桌看見了，皺了皺眉，本來想讓寶珠去勸幾句的，可轉念一想，難得大家都高興，又是一家子團聚，他愛喝就由著他喝去吧，只要不耍酒瘋就行。

喝了大約有七、八兩的酒後，少南就再也撐不住了，告饒道：「諸位饒了我吧，再喝就醉了。」

永柱見少南頭回喝這麼多酒，生怕喝出什麼事來，便讓止住了。這裡一干人才肯作罷。

雖然喝了不少酒，可少南的頭腦卻很清晰，思維邏輯也還沒混亂。及至席散，青竹將他叫到一旁問道：「我交給你的事辦了沒有？」

少南回道：「我沒忘，讓他在書房等著呢。」

當下有人說要回去了，但都是自家親戚，也沒那麼多的虛禮，因此少南也不準備再一一去送客了。

第一百一十六章　產業

這邊夏成在小書房裡安安靜靜地等候他的二姊夫，見書架上放著不少書籍，壁上也有不少字畫，便有些羨慕，心想他也有這麼一間書房就好了。正想著，少南就進來了，夏成連忙起身，喚了聲。「二姊夫！」

少南點點頭，對夏成道：「這些書就這麼放著，只怕都已經長霉了，也不知他們會不會幫我拿出去曬一曬？要湊齊這麼多書，花了不少時間，也很費了些錢呢，這次回來正想帶著走。」

少南記得還有幾匣新墨一直收著，他還沒用過，便拉開抽屜，找出兩匣來，又翻出幾枝嶄新的毛筆，並一卷毛邊紙，這些都放到夏成跟前，說：「這些我不準備帶走了，你拿去吧。還有這架子上的書，你自己翻翻看，有喜歡的、有用得上的，隨便你選吧。對了，我記得有一樣好東西。」

少南走到一個角落，翻尋了半日，才找出那本當初他和青竹去縣城裡花了五兩多銀子買的應試所用的書，如今紙都快要發脆了。他鄭重地遞給夏成，道：「這本書值五兩多的銀子，也給你吧，總用得上。」

夏成接了過來，並未立刻去翻弄。

少南拍著夏成的背脊，鼓勵著他。「從頭開始，有什麼難的？我也遇到過挫折，一起努力奮鬥吧！」

夏成望著他姊夫，心想，他曾一度將二姊夫當作最崇拜的人，也一心往這個方向努力，當時是怎樣的一種心情，此刻怎麼體會不到呢？

少南又語重心長地說：「我想，人這輩子最重要的是自己不要先說放棄。你也還小，好好地積攢力量，說不定真能一鳴驚人的。」

夏成惶惑道：「二姊夫，我真的還能從頭開始嗎？」

少南笑道：「有何不能？你的人生還是嶄新的，才站到起點線上，並沒有出發呢！」

夏成若有所思地垂了頭。

少南並沒像夏成心中所想的那樣，和別人一樣地斥責他一頓，也沒半點怪罪他的意思，只是像個十分知心的好友，對他說了些掏心掏肺的話。

這番言詞，讓夏成不覺得十分抵觸。

「喂，你昨兒和成哥兒說了些什麼？看他那樣，連眼神也變了呢！」

「妳連這個也瞧得出來嗎？」

「給人的感覺不一樣唄。早知如此的話，該讓你早些回來訓他一通的，也就不會辜負一年的光陰了。」

少南微笑道：「蹉跎一年也不算什麼，現在努力的話肯定還來得及。」

這裡還沒聊上幾句，白氏就遣了寶珠過來叫青竹去。

「什麼事呀，這麼急匆匆的？」

寶珠道：「聽說是讓少奶奶幫著算算帳，還有問帶什麼東西的事。」

「喔，馬上就去。」青竹便將懷裡的冬郎塞給了少南。

這邊白氏屋裡的桌上堆了不少東西，顯得有些凌亂。

白氏將一個帳本遞給青竹。「這是讓豆豆記的，妳給算算看各處的花銷。」

青竹接過掃了兩眼，豆豆的字比以前寫得要好些了，只是記錄的帳目還是凌亂沒有章法。

「豆豆呢？在哪裡？」

「在她家吧。」

「將她叫來，我再教教她。」青竹撥著算盤，飛快地算著帳。

白氏便起身去喊豆豆。

當豆豆過來時，青竹已經算了兩、三筆帳了。青竹讓豆豆坐在身旁，指著豆豆記錄的東西，耐心地和她說道：「妳這麼記帳是不行的，就是流水帳也要分門別類，開銷和收入怎麼能胡亂地混在一起呢？」

豆豆點點頭，耐心地聽講。

青竹又讓她將以前記的帳目找出來，簡單地翻閱了兩冊，同樣的狀況一直存在著。

「我看不如這樣吧。不要想著怎麼節省紙張，娘給多訂幾本，一本是一個分類，然後再訂兩個總帳。分類帳和總帳要分開，以後只要這兩處對得上就沒問題了。」
豆豆點頭道：「二嬸教誨，我記下了。」
青竹又揉了揉豆豆的額頭。「不管怎麼說，妳年紀還小了點，讓妳擔負這麼重的事，實在是難為妳了，這些經驗都是慢慢積攢下來的。」
白氏在一旁道：「妳像她這麼大的時候，還沒人教，妳不也是自己總結出來的嗎？看來這個和讀書一樣，需要天分。」
青竹想，這些都是在大學裡學到的財務知識，只是不方便說出口罷了。她教了豆豆這幾年，豆豆已經學了不少，如今讓她簡單的理帳也沒多少困難，欠缺的就是經驗而已。
白氏又問：「當真決定後日啟程嗎？」
「是呀，少南已耽擱久了，怕回去後又堆了許多事。」
白氏指著桌上的那些東西道：「這些都是親戚們送來的，妳要什麼自己選吧。另外，鴨子的事我會幫妳裝好。」
青竹看了眼，不過是些尺頭、果子、點心、麵呀、粉呀什麼的，這些東西她倒不想拿。原本想多帶些土物走的，偏偏又是這個季節，好多東西都還沒成熟呢！
「這些留給家裡吧，那邊什麼都有。」青竹不是看不上，只是覺得什麼亂七八糟的東西都帶上的話，實在是太麻煩了。
白氏也不勉強。
青竹又看了一會兒豆豆理帳，指點了幾句，聽見冬郎哭，青竹便趕緊出去了。

豆豆還端端正正地坐在桌前埋頭用功，白氏問道：「妳娘呢？今天怎麼不見她？」

豆豆仰面道：「後面桃花嬸不是要辦壽宴嗎？聽說事多，請了我娘過去幫忙呢，連小靜婷也跟著一道去了。」

白氏撇撇嘴，念叨著。「自家的事也沒見她這麼積極過。」

豆豆只當沒聽見一般。

白氏想了想，便拿出一塊尺頭來，給了豆豆。「這個給妳娘，讓她給妳們姊妹做身衣裳吧！」

豆豆見是塊桃紅的夏布，心想二嬸不要的才想到她們姊妹倆。饒是這麼想，卻也禮貌地道謝，接過去了。

這廂，青竹正吩咐寶珠收拾東西。

少南又去書房裡翻尋，打算要帶一部分的書走。

白氏見他們要走了，自然有些不痛快，抱了冬郎，心肝寶貝似的疼著。

做了酒席，還剩下不少飯菜，天氣熱，不好存放，白氏便讓少東他們在這邊吃飯。

這裡少南已將要帶走的書都清理出來了。

少東少不得要問上兩句。「二弟這一走，什麼時候能回來呢？」

「大哥，這個說不清，得看實際情況。不過我會時常給家裡寫信，另外明霞的親事我也儘量吧。」

少東想起舊年裡青竹向他許諾關於門面的事，這兩天他心裡一直糾結著，要不要問呢？青竹她會不會已經忘了這檔事？畢竟也不大回家了，只怕沒心思再管這些了吧？那麼他想出去做買賣、當掌櫃的心願就這麼落空了嗎？虧得這一年多來他辛辛苦苦地為家裡這些事四處奔波，到最後卻什麼好處也撈不著。

項少東一直在猶豫要不要開口問青竹，不料飯後青竹竟然主動提了出來，倒讓少東很意外。

「大哥，年前我許諾你的事還沒忘呢，不過還得請你再熬一年，到時就一定會送你城裡兩間好門面。」

別人都知道此事，只有少南一頭霧水，心想怎麼回事，大哥不管家裡了嗎？不禁疑惑地看著他們。

少東笑道：「我倒沒什麼，還以為弟妹忘了此事呢。」

「說過的話就不會忘，再說這也是和大哥的約定。不過這兩天我倒有個想法，大哥開了鋪子的話打算賣什麼？還是賣布嗎？」

少東道：「初步是這麼想的，再說有認識的朋友，願意幫忙。」

青竹笑道：「說來以前東水那個塗知縣太太的娘家也是開綢緞鋪子起家的，聽說也很富裕。不過我在想，城裡賣布的已經不少了，規模大的更有得是，大哥真想開的話也不是不可以，只是你想過沒有，一間沒有背景的新店，要是銷路還不錯的話，影響到了那些大商家的利益，是很有可能被擠兌下去的。」

屋裡人一怔，心想青竹此時說這話是什麼意思？難道又變卦了不成？懷著這樣想法的還有少東，他有些不解，青竹說得好聽，結果還不是想說服自己放棄這個念頭？

就在眾人摸不透青竹的心思時，青竹又開口了。

「既然都是做買賣，我倒覺得不一定要賣布，其他的路子還很多。這些天我在想，家裡本來就自己餵鴨子，每年要賣上一批活鴨出去，可活鴨一隻不過四、五斤重，也賣不了多少錢，除卻人工成本後，賺得並不多。又想到娘的手藝不錯，不能白白浪費了，所以不如就從明年開始，我們自己做板鴨、做燻鴨，放到鋪子裡去賣吧。」

「妳是讓我賣熟食？」少東狐疑道。

「有何不可呢？你們不也羨慕他們『桂花盛』嗎？盛家是賣糕點起家的，經過兩代經營，如今規模也不小了。我想這也是門出路，且風險比起賣布要小許多。大哥不妨自己也合計合計，讓豆豆給算算帳。」

少東沈默了，青竹打的主意有些出乎他的意料。前兩日誇老娘的鴨子做得好，還說要拿去賣，原來真的在計劃此事。不過他卻猶豫了，到底要不要接手？

白氏在旁邊聽了，也擔憂道：「真要拿去賣的話，我卻沒那個自信，我看還是算了吧？老大想賣布就讓他賣去，畢竟弄這些都沒經驗，萬一弄砸了怎麼辦？」

青竹笑道：「大哥同樣也沒有開店的經驗呀！大家都是摸著石頭過河。不過光是我一頭熱也不行，你們都想想看吧。」

屋裡人都沈默了。

少東覺得亂糟糟的。

「我和少南商量過，他也覺得可行。」說著又看了少南一眼。

少南卻想：妳什麼時候和我說過此事？我也是和旁人一樣，都是頭一回聽見啊！見青竹向他眨眼，他也只好硬著頭皮說：「自產自銷省了許多麻煩，再說也放心一些。」

青竹見少南主動附和自己，滿意地笑了。她這才想起一事來，又道：「對了，郝大夫和我說過去找找百草堂的魏掌櫃，說是有丹參的門路，只有麻煩大哥去看看了，魏掌櫃應該是知道的。」

少東只說知道了。

大家接著商議了一回，各抒己見，唯獨永柱自始至終一句話都沒說。永柱只靜靜地聽著他們的言論，保持著沈默，心想要真是辦成了此事，他也幫不了多少忙，由著他們折騰去吧。

直到散去時，少南才問青竹。「妳幹麼突然問起我來？妳幾時找我商量過？再說家裡的這些事我本來就不大管的。」

「你是項家的老二，怎能不關心家裡的事呢？再說這也是件大事。不過你覺得我分析得對不對？」

少南倒很直爽，直接說道：「這個我說不上來，不過看上去大哥好像不大滿意呢。」

青竹笑道：「這個需要一段時間消化，只要他想通了就行。」

「家裡就妳鬼點子多。」

「要是點子不多，也沒現在這個樣子，你感謝我吧。」

少南頷首道：「這倒是實話。」

「多謝你附和我，我本以為你會反駁我呢。」

「妳在那兒擠眉弄眼的，我能不跟著附和妳嗎？再說我也瞭解妳，沒有細細考量過的事，妳是不會隨便開口的，我自始至終都是相信妳的。」

青竹聽著這話，心裡感激起來，拉著少南說：「我也一樣，一直都是相信你的。」

第一百一十七章　謀劃

第三日一早，用了早飯後，少南讓兩個隨從軍牢幫著將要帶走的東西都搬上馬車，後來發現東西實在太多了些，沒有法子，少東只好去街上找人買了頭騾子，幫他們馱了一部分東西，這才算完事。

家裡人依依不捨地和少南一家三口道別，白氏更是紅了眼圈，又再三囑咐青竹一堆的事。

青竹道：「我都記下了，娘也多保重！」

「噯！」

永柱和白氏比起來顯得平靜不少，只說了句保重，又將他們送出了村口。

村子裡其他人看見了也跟著來送，倒讓少南很不自在。

車子緩緩行駛著，直到出了平昌，往東水的方向而去。

少南望著窗外緩緩閃過的風景，心想這一別，再回來不知是什麼樣的光景了。

大熱天的趕遠路本來就是件煩惱事，再加上車子裡有些悶熱，青竹怕冬郎受不了，便準備給他脫掉一件衣服，不料冬郎卻將少南腰上掛著的一串大紅色宮條緊緊地攥在手裡把玩，青竹要給他脫衣服也脫不了。「別淘氣，放開手中的東西。」

冬郎卻只顧著自己玩得高興，壓根兒不聽青竹的話。

青竹只好硬從冬郎手裡將宮絛給抽出來，趕著給他脫了衣裳。

少南念叨著。「也不知他受不受得住，我們得加快行程，而且回去得太遲，怕不大好交差。」

青竹卻說：「還跟著騾子呢，騾子跑得沒馬快。你要真趕行程，我看不如你單獨先走吧，到城裡買匹快馬。」

「不成，我不放心你們母子，不然我何必再來接你們？」

「那你就忍耐些時日吧。至少得走十天以上，要是遇上暴雨阻路的話，我看半個月、二十來天也有可能。」

少南心想，也只好如此了。車子在行駛，他又怕冬郎沒有坐好，萬一一個顛簸撞著了他，因此連忙將他好好地抱在懷裡。

少南願意抱孩子，青竹自然高興。

到了縣城後，青竹有些不大放心，又去了一趟百草堂。魏掌櫃有些不大認識青竹了，青竹只好又從頭介紹了一番。「掌櫃是貴人多忘事，再說我也許久沒來了。郝大夫和我說起過，說魏掌櫃手上有種植丹參的門路，所以特意來問問。」

魏掌櫃點頭道：「我想起來了。許久不見妳，要不妳先等等，我差人去將那人叫來，妳當面問他？」

青竹擺手道：「不了，我還要趕路，不好多耽擱。過兩日我家大哥會來，他叫項少東，到時候還得麻煩魏掌櫃。」

魏掌櫃是個隨和的人，忙道：「好說。」

青竹心想來都來了，便又買了幾樣在路上可能用得上的丸藥，這才和魏掌櫃告別。

百草堂的夥計這才和魏掌櫃道：「沒想到竟是一個女當家，還真是不多見呢！」

魏掌櫃笑道：「女當家又怎麼了？別忘了我們百草堂這塊牌子聽說就是祖上一位姑姑給創建的。」

夥計忙道：「小的有些耳聞。」

魏掌櫃點頭道：「所以千萬別看輕了女人啊！」

少南一心想著趕路，除了夜裡去驛站投宿以外，別的地方就儘量不耽擱。好在冬郎還算爭氣，沒有出什麼狀況。

曉行夜宿，快馬加鞭。可大熱天的，難免會遇上暴雨，這日才到晌午，就聽見雷聲轟鳴，烏雲密布，狂風大作。

青竹看了看天色，道：「不行，不能再繼續往前走了，還是找處地方避雨吧。」

「不想回到前面經過的那處驛站了，那半山腰似乎有房屋，或許是處廟宇，我們去打擾一下吧？」

青竹心想也只好如此了，便讓駕車的人往那兒而去。

還沒到房子所在的地方，就已經開始下雨，幸好車上備有雨具。

青竹倒不覺得什麼，只是怕冬郎淋著雨，且他又怕打雷。青竹替他捂了耳朵，又哄著他。「寶貝別怕，一會兒到屋裡就好了。」

等他們趕到那處房屋前，果見是座廟宇，名為「大寧寺」。一個隨從忙去找裡面的僧人商量避雨的事，和尚爽快地答應了。

青竹心想，好在暫且有這麼一處落腳的地方，不至於狼狽不堪。和尚們讓他們在抱廈裡暫時避一避，青竹帶著冬郎不好出面，便讓少南去和廟裡的住持道一聲謝。

寶珠望著屋簷下掛著的雨簾道：「這熱天的雨還真是說來就來，希望立即停了就好。」

「是呀，要是因為這場雨耽擱的話，少南他又會焦急上火了。」青竹摸了摸冬郎身上，好在沒有淋濕，又暗暗祈禱雨勢快點停下來。

他們雖然只是臨時來避一下雨，不過廟裡的僧人卻並未怠慢他們，還給準備了簡單的素齋。青竹有些過意不去，便拿了塊碎銀，讓寶珠去捐了功德。

少南去了半日，用飯的時候也沒見他回來，青竹想，這少南和廟裡的住持也投機嗎？一會兒後，寶珠回來說：「少奶奶，爺正陪住持下棋。」

「他倒有閒情逸致，不急著趕路了嗎？」

寶珠笑道：「看來是真聊上了。」又看了看外面的雨勢，道：「這場雨看樣子再過會兒就要停了，是來得快去得也快。」

「阿彌陀佛，但願如此。」

「真是稀奇事，少奶奶怎麼也唸起佛來了呢？」

「在寺廟裡不唸佛唸什麼？走的時候妳還眼圈紅紅的，這會兒不難過了吧？」

寶珠羞澀地道：「讓少奶奶見笑了。」

青竹知道這段日子雖然不長，不過寶珠和明霞兩個卻早已經混熟了，兩人在一處無話不說，並且兩人的天性又差不了多少。

「妳要真捨不得的話，就該留下來。」

「少奶奶快別取笑我了！」

「好，我不說了。」

眼見雨漸漸停了，但等了一陣子也不見少南回來，青竹想，莫非他今晚打算在此投宿不成？又差人去問，過了好一會兒才見少南過來說出發。

青竹忍不住要嘲笑兩句。「我還真以為你捨不得走，忘了趕路的事呢！前面那麼焦急，怎麼到這裡反而平靜下來了？」

「陪著老住持下了兩局棋，又聽他講了一卷經文，倒很受用，這人世間的大道理還有許多參不透呢！要不，我說給妳聽聽？」

「不要，我慧根淺，領悟不了。你要真是參透了的話，會不會捨棄我和冬郎出家去？」

「這是哪裡話，我怎麼捨得？不過是覺得這些高僧們的確有智慧，我卻十分愚笨，只好繼續在紅塵裡混沌地過日子了。」

一路雖然沒有遇上什麼大風波，不過小狀況倒是時常出。一路顛簸，也耽擱了半個來月，最後總算平安到達了東水。

以為還能再住一陣子以前的小院子，沒想到已經轉到了衙門後面的院落裡了。有兩進房舍，大小一共也有十幾間，連帶著後面一個小花園。

貞娘和李梁先搬過來幫忙照料，並估算著日子，將屋子早早地收拾出來，左等右等，總算盼見他們回來了。

青竹抱著冬郎下車，寶珠幫著搬東西，少南也跟著下來，趕著換了官服還要去衙門裡走一圈。

雪娥依舊有些膽小，緊緊地黏在貞娘身後。

貞娘笑道：「少奶奶總算回來了，一路上辛苦了！」

青竹疲憊地笑了笑。「倒還好。」

陌生的住處，大家一齊到了花廳，少南也來不及歇息，便讓貞娘給自己找衣服。

「你也怪忙的，快去吧，別誤了正事。晚上等你回來吃飯。」

少南道：「若是回來得晚，就別等了。」

李梁幫著隨行的軍牢們將車上和騾子馱的東西都解下來，倒有不少箱籠，現在都堆在屋簷下。青竹體諒兩個隨從也勞累了，便讓他們去歇息一陣，這些東西什麼時候收拾都行。

冬郎走了這幾個月，已經不大認識貞娘了，不過看見雪娥後卻不認生，還伸出小胳膊來想讓雪娥抱他。

青竹取笑他。「才多大來著，就知道認漂亮的姊姊！」

青竹打量了下屋子的情況，主要的家具都是齊全的，心想以前小院子住著的時候也沒置辦多少，現在屋子又比以前大，只怕更沒那麼多東西來擺設了。有些桌椅是以前沒怎麼見過的，便問貞娘。「這些家什莫非是塗夫人他們留下的？」

「我們搬進來的時候屋子空空的，只有一把折了腿的靠背椅。程夫人派人送了四把椅子、一張長桌，還有一對花瓶。爺又讓置辦了幾床被褥，就再沒別的了。」

「原來如此。」青竹想，還是自家的東西用著順心。

這邊屋子寬敞，只是人未免少了些。可能是習慣項家熱鬧的氣氛了，到了這邊總覺得有些冷清。

等到青竹哄睡了冬郎，便也來幫著清理帶來的這些東西。帶來的那些土產裡，青竹自然將要送程夫人的先揀了出來。心想少南說過要上京，汪夫人那一份也該預留著，但這個天也不知存不存得住？

貞娘說：「倒也容易，找了地窖好好放著，應該就不會有什麼事。再說這個本來就乾，也不容易壞。」

「真能存放就好了。要是變了味兒，也送不出手，希望天氣漸漸涼快起來就好了。」

貞娘笑道：「少奶奶既然交給我了，就請放心吧！」

一大堆東西，足足收拾一天才大致歸置好了。青竹派了貞娘去給巡撫家送東西，收拾東西的時候，發現不知幾時將青梅送她的那架紗屏也帶了出來。

如今倒有地方擺放了，雖然過了兩、三年，但由於一直放著沒用，漆色還保存完整，並未脫落。當初上漆前已經先上了一層清漆，因此也沒有蟲蛀。

「這架屏風真雅致。」

「是呀，都是我大姊的針線。在平昌的時候沒地方擺，放了這些年，現在拿出來正好。」除了這架紗屏，還有一掛簾子，是當年蔡氏做的。見了這一樣，青竹難免會觸景生情，忙讓寶珠幫著掛起來。

紗屏移到花廳裡，有客人來了，看著也好。

永柱給冬郎做的那架帶輪子的小床由於不好帶，青竹便沒有要，不過小推車卻帶來了，還有他才出生不久時睡過的搖籃，這兩樣擺在青竹的房裡，便覺得有些擠了。

貞娘去了半日，後來回話道：「巡撫太太問少奶奶好，還說改日請少奶奶過去坐坐。」

青竹點點頭。

貞娘又將賞她的錢給青竹看了。

青竹讓她好好收著，又拿了布料出來，說是給家裡人裁衣裳。

寶珠說道：「說起衣裳來，少奶奶也該置一身。您這裡服滿了，有顏色的衣裳卻不多，要去巡撫府的話，也得換身新衣裳。前面收拾東西時，我看見有塊布料倒還好，玫瑰紫的妝花緞。太太們都喜歡穿窄褙子，獨獨少奶奶沒有，這後面的天氣就要涼快了，我看也該做一身。」

青竹笑道：「妳越發的巧了！聽妳這麼說，我是必須得做一套了。好吧，妳將衣料拿到裁縫那裡去吧，尺寸妳是知道的。」又想著少南要進京的話，也得有光鮮衣裳才行。收著的這些布料要麼顏色不好，要麼布料不怎樣，便想著改天去綢緞莊裡逛逛。又拿了布出來，給貞娘一家三口裁衣服，也給寶珠做一身。

「以前爺還說再去買兩個丫頭，畢竟小爺也漸漸大了，得有人專門照料。」

青竹道：「這個等以後更安定些再說吧，也還慮不到那一步。」

貞娘笑道：「是呀，買丫頭也是件大事，可不能再出現第二個杏香了。」

青竹都快忘了杏香的事，心想早些趕了她，看來不是個錯誤的決定。

貞娘又道：「家裡還餵著四隻雞，雞窩壘在小花園那邊的角落裡，可又覺得不美觀，養在這邊院子裡更不好。爺還說不讓養，要給放了，少奶奶怎麼看？」

「既然餵了就好好地養著吧，還能揀蛋。若真添了人的話，這家裡的開銷又得多幾筆，得慢慢地規劃才行。」

青竹畢竟也是苦日子過來的，對這些很在意。在她眼裡看來，每朵花、每根草都是值錢的，何況是幾隻雞？她也不怕被人說小氣摳門，過日子麼，每個人都有自己的道理。

小院子裡栽種的不再是紫玉蘭，聽說以前也有一棵梨樹，不過塗知縣嫌名字不好，又覺得院子裡栽樹破了風水，便讓人給砍掉了，如今連樹樁也沒留下。看著光禿禿的場地，青竹總覺得空蕩蕩的。幸好貞娘和李梁兩個將以前的那些花盆都搬來了，角落裡擺放了些花盆，這才有了綠意。

從後廊出去就能到小花園了。

這個園子遠遠沒有巡撫家那邊的大，且還沒好好規劃，也顯得有些雜亂無章，好在還沒落到野草叢生的地步。

階下倒種了五、六棵梧桐，讓人覺得很蔭涼。其餘的花臺裡栽種著些石竹、凌霄等。西北角聳立著一座小亭子，青竹和寶珠漫步到亭子裡，可能是沒經常打掃的緣故，亭子裡的石桌上已是蒼苔斑斑了。

寶珠感嘆道：「這裡好好拾掇出來的話也是處不錯的地方。這些石竹應該是塗夫人讓人種的吧？」

「是該收拾了，再不收拾，只怕就要被野草和蒼苔給吞沒，要變成野生植物的樂園了。」

寶珠忙說：「以前我認識個花匠，不如明天去找他問問，讓他幫忙給種點花草吧？」

青竹忙擺手道：「妳先別急，種什麼我拿主意，慢慢來。」

寶珠笑道：「是呢，全由少奶奶作主。」

青竹想，這麼大塊地方，一定要好好規劃，要美觀也要實用為準則。讓花匠來的話，怕只會種些華而不實的東西，還得費時費力地去打整伺候，他們家現在可養不起這方面的閒人。

關於小花園裡種什麼花好，青竹也問了少南的意思。

少南哪肯管這些小事呢？索性道：「由著妳高興收拾吧，反正我也沒什麼工夫去賞花來著。」

青竹撇嘴說：「就料到你會這麼來敷衍我，得了，就算我白問。」

青竹想著，這四季都有花開才不至於單調。要說用得上的，自然是金銀花為第一，看看哪家有的話，去剪些枝條就能插活，不用再去找種子育苗了，畢竟金銀花的種子可不好找呀！而且這個可以做成花障，金銀花的花期又長，又是多年生的植物，能省許多事。

有了梧桐，不如再種點桃樹吧，到了春天，粉豔豔的桃花開著也熱鬧一些；還有萱草也能栽種些，寓意不錯，花朵還能入菜；像是月季、玫瑰這一類的花可以用來做護邊植物，不需要特別打理，也能多種一點；茉莉和芍藥也都在青竹的計算之列。她甚至還規劃了一小塊菜地出來，雖然不大，但只要打理得好，應該不會影響美觀。

不過一座花園總得有個主題才是。青竹琢磨了兩天，最後選定了丁香。

心裡大致有譜後，青竹便讓人四處去找種子、青苗等，有些栽種必須等到來年。

李梁畢竟在衙門也有差事，不好處處煩勞他，青竹只好自己拿起鋤頭，動手開墾起來，遇到泥土不夠時，便去外面的山上擔些回來填上。

為了這個園子，青竹折騰了將近半個月，才總算大部分都種下去了。

少南取笑著青竹。「要是別人聽見知縣夫人親自動手挖土種花，只怕會成為笑話。」

「好久沒勞動了，我樂意，就當是鍛鍊，他們要笑由著他們笑去。比起他們只知喝茶聊閒話，我倒覺得為家裡的事親力親為沒有什麼不好的。」

當然少南也不是真要取笑青竹，畢竟都是從村子裡走出來的，還帶著些樸素的思想觀念也很可貴。

「等冬郎會跑的時候，花園也就成規模了。」

「是呀！忙活了這麼多天，有一半也是為了他。我還在想要不要紮個鞦韆呢？」

少南道：「鞦韆的事倒容易，不過一個男孩子盪什麼鞦韆？以後教他騎射。」

「誰說男孩子就不能盪鞦韆了？你這叫歧視。」

冬郎似乎能聽懂父母的談話了，只是自己還不能開口說。聽見旁邊人談論，立即就豎起了耳朵，露出一副認真聽說的樣子來，然後就開始咿咿呀呀地亂吼一通，但沒有人精通嬰兒語言，當然也就不知他在說些什麼。

飯間，少南提起了上京的事，青竹忙問：「定了日子嗎？」

「說是八月初一走。」

「那真沒幾天了。不過你當初答應過要帶我去的，可別反悔啊！」

少南笑道：「我也沒說不帶妳去呀，可冬郎怎麼辦？要一道帶去嗎？」

「他還要吃奶，只有帶上了，等滿了一歲才敢完全斷奶。他現在吃別的東西還不是十分習慣，不吃奶的話，怕營養跟不上去。」

「還有段時間，說不定會有什麼變化呢！」

「我知道，你又想反悔對不對？」

少南連忙告饒。「我什麼都沒說，妳又要咬定了。畢竟會發生什麼變化我也說不準，妳又不是小孩子了，總不可能因為這個和我鬧彆扭吧？」

青竹見他一臉正色的樣子，不由得笑了。「看你緊張成那樣，我有那麼任性嗎？說得我好像一點也不近人情似的。好，到時候再說，不過我提前準備一下總可以吧？」

少南忙點點頭。

第一百一十八章　貴客

過了幾日，少南收到一封書信，是賀鈞寫來的，原來他準備來一趟東水，拜會拜會少南。少南頓時喜出望外，又和青竹商量。「看樣子賀兄能在這裡多住幾日，說不定還能一道上京呢，總算有個伴了。」

青竹想，她也好久沒見過賀鈞了，他現在是個大忙人，難得有空閒。這裡便交代了寶珠，讓她給賀鈞準備住的屋子，反正屋子也寬，既然來東水就沒有讓他們去外面住的道理。

寶珠道：「時常聽爺和少奶奶提起這個賀家，看樣子是世交吧？」

「世交倒說不上，不過很有淵源。當初明霞她娘還想將明霞說給賀鈞呢，不過也是緣分的事，沒有談成。」

寶珠笑道：「要真成了的話，就更好了。」

青竹卻想著，要真成了一家子，怕只會覺得更尷尬吧？像現在這樣時常書信來往，在信上問候幾句，這不遠不近的距離倒挺好的。

接到賀鈞的信後，家裡人就開始在盼望了。住的屋子已經收拾出來，甚至還去買了他喜歡吃的東西。可三、五天過去了，卻半個人影也沒有。

少南說：「哪有那麼快，他也沒確實說明是哪天來，看來還得再等一等，說不定得到月底呢。」

青竹道：「那我白高興一場了。」

「路上耽擱是常有的事，也不知他有沒有帶家眷？」

「說來我們都沒有見過那位趙小姐。不過他娘應該很喜歡，又只這麼一個兒媳婦，肯定寶貝得什麼似的。」

少南笑道：「或許吧。這次回去，我見妳和娘之間好像溝通起來比以前要好些了，發生了什麼事，讓妳們婆媳之間拉近了距離？」

「沒什麼，說不定是看在冬郎的分上，才多聊了幾句。」

青竹在項家待了快十年，對白氏實在是太過熟悉，比蔡氏還熟悉。白氏只是一個有些愚昧卻樸實的一般鄉下農婦，不管對翠枝還是她來說，都不是個好婆婆，早些年她在白氏那裡沒有少受委屈。隨著她在家裡的地位一點點地改變，如今又養了冬郎，白氏待她才算客氣，或許說是敬重了幾分。白氏心裡的彎彎繞繞多，嘴巴不饒人，不過卻不算是個壞人，只是性子有時是有些不好。

然而對項家的四個兒女來說，白氏卻是一個合格的好母親。

回想起以前的種種過往，青竹倒覺得也沒什麼好埋怨的，每個人的角度不同，處事的方式不一樣而已。一路走來，如今自己又做了母親，性子比以前還要恬淡了。

直到七月二十七，賀鈞才帶著妻子趙氏來到束水。這也是青竹第一次見趙氏，一個白白淨淨的女子，雖然稱不上驚豔，但也頗有幾分小家碧玉的韻味。

賀鈞和少南、青竹介紹道：「這是內人。」

趙氏知道項、賀兩家的關係，倒先和青竹見了禮。青竹連忙回禮。

少南見賀鈞比起以前顯得有幾分發福，便道：「沒想到京裡一別，賀兄竟然也富態了。」

賀鈞笑道：「你也別揶揄我了，你們還和以前一樣，一點都沒變呢！」

少南自然知道官場上應酬多，發福什麼的也很正常。兩人許久沒見，少不得要好好地聊一番，便請賀鈞到書房裡坐。

青竹請了趙氏落坐，又讓寶珠上了一杯泡得濃濃的香片，含笑道：「也不知姊姊愛喝什麼，合不合姊姊的口味？」

趙氏答道：「客隨主便，倒沒什麼好挑剔的。」

青竹又笑問了朴氏安否？

「婆婆她漸漸有了年紀，身體倒還硬朗，只是眼睛不大好使了，如今連穿針也是件困難的事。」

青竹笑道：「聽說當初賀嬸嬸針線活一流，就靠著自己做點針線去賣，供賀兄唸書呢，不過現在也該享福了。」

「是呢，也不敢煩勞她老人家做什麼。」

雖是頭回見面，不過青竹覺得趙氏是個隨和、容易親近的人，便含笑道：「姊姊和賀兄來束水，就斷然沒有讓你們住外面的道理。我們這裡雖然小，但空閒的屋子還是有兩間的，還請姊姊不要嫌棄。」

「哪裡話，姊姊也太費心了。」

青竹見趙氏也有隨行的丫鬟、僕婦服侍，便沒有給她派專門的人伺候。

就這樣，賀鈞和趙氏暫且住下來，就等著與少南一道上京述職去。

這邊書房裡，少南與賀鈞相談甚歡，聊了不少庶務，後來甚至說到朝堂上的事。

賀鈞的一帆風順讓少南羨慕，心想自己終究栽倒在最後一關了，要是當初運氣好一點，說不定也不會派到束水來。

「對了，我還以為你獨身上京去，沒想到也帶了嫂子。」

賀鈞一笑。「路上多個說話的人，算不得麻煩事。她早就和我說想要去京裡看看，再三央求了，我這個人心軟，就答應下來。」

「那和青竹一樣，我還猶豫著要不要帶她去，這麼一來，也好和嫂子作伴。」

賀鈞心想：家裡婆媳倆不怎麼和睦，他在家的時候，兩人都鬧得有些僵了，要是自己遠行了，還不知會鬧出什麼事來，因此暫且將趙氏帶走，一段時間不見的話，說不定還能緩和些。不過這些煩心事，賀鈞沒打算和少南提及。

後來賀鈞見著了冬郎，見那副伶俐聰慧的模樣很惹人愛，說道：「姪兒都這麼大了，只怕再過幾個月就會走路了。」

青竹笑道：「他現在懶著哩，不願意學走路，爬起來倒是挺索利的。」

賀鈞回頭和趙氏道：「我們也養個這麼可愛的兒子吧？」

趙氏紅了臉道：「瞎說什麼呢？也不怕姊姊取笑！」疏忽大意，也來不及準備見面禮，趙氏只好將手腕上戴的一只白玉鐲子取下來，給了冬郎。

青竹忙道：「姊姊太客氣了！他還這麼小，哪擔得起如此重的禮？當心摔壞了。」

趙氏笑道：「美玉配君子，我看不錯，好好收著吧。」

賀鈞也在跟前道：「我們兩家還要見外嗎？」

青竹只得收下。

冬郎似乎很喜歡新得的這件禮物，低頭認真地把玩著，不一會兒又放進嘴裡，舔得一鐲子的口水，青竹忙拿開了。

少南去衙門裡了，賀鈞說要出去隨便逛逛，又回頭問趙氏。

趙氏道：「我不習慣拋頭露面，你自個兒去吧，我和姊姊說說話。」

賀鈞只好作罷，獨自出了門。

青竹陪著趙氏閒話家常，後來不知怎的，竟然又說到了朴氏身上，趙氏臉上的歡喜之情頓時就冷卻不少。

「說來也不怕姊姊笑話，他們賀家人口簡單，雖然也有些隔房的遠親，可不怎麼來往，家裡就只這麼一位寡母，但這個婆婆卻最是折磨人，不管什麼事都要過問，日子過得還真是憋屈。」

青竹想，朴氏也算是個隨和親切的人了，為何趙氏還是覺得不好呢？可她又不好隨意對別人的家裡評論，只得安靜地聽趙氏訴說。

「賀鈞他又是個十足的孝子，什麼都依他母親，簡直是一呼百應。說來我哪是什麼兒媳婦，根本比使喚的丫頭好不了多少！」

青竹雖然無法想像，但見趙氏這幅情景，心想她說的或許不是假話，只好勸慰道：「這婆媳間和睦的太少，大家都有個適應的過程，或許等妳養了孩子，關係就慢慢改進了，她對兒子處處的過分關心也能轉移些到孫子身上。」

趙氏嘆息道：「果真如姊姊說的這般就好了。」

青竹笑道：「總會好起來的。更何況賀兄也是個溫和寬厚的人，想來不會虧待姊姊。」

趙氏覺得賀鈞挑不出什麼大毛病，這次她提出要跟著一道上京去，老婆子本來擋著不讓的，沒想到賀鈞竟然爽快地答應下來，可見也是為她考慮過。

「姊姊可能聽賀兄提起過我們項家的事，當年我還很小的時候就到了他們家，也天天烏煙瘴氣的不安寧，過了這些年總算有些許好轉，如今又不住在一處，偶爾回去一趟，倒覺得比以前更親近了些，想來遠香近臭就是這個道理。」

趙氏直言不諱道：「我倒羨慕姊姊，偏偏老婆子只養了這麼一個兒子，她也沒別的依靠，不住在一起根本是不可能的事。或許正如姊姊說的那樣，等以後有了孩子就好些了。唉，還不知要煎熬多久呢！我這裡跟著一道去湘南以後，還沒回過一次娘家呢！」

所謂家家都有本難唸的經，對別人的家事，青竹不好插手，趙氏說什麼，她都只安靜地聆聽著。

這趙氏在家也憋壞了，好不容易跟前有個吐苦水的人，自然不會放過，滔滔不絕地和青竹說著，直到隨行的李嬤嬤進來後，趙氏便戛然而止，不再提家裡的事半句。

青竹覺得有些奇怪，心想趙氏難道還怕一個下人不成？後來猜想到，這個女人會不會是朴氏派在趙氏身邊，監視趙氏一言一行的人？想到這一層，青竹不由得倒吸了一口涼氣，暗想好在當初沒有選擇錯誤，總算躲過了一劫。又去見趙氏，只見她低頭撫著衣服上的褶子，明顯看得出臉上的不高興來。

李嬤嬤見到坐在鋪了的蓆子上獨自玩耍的冬郎，便要彎腰去抱。

冬郎本來就怕生，連忙躲了，還一副要哭的樣子。

李嬤嬤頓覺有些無趣。

趙氏開了口。「好了，別去招惹姪兒。他又不待見妳，何苦呢？」

趙氏這話是衝著她說的，李嬤嬤心下有些不喜，不禁板著臉。她自認是在老太太跟前當差的人，趙氏也該給她留幾分面子。

這畢竟是在客中，也不好鬧得太僵，讓青竹為難，趙氏便端起茶碗來，一下下地撥弄著茶葉末，漫不經心地問了句。「嬤嬤來有什麼吩咐？」

李嬤嬤道：「吩咐倒不敢，不過是來問項奶奶的好。」

青竹忙欠身答道：「多謝您老人家想著，我很好。」

趙氏白了李嬤嬤一眼，起身道：「頭有些暈，想來是昨晚擇床，沒有睡好。姊姊沒什麼事的話，我去躺躺，失禮了。」

青竹忙道：「姊姊請自便，缺什麼請儘管開口。」

趙氏微微一笑，便攜了貼身的丫頭，往西廂而去。

李嬤嬤站了一陣，見青竹只顧著冬郎，她也插不上什麼嘴，只得回自己房裡去。

一進屋，趙氏便讓丫頭關上房門。趙氏滿腹的牢騷，也不脫外面的衣裳就上床躺下。

丫頭在跟前道：「少奶奶當真要睡嗎？」

「身上不自在，讓我躺會兒吧。」

丫頭便替趙氏放下帳子，口中又道：「這個李嬤嬤好沒趣，仗著是老太太身邊的人，那神氣的樣子就讓人討厭，我說少奶奶要不找個機會將她打發回去好了。」

趙氏頗覺得鬱悶。「我能有什麼法子？她已經從湘南跟隨到束水，我再讓她走，她自己肯走嗎？再說，妳家爺到時又有一頓好說。那麼孝順的兒子，對老婆子身邊的人也是恭恭敬敬的，只怕連我的位次也要越過去了。」

丫頭笑著勸解道：「少奶奶說這話就不應該，這個家裡除了太太，自然是把少奶奶放在第一位的。少奶奶也別多心，要睡就安靜地睡會兒，小的下去了。」

趙氏閉了眼，安心地想睡會兒。

第一百一十九章　同往

青竹正陪著冬郎玩耍，貞娘過來請示青竹，晚飯弄什麼飯菜。

青竹想了想，道：「妳備幾道拿手的菜吧，也不用太豐盛。」

小雪娥在門邊探出頭來，正好奇地看著這屋子。

貞娘見了，忙輕斥道：「沒禮數，一邊玩去！」

青竹卻招手讓小雪娥過來。

「冬郎好像挺喜歡和妳玩的，妳陪陪他吧。」

果不其然，冬郎見了雪娥就異常高興起來。

青竹讓寶珠在旁邊看著，她坐了半日，覺得脖子疼，想要四處走走。出去後，見階下那幾棵高大的梧桐樹越發翠綠起來，望望這些碧綠的顏色，心情彷彿也要順暢許多。石竹花還在恣意地綻放，至於其他種下去的花苗、樹苗等，有些被太陽曬得發蔫。青竹便去廚房提了桶水來，挨著一一地澆灌，祈禱它們能健康地成長。

才澆了一小塊地，突然有人將她手中的水瓢奪了去，青竹扭頭一看，只見賀鈞站在身後，也不知他幾時來的。青竹微微有些驚訝，退了一步，這才道：「賀哥不是說去逛逛嗎，怎麼就回來了？」

賀鈞道：「街上好些鋪面都關門了，也沒什麼可逛的。」一面回答著青竹的話，一面幫她澆花。

青竹卻覺得不妥，忙道：「還是讓我來吧，哪裡好煩勞你這知縣大人呢。」

賀鈞自嘲道：「得了，妳也別抬舉我。當初在平昌的時候，兩家多麼親近來著，這些活兒我做得也不少。妳一個女人，生得又這麼單薄，不是做粗活的料，在旁邊看著吧。」

青竹訕訕地說：「謝謝。」

賀鈞主動幫青竹澆完桶裡的水，接著又去提了一桶來。

對於賀鈞的主動熱情，青竹雖然感激，但想到這樣煩勞他也不好，正好亭子裡收拾出來了，便端了茶點來，請他在亭子裡坐一坐。

賀鈞大方地坐下來，大大方方地看著這個曾經令自己魂牽夢縈的女人，真切地問了一句。「妳現在過得還好吧？」

突如其來的這麼一句問候，讓青竹微微一怔，隨即才反應過來，訕笑道：「多謝你關心，挺好的。」

賀鈞點頭道：「看得出來，這樣就足夠了。」又去拾了茶碗飲茶。

青竹也不坐，就站在靠柱子的旁邊，兩人相隔了約有好幾步的距離。亭子裡還算涼快，此處的角度也還好，由於位置高，花園裡的情景能看見大半。

青竹拚命地找話和賀鈞說：「你還記得郝大夫嗎？」

「當然不會忘記。」

「這次我回去遇見了他，他還和我說起你來呢，說幸好當初放了你走，沒有耽擱你。」

賀鈞莞爾道：「當初跟著他也學了不少東西，那時甚至想過，要是一直考不中的話，就跟著郝大夫做個大夫好了，也能混口飯吃。」

「所以說，人的造化是不一樣的。你注定是走仕途的一塊材料，相比起你，少南他倒是坎坷了許多。」

賀鈞很謙虛地道：「不過運氣好罷了，也不值什麼。官場也不是那麼容易的事，我這才一年，也時常感覺到疲倦呢。」

「等你適應就好了。」

賀鈞來到東水，再次見到青竹，總覺得猶如隔世一般，不免想起以前的過往，很是懷念還在平昌的那段日子。他一直都記得青竹給他送衣服那事，那件衣裳他也一直好好地收著，從未穿出來過。

如今事過境遷，各自都有了家，有了要顧及的東西。當初他得到青竹的答案後，就從未想過要去驚擾她的生活，畢竟是青竹自己作的選擇，他無法怪責於她。現在這樣也挺好的，項家於他是莫大的恩人，那些不大見得光的兒女情長倒要靠後了。

「真沒想過，我們還能這樣靜靜地談話，總感覺那是遙遠時候的事了。現在我都還記得在平昌時幫你們家採菱角的事來，如今回過頭想想，還真是遙不可及。」那天的事早已經在賀鈞的心中烙下了永遠也不可能磨滅的印記。

青竹垂眉道：「賀哥現在說這話有什麼意思呢？你也是聰明人，想來不用我說，你都是明白的。」

賀鈞苦笑一聲。「是呀，都明白，就因為太明白了，所以才……」不知怎的，胸中突然湧出許多苦澀來，後面的話他及時收住了，知道不能再繼續說下去。

青竹本也是個極聰慧的人，自然明白賀鈞的意思，微笑著搖搖頭。

且說趙氏小睡了一會兒才醒，打算四處走走時，卻遠遠地看見這兩人在亭子裡。趙氏先是一愣，不過轉念一想，他們都是平昌出來的，聽賀鈞提起過，在平昌的時候，他還時常給項家做活呢！於是她略頓了頓，便向亭子走去。

青竹也看見了趙氏，早早地就迎上去。

趙氏也不看青竹，只管問賀鈞。「怎麼到這兒喝茶來了？」

青竹笑著解釋。「賀哥幫我澆花來著，這一處倒還幽靜，我們正說到以前在平昌時候的事呢！」話才出口，青竹卻又想，這個趙氏會不會多想？於是便又轉移話題。「姊姊睡得可好？」

趙氏含笑道：「勞妳關心，還好。」

青竹聽見冬郎哭，藉機便走開了。

趙氏就在賀鈞跟前坐下來。「你們聊什麼呢？怎麼我一來，你們就都不說了？」

賀鈞連忙撇清。「別胡亂猜測。青竹不是說了嗎，說些在平昌時候的事。」

趙氏想，都直呼名字了，可見關係果真不一般！她心裡有些不痛快，酸溜溜地說道：「得了，我不是平昌人，以前也不認識你，再去追究以前的事顯得我小心眼。我們還要在這裡住幾天呢？總是這麼打擾人家怕不好吧？」

「得和項兄弟一道走，路上也有個伴。這裡距離京城不算遠，快馬加鞭的話也就十幾天的路程，不用擔心。」

「我有什麼好擔心的？在外面也自在些，省得天天有人在耳邊念叨，再這麼下去，我想我都要瘋了。」

說來，家裡兩個女人之間的矛盾，賀鈞也覺得很頭疼。當初一心想娶個柔順溫良的女子，母親也有人照料，沒想到婚後竟是這麼一幅光景。倒不是說趙氏人不好，不過他杵在中間很是為難。

等少南回來時，已經是暮色時分了，家裡人都還在等著他一道用飯。

少南顯得有些歉意。「讓賀兄和嫂子一直等著，真是過意不去。」

賀鈞道：「你說得太見外了。畢竟是公務上的事，本來就難脫身。對了，你決定好什麼時候動身嗎？」

少南道：「明天我休息半天，決定後天一早就走。明天我帶你去見一個人。」

賀鈞隨口答應下來。

歸寢時，青竹問道：「你既然已經決定了，那麼我呢？要不要我跟著一道去？」

少南刮了刮她的鼻子，寵溺道：「答應過妳的事，自然不會反悔，收拾收拾吧。」

青竹歡喜道：「好！」

「瞧妳這模樣，當真像個小孩子。」

「什麼小孩子？我也想出去見見世面啊！成天在家也覺得怪悶的，你又天天都忙，也難得有空閒陪我們。」

「是，以後我會儘量抽出空閒來陪妳和冬郎，這樣總行了吧？」

青竹點頭笑道：「只怕是說來容易做來難，我也不敢抱多大的希望。」

少南想，真拿她沒辦法。

青竹期待了足足兩個月，如今總算真正決定下來，便忙忙地準備起來。

當她真正收拾起來時才發現還真不得了，冬郎的東西就一大堆，但又不可能不帶他去，只好又多雇了輛車子。

還有送汪夫人的禮，青竹讓貞娘從地窖裡拿出來，好在沒有變質，只希望在路上耽擱的這些天不出什麼意外。不過天氣比以前要涼快些了，想來應該能堅持住的，不然她可送不出手。

趙氏見青竹要將冬郎也帶上，少不得道：「姊姊也不怕麻煩，孩子扔給奶娘、丫鬟不就行了？帶著他就是個負擔。」

「家裡人本來就少，再說一直是我在奶他的，也沒專門請奶娘來服侍，還是跟在身邊放心些，嫌麻煩也沒辦法。」

趙氏聽到這裡，有些敬佩青竹，心想以青竹現在的身分和地位，能親力親為將孩子照顧得如此妥貼，還真是很少見。

少南在衙門裡走了一圈，見沒什麼事就回來了。賀鈞在他書房裡看了會兒書，少南進門就道：「讓賀兄久等了，我們這就走吧。」

「好呀。」

項少南準備將賀鈞引薦給程巡撫。

程巡撫得了少南的帖子，特意在家備了酒席等他們登門。

當他見到同樣是青年才俊的賀鈞時，不由得感嘆道：「哎，我輩還真是老了。像你們這個年紀時還在吃苦用功呢，真是江山代有才人出，青出於藍勝於藍，不服老是不行了。」

少南笑答：「這位賀兄與下官是故交，他的才學也在下官之上。」

賀鈞忙道：「項兄弟也太謙遜了。」

少南又問：「巡撫大人此次不準備上京去嗎？」

程巡撫道：「不去了，年底再去。你必是要去拜見汪大人的，我這邊有些東西還得麻煩你幫我帶給他。」又取出一封寫好的書信來，給了少南。「這個也麻煩你轉交給他。」

少南連忙答應了。

程巡撫又招呼他們喝酒暢談。

賀鈞頭一回見程巡撫，認為這位巡撫大人雖然身處高位，待他們這些下官倒很是平易近人，且言談之間並沒什麼架子，或是瞧不起人的地方。想想程巡撫五十多歲的人了，爬到這一步也很不易，賀鈞不禁生出一股敬意來。

三盞五杯下去，又隨意聊了一通後，肖氏派了個丫頭來送了一包東西，說是給汪夫人的，讓少南一併帶上。

這邊青竹和趙氏左等右等，兩人直到快黃昏時才回來，還染了一身酒氣。

每當少南喝了酒回來，青竹便不讓他接近冬郎，埋怨道：「你看你，就快成個酒囊飯袋了。明天還要趕路呢，也不怕宿醉頭暈！」

少南讓貞娘做了醒酒湯，又讓給賀鈞送去。

「說來我也該去和程夫人道別的，這麼不打招呼就走，想來不大好吧？」

「沒什麼，他們知道妳和我一道走，還讓我們給捎東西。對了，行李都收拾妥當了嗎？」

青竹笑道：「你要不要親自去點點呢？」

「不用了，我還是很信任妳的。今晚早些睡，明天一早還得動身呢。」

夜裡兩人又商議了一回。

第二日拂曉，匆匆用了些早飯，青竹抱了冬郎，寶珠幫著提了包袱，這便上了車。

賀鈞那邊卻出了點小岔子，那趙氏不知為何事，和賀鈞拌了幾句嘴，賭氣說要回湘南去。

賀鈞拉下臉來。「真要回去，我便讓人送妳走！」

少南和青竹連忙幫著勸了一回，旁邊的人也跟著勸說，這才緩和下來。

趙氏和賀鈞賭氣，便不肯與他一道乘車，上了青竹這一輛，少南只好到賀鈞那邊去。

「你和嫂子好好的，怎麼就吵上了呢？」

「都說女人心眼只有針尖大，看來說得不錯，如今我算是領教到了。得了，犯不著和婦人一般見識，讓你們看笑話了。」

這些話少南還是頭一回聽見賀鈞說出口，很是意外。「你們還是準備住會館嗎？」

「是呢，也沒別處可去。你們呢？」

少南道：「巡撫大人讓我去投靠汪大人。」

「你倒好，有了這兩處靠山，將來什麼都不怕。」

說起這個，少南便想起塗知縣的事來，現在想來也覺得心煩，不過總算是平穩過去了，他保全了自己，也沒給程巡撫和汪大人添麻煩。

趙氏因為和賀鈞拌了嘴，雖然和青竹一車，但整整一上午都沒主動開口說話，青竹自然也不好打擾。

車子一路往西而去。

路上兩家人同行同息，相互照料，還算平順。等到京城時，已經是八月十一了。

青竹聞著滿城的桂花香，覺得心曠神怡。

趙氏微微挑了車簾子一角，不住地往外看，暗暗納罕道：不愧是天子腳下，果然繁榮昌盛。

入了德勝門，又向東行駛了一段路，車子便緩緩地停下來。

賀鈞走到車前喊趙氏。「妳下來吧，我們該和項兄弟他們分別了。」

趙氏心想還真快，臨別前向青竹道了擾。「這段時間給姊姊添麻煩了。」

「這有什麼？姊姊慢慢去，回頭再聚吧。」

趙氏點點頭，彎了身子正要下車時，青竹卻拉了她，低聲在她耳邊說道：「兩口子賭氣都是些小事，快快和好吧。」

趙氏含笑道：「讓姊姊看笑話了。」車下的人已經替她放好腳凳，她踩著凳子下了馬車，又向青竹擺手，兩人道了別。

賀鈞站在趙氏身後，向青竹作了一揖，說道：「珍重！」

青竹點點頭，沒有再下車送他們。只見賀鈞扶了趙氏上了前面的車，趙氏扭頭和賀鈞說了幾句，卻聽不清說的是什麼，青竹心想，應該緩和些了吧？

等賀家的車子漸漸駛遠了，他們才擇了別的路而去。

汪家得了少南他們要到訪的信，提前幾天就已經備下迎接他們。

汪夫人盼了又盼，總算盼到了婆子來報。

「夫人，項家人來了！」

汪夫人便吩咐跟前的大丫頭蕊兒和陪房去迎接。

過了一會兒，少南和青竹在僕婦們的引領下，已經進了汪夫人的院子。寶珠幫著抱冬郎，這裡青竹快步走上前去，向汪夫人行了禮，趕著說：「許久不見，夫人可還康健？」

汪夫人滿臉堆笑道：「總算將你們給盼來了！」

少南也跟著行禮。

汪夫人虛扶道：「快別多禮。我和老爺昨晚都還在說呢，怎麼還沒到。」

車上的東西汪家的下人們幫著卸下來，這邊汪夫人早已經備了座單獨的院落，雖然僻靜了點，但還算寬敞。

對於汪夫人的體貼入微，少南和青竹很感激，就這樣，他們暫時在汪家住下來。

青竹奉上了隨行帶來的禮。

汪夫人笑道：「我時常想念妳婆婆的手藝，讓廚房裡也照著做了幾回，可始終不對。」

青竹笑道：「畢竟每個人的手感不一樣。婆婆她也做了好幾十年，才總結出一套經驗。」

汪夫人笑道：「說得也是。」又見冬郎長大不少，更加喜歡，特意撥了兩個丫頭給青竹使喚。

「你們也別見外，就當在自己家裡一樣。我人老了，有些地方疏忽了，還請直說。」

青竹忙道：「夫人太客氣了！」

在汪家暫且落了腳，待汪侍郎回來後，青竹也一道去見了禮，汪侍郎留了少南閒聊。

這裡青竹和寶珠便將帶來的東西收拾了一下。小院子十分小巧，房屋不過三、四間的樣子，兩明一暗，連帶著間小小的宴息室。前面栽種了不少芭蕉，只是葉子沒有夏天那般翠綠了。屋子收拾得窗明几淨，床上的被褥等也都是簇新的用品，可見汪夫人的細心之處。

「還是第一次來京，也不知什麼時候可以去城裡逛逛？」

「妳還顧著玩呢，如今在客中，聽主人的安排吧。」

寶珠笑道：「當然該這樣。」

其實青竹也想出去見識見識，不過帶著冬郎有些不方便，又不好將他扔給汪家的人。

第一百二十章　琉璃世界

項少南天天跟在汪侍郎身後，忙著一些應酬，也見過不少場面，歷練了一番。

在東水時，青竹就和汪夫人熟悉，如今來汪家住下，每天不知要打多少回照面，汪夫人又是第一等隨和的人。

「妳就把我們這裡當自己家，想要什麼都和我說。閒了，妳也出去看看天子腳下的京城是怎樣的。」

青竹點頭笑道：「我知道了。」項少南每天早出晚歸，她又帶著冬郎，加上在客中，不是十分方便，因此來了這些時日，除了每天和汪夫人說說話，漸漸地和汪家幾個女孩子混熟了外，別的哪裡也沒去過。

過了幾日便是中秋。

青竹想起往日在平昌時，一家子團聚，收拾一桌簡單的飯菜，大家圍坐著十分熱鬧，如今借居在此，雖然汪家對項家十分熱絡，但因在客中，諸事不免有些綁手綁腳的。

來京中這些天，她有些惦記家裡的事了。

到了晚間項少南回來的時候，青竹和少南說：「明天過節，你不出去應酬了吧？」

「這個還不大清楚，侍郎大人可能要入宮朝賀。」

青竹笑道：「人家汪大人朝賀是汪大人的事，你一個不入流的芝麻小官跟著做什麼？不如留在家裡自在地陪我們娘兒倆過節。」

項少南面露難色，他怕明日汪大人對他有所差遣，所以也不敢輕易給青竹許什麼諾言。

第二日，汪夫人在自己居住的寧萱堂設宴賞月，同時請了青竹母子過去熱鬧。

少南一早就出去了，也沒說什麼時候回來，青竹正憋著一肚子的怨氣，但在人前卻半點也不敢顯露。

汪家女兒中間有個小字佩文的，生得花容月貌不說，聽聞又是個才女，琴棋書畫樣樣皆通。看著這樣標準的名媛閨秀，青竹不免有些自卑，總覺得自己渾身上下不是帶著土氣就是粗陋，心道將來她要是有了女兒，也要將她調教成這樣的人物。

到傍晚坐席賞月時，少南回來了。

汪夫人見了他少不得要說：「你家少奶奶可盼你半天了，還不敬你家少奶奶一杯酒？」

少南聽說，當真就滿滿地斟了一杯酒要與青竹對飲。

青竹紅著臉說：「夫人說玩笑話呢，你這麼認真！」

汪家人見這小倆口言和意順的，都笑了起來。

少南陪著坐一會子，便起身和汪夫人道：「夫人，晚輩帶了拙荊暫且告辭了。」

汪夫人也是過來人，心想這兩口子要自個兒團聚，也不挽留，笑道：「去吧。」

出了這邊的院子後，少南低聲和青竹道：「妳隨我來！」

著。

「去哪兒？」

回到小院裡，少南將冬郎交給寶珠，又將沾有酒氣的衣裳換下來，讓丫鬟幫忙拿去晾著。

青竹疑惑地道：「還沒散席呢，哪有先睡的道理？難道你還怕明天不能早起嗎？」

少南挽著她的手道：「誰說要先睡了？好好地跟著我吧！」

青竹疑惑不解地跟著少南一道，兩人出了小院，也不去寧萱堂，竟然走出後門，那裡早就有車子在等候著。青竹這才明白，原來項少南想帶她夜遊！

青竹道：「還沒和夫人打招呼呢！」便打算要去寧萱堂和汪夫人說明。

少南卻已經先上了車，接著又伸手去拉青竹。「放心，我都說好了。」

青竹這才明白，原來少南一直按兵不動就是等汪侍郎回來，等汪家小姐獻過曲，等敬了大家的酒，才將她從席上帶出來。原來這些都是他提前預謀好的，瞞得可真緊，自己竟然一點消息也沒聽見。

青竹扶了少南的手，也坐上馬車，只是巷子裡有些黑漆漆的，特別是坐在車上以後，更加看不清。

少南交代車夫幾句，車子便緩緩地駛出長長的巷子。

青竹端坐在車內，不免想起冬郎來，便和少南道：「也不知寶珠能不能將他哄睡？要是餓了，又會哭得厲害。」

少南抓著她的手說：「暫且先別想他。」

母子連心，哪有不想的？

來京城的這幾日，除了昨晚去惠王府作客，就一直沒出過汪家大門，對於京城，除了給青竹滿城桂花香的感受外，還真找不出別的印象來。

車子出了巷口，感覺外面似乎光亮了些。

青竹想，不管是東水還是平昌，因為要宵禁，根本沒有商戶開門營業，甚至有捕快巡街。難道京城大家都過夜生活嗎？

想到這裡，青竹便有些好奇，忍不住挑了簾子向外張望著。街角處偶爾還有幾盞燈籠，也能見到三三兩兩的行人。

「真不愧是京城，要是在東水，早就不見半個人影了。」

少南道：「那是因為正好趕上佳節，尋常夜裡也是要宵禁的，城門把守得比別處都嚴厲。」畢竟他也曾在京裡小住過一段時間，所以這些細節都清楚。

青竹突然問道：「哪，你說我們有沒有那麼一天也住到京裡來？」

少南忖度道：「這個得看上天的安排和我自己的努力了。今天汪大人和我說了好些道理，目前能做好的就是任好這一屆知縣，考績時至少要得個良，然後爭取下次能順利地通過會試。要是能考過庶起士，能入六部觀政的話，也就八九不離十了。」

青竹想，這一路談何容易？少南已經在會試上栽過一次跟頭了，又要等上三年，倘或三年後又落了榜，人生有多少個三年可以等待？仕途這一條路本來就不順坦，將來如何誰都不能預知，只是這些話她不好和少南說，反而還得給他打氣，做他背後的支撐，因此想了想又笑著說：「不過要是來京的話，離家更遠，要回去一趟就更不容易了，家裡人必定是放心不下的。我還在想，等兩、三年後，大家都安定了，將二老接出來，大家住在一處呢。他們辛苦操勞了大半輩子，也該享享福了。」

少南點頭道：「妳慮得很周全，只是家裡那麼大的攤子，一時半會兒也放不下，大哥又想自己做生意，只怕要調節的話也難。」

青竹道：「所以我才說過個兩、三年，眼下肯定是不行的。」

兩人在車裡閒話家常。

青竹見外面似乎越來越光亮了，心想莫非正漸漸地接近中心街區嗎？不過可以預想的是，一定會人頭攢動，熱鬧非凡的。此情此景，讓她想起多年前的那個元宵了。

如今細想起來，雖然是過了好些年的事，可當初那一幕幕，似乎都像是昨日才發生的一般。沒想到她還是沒和項少南分開，生活也有了翻天覆地的變化，他們之間的冬郎也快一歲了。她不免感嘆光陰似箭，歲月如梭，再過個幾年，或許他們又新添了兒女，也漸漸地要告別青春了。

想想剛剛穿越到這個時代的時候，青竹面對一切的窘迫，如今想來依舊會覺得苦澀，不過好在都挺過來了。

外面傳來了人語聲，青竹探頭一瞧，只見這條街道很寬闊，來回四輛馬車都不會擁擠。樹梢上、鋪面邊，三三五五的都有燈籠點綴，比別處都光亮，自然也有不少鋪子還在開門營業。

車。

少南讓車夫停住車，自己先下去了，接著又來扶青竹。說是扶，其實更像是將她抱下

青竹顯得不好意思，忙道：「快放我下來，讓人看見像什麼？」

「這有啥？我抱自家娘子是天經地義的事。」

青竹嬌嗔道：「你就愛貧嘴！」

少南又和車夫吩咐了幾句，便過來和青竹道：「走吧，我們隨意逛逛。」

青竹想起少南有些路癡，心想又是大晚上的，再加上路況不熟悉，若是跟著隨意走幾圈，回頭迷路了怎麼辦？便只好記住了周圍有什麼標誌性的建築。

抬頭看時只見有一家鋪面，約有三層樓高，上面掛滿了燈籠串，映得匾額上的招牌閃閃發亮，只見寫的是「永豐樓」，看樣子像是家酒樓，實在是氣派豪華，於是就好好地記住了這一處。

少南見青竹站著不走，忙問她。「妳要進去看看嗎？不過是家酒樓而已。」

青竹笑道：「沒事，我們走吧。」

平坦的青石板路，兩旁還有留給馬車輪子的小道。隨意栽種的樹木，兩旁高低不齊的房屋，顯得有些凌亂的招牌，看上去是沒有經過好好地規劃。就是在京城，也缺少專業的城市規劃，或者說規劃在這個時代還不大講究，一切都顯得比較隨興。

走出這條街道，夜幕下的京城充滿一種神秘感，對於過慣了都市夜生活的于秋來說，這些根本不算什麼，所以也沒怎麼顯出驚奇的神情來。

「怎麼了？妳顯得興致不怎麼高，不過還有一處好地方還沒帶妳去呢！」

青竹微微一笑，並未說什麼。

少南一直拉著她，生怕她走散了，青竹也一直跟著他的腳步，穿過了一條比剛才還顯得寂寥的街道，不過這條街道不長，過了拐角，眼前就立即呈現出另一番景象來。

星星點點，五彩斑斕，像是到了另一個晶瑩璀璨的水晶世界，沒有霓虹燈的光害污染，卻能如此賞心悅目。青竹好奇地想知道這些光是怎麼發出來的？

少南在旁邊解釋。「這是琉璃街。前面不遠有座琉璃廠，據說一到像今天這樣的日子，就會點出各式各樣的琉璃燈。覺得怎樣？」

「雖然微弱了些，但星星點點的還不錯。」

少南笑道：「這也是聽汪家人說的，所以想著一定要帶妳來看看，正好又遇上這麼好的時節。不過，聽說元宵時還要熱鬧幾倍呢！」

青竹已經覺得很滿意了，一一去看路旁樹上掛著的那些琉璃燈盞。由於琉璃的顏色不一，因此照射出來的光線顏色也不一，真真是五光十色。再去看那些燈型，有荷花狀的、蓮葉狀的、仙女狀的、佛像狀的，各個不一。不過出現最多的還是各式的兔子燈和嫦娥燈，這些都是為了應景而製。琉璃燈裡注滿了蠟油，發出的光芒顯得更加柔和，雖然不及電燈那般能照很遠，只能照出周圍的光亮，但這暈染出來的光輝，更加讓人覺得柔和舒適，宛如雲霞一般。

少南道：「聽人說皇宮御花園裡的情景也和這邊差不多呢，不過我想應該更綺麗壯觀。」

青竹點頭道：「想來也是如此。」

這條琉璃街比他們走過的街道都顯得要狹窄，不過卻一直向遠處蜿蜒著。燈火將它妝點得更加多姿，在寂靜幽暗的夜裡，更像是條墜落在人間的星河。

別的街道都顯得冷清，唯獨這裡卻人影如織，比別處都熱鬧。

少南看見一家小店，應該也是賣琉璃品的，想著該買點什麼東西回去留念，便和青竹道：「我去看看，妳等著我。」

「好，去吧。」

少南鬆開了青竹，便往店內而去。

青竹站在一棵桂樹下，細細研究掛著的那盞嫦娥燈。橘黃色的光芒，將仙女的姿態映得栩栩如生，眉目、衣袂都清晰可見。她站了一會兒便去看少南在何處，可由於人太多，已經看不見少南的身影了。青竹也不好亂走，就定定地站在那裡，等少南回來。

過了好一陣子，還是不見少南的身影。青竹個頭不高，更不容易發現目標，心想莫非這就走散了不成？偏偏人生地不熟的，她要上何處去找他呢？怎麼這次也和上次一樣？

青竹便大喊道：「項少南！項少南！」

正在她徘徊時，已經有人緊緊握住了她的手。青竹連忙回頭一看，只見項少南就站在她身後，青竹這才安定下來。「我還以為又走散了。」

「怎麼會呢？不管妳在哪裡，我都會找到妳的。」

「你買了什麼？」

少南揚了揚手裡的東西，笑說道：「是一對玉兔搗藥，送給冬郎吧。」

「這是你頭回買禮物給他吧？」

「不是吧？以前應該也給他買過吧？別急，我想想看……」少南一臉沈思狀。

夜風四起，涼意浮了上來，青竹又怕耽擱得太晚了不好，畢竟這還在客中，便對少南道：「我們回去吧。」

「我還打算帶妳將這條街走完呢！」

青竹笑道：「已經夠了。回去太晚了也不好，別忘了還有人一直等著呢！」

兩人便調轉了方向，往來時的路回去。

雖然擁擠，但少南卻始終沒有放開過手，拉著她，出了這條琉璃街。

雖然說不上盡興，但青竹也滿足了，畢竟也見識到另一番璀璨奪目的世界。

到下一個街口，少南有些遲疑，該走哪條路呢？好像是這個口子，又好像是前面的那個口子……怎麼看起來都差不多？

青竹早就料著了這一齣，便拉著他走。「我算是服了你，才過兩個街口也能迷路？隨我來。」

少南笑笑，跟在青竹後面，穿過了這條有些寂寥的街道，又走了一段路，看一眼那一串串高高掛著的燈籠。

剛才幫忙趕車的車夫正站在旁邊的一棵樹下等著他們。

少南扶了青竹上車。

車子緩緩向汪府行去，青竹不可抑制地想念起冬郎來。

少南用力地拉了她一下，青竹便倒在他的肩上，他低聲在她耳邊說道：「我永遠也不會選擇放手，知道嗎？遇見妳，就是世上最美好的事。」

青竹微微一顫，還沒做出反應，項少南就已經俯下臉來，在她微微顫抖的唇上留下了輕微的氣息。

第一百二十一章 圓滿

在京城住了大半個月，等少南事情辦完，一家子又要回東水去了。

臨走的時候，汪家還特意給他們雇了馬車，派了護院送他們回去。

那汪夫人只是不捨，拉了青竹的手囑咐道：「妹子，將來得空了就來京裡玩玩，還是住我們這裡。」

青竹含笑道：「好啊，夫人不嫌我們麻煩就繼續來打擾，夫人也要好生保重。」

汪夫人又伸手摸了摸在青竹懷裡熟睡的冬郎。

前面又催促青竹該上車了，這裡才依依惜別。

項少南得了東水知縣的連任，也就是說，他們或許還要在東水待上三年。

青竹倒沒什麼，她對東水已經習慣了。反正只要少南在哪兒，她就在哪兒。

「沒想到夫人挺看重妳的，今後妳要是想她了，就寫信給她吧。」少南害怕冬郎沈，累著了青竹，趕緊將孩子抱過去。

青竹理了一下耳邊垂落的一綹鬢髮，微笑道：「那一到東水我就寫信。」

少南挨了挨兒子的臉蛋，看著兒子的睡顏，和青竹道：「這小子是不是長得越來越像我了啊？」

「他們都說冬郎和你小時候是一個模子刻出來的，可我又沒見過你小時候長什麼樣，想來就是吧？不過聽人說兒子隨母，怎麼他長得就和我不像呢？」這一點青竹還有些吃醋。

少南笑道：「這有什麼要緊的？將來我們再多養幾個孩子，肯定就有隨妳的，也有隨我的。」

冬郎好不容易養了這麼大，就已經花費了青竹不少心血，自從有了這個孩子她就沒睡過一場好覺了，再多養幾個，那她還不得一輩子都為兒女操心，早早的就未老先衰啊！不過就算是負擔，也是甜蜜的負擔，只要冬郎肯對她笑一笑，彷彿什麼苦痛都抵過了。

「等我們回束水，就又要準備回平昌了吧？」明霞的婚事，青竹是答應過要回去的。

「差不多，我儘量和你們一起走。」

青竹想，他是個大忙人，哪敢抱什麼希望？遂微笑道：「行了，項大人公務繁忙，我哪敢要求什麼？到時候大人肯撥冗屈尊已是求之不得的事了。」

「好呀，我不過一句就惹來妳這些話，最近妳的嘴巴倒是越來越厲害了。」少南說著就去擰了擰青竹的臉，卻又不敢真捨得用力。兩人玩笑著，少南忍不住親了親青竹的臉頰，一臉的寵溺。

青竹低了頭，不知何時冬郎已經醒了，正睜著黑漆漆的眸子看著跟前的父母。青竹的心思立即就放到兒子身上去，將冬郎接過手，讓他坐在自己懷裡。再過一個多月，冬郎就要滿周歲了。

馬車有些顛簸，青竹害怕磕到孩子，哪知冬郎似乎很高興，咯咯地笑了起來。

等項家人趕回東水的時候，已經是九月中旬左右。少南要忙公務，青竹就成日在家帶著孩子，管著內務，並時常和官場裡的夫人、太太們周旋周旋。餘下的日子多有無聊，便精心地照料起後面的那片花園來。過沒兩日，就收到家裡的來信。

信上說了家裡的近況，盛家幫少東在城裡找到了兩間當街的鋪面，少東打算盤下來，就是錢上的事還有些吃緊。又說明霞的親事近了，家裡有許多要忙的。

夫妻倆看完了信，青竹道：「看樣子不回去是不行的了，你大哥還等著我拿錢出來呢。」

「妳打算出多少？」少南知道城裡地段好的鋪子，價錢是一點也不便宜的，以前家裡想也不敢想。

青竹估算了一回，道：「還不清楚，再怎麼著也得拿一百兩出來吧？當初我可是答應過大哥的，不能說話不算數。只是現錢我們沒有攢下那麼多，你的薪俸又有限，還得想其他的方法把這個急給應過去。除了你大哥這筆開銷，還有你妹妹的婚事呢！你做哥哥的，如今又有了官身，只怕他們也指望著我們能大大地出一筆。」

少南聽後沈默了半晌，這才知道當家不易。

「上哪裡去弄這一筆錢啊？」

青竹沈吟了半晌，才笑道：「只好將庫裡收著的那些東西，有用不上的暫且挪出來換點銀子花，等將來我們有錢了再慢慢地攢。再說我自己也有想法，你要不要聽呢？」

少南一頓，隱約感覺到青竹又在想什麼主意，忙笑道：「妳說我就聽。」

「這些天，鄭二少奶奶常來我們這裡串門子，也說起了他們家的產業來，我聽著也羨慕，想著要不要自己也弄一間鋪子？」

少南有些詫異，忙問：「這個怕沒那麼容易吧？再說賣什麼？家裡的那些東西又不好拉到東水來賣，妳又顧著這屋裡的事，怕脫不開身。」

少南的反應在青竹的意料之中，便溫和地與他說：「先看著合適的鋪子買過來，不一定要自己做買賣吧？租出去也能收些租金。就當是給冬郎置辦的產業好了。」

少南聽後不語，他的這些同僚裡哪家沒有點田莊鋪子呢？只是同僚中像他這樣耕讀起家的少，產業大多是家裡原本就有，也有人經營打理的。如今他們搬到東水，就相當於和平昌那邊分了家，家裡連帶著冬郎才三個人，不能什麼事都交給青竹啊！

「好了，這事再慢慢地謀劃吧。再說銀子還沒地方出了，只是我的一個念頭而已，我又不能叫你去貪去要。」

少南正色道：「我不求有功，但求無過。程大人和汪大人對我的提攜，總得對得起他們。」

「是、是，我知道的。這事以後再說吧。」

夫妻倆說了半宿的話，直到三更天才睡下。

第二天少南去衙門了，青竹料理完家事，便開了小庫房，選了幾樣不大能用、或許能值幾個錢的東西出來。不過一對甜白瓷的雙耳如意瓶、兩幅前人的古字畫。這些東西也都是些來往人情，收到之後就堆在庫房，很少拿出來看。少南對字畫不是很在意，瓷器家裡現在有冬郎，更不敢隨意亂擺。幾樣東西收拾好了，青竹便叫來貞娘。

「這些妳去找家當鋪問問，看值多少錢？」

貞娘有些納悶，這些東西有時候就是拿錢也換不回來的啊，少奶奶要當？

「還愣著做什麼？快去啊！爺他是知道的。」

「喔。」貞娘這才訕訕地收了起來。

貞娘去了半日，青竹等得有些心焦，不時地吩咐寶珠去門口望一回。

到半下午的時候，貞娘總算回來了。

青竹見她兩手空空，便知道事情辦妥了。

貞娘將懷裡揣得好好的一卷票子遞給青竹。

銀票夾雜著當票。

這還是青竹第一回當東西，不由得對當票很好奇，來回地看了好幾遍，接著又去數銀票，一共當了二百七十二兩。

「當鋪的掌櫃說，少奶奶不打算死當，所以給的價錢低了些。」

有了手上這筆錢，暫時能將眼前的事給應付過去了。她將這些票子仔細地收起來，對貞娘說：「辛苦妳跑這一趟，下去喝茶歇會兒吧。」

到九月底的時候，青竹就預備回東水去了。少南果然因為公務脫不開身，只好讓軍牢幫忙護送。

臨別這一晚，兩人在被窩裡閒話。

「平昌那邊事不少，只怕今年會在那裡過年。」

「這麼說來冬郎的周歲我也不能給他過了。」偏偏越到年底少南就越忙。

青竹道：「算了，我也不好十分為難你。回去一大家子人給他過也成，你就安安心心地做你的知縣老爺吧。」

少南不傻，他聽得出青竹的語氣裡有些埋怨的意思，只是眼下他確實脫不開身，只好道：「熬過這陣子就好了。不過妳和冬郎都不在身邊，指不定有多麼寂寞。天氣越來越冷了，睡覺都不暖和。」說著又將青竹圈在懷裡。

柔情繾綣，兩人依依不捨。

青竹帶了冬郎回平昌去，好在一路上順風順水的，並沒有出什麼岔子。

等她推開項家的院門時，已經是十月初十下午的酉時了。

一家子見青竹回來了，俱是歡喜。

白氏爭著將孫子抱在懷裡，就是不見少南的身影，不免有些失望。

青竹道：「娘不用看了，我們家的項大爺公務纏身，沒那工夫回來。」

白氏雖然有些惋惜，但也不惱，笑道：「妳這孩子說什麼話呢！」

永柱和明霞聽見響動，都迎了出來。

青竹上前給永柱福了福身子，喚了一聲。「爹，我們回來了。」

永柱看上去蒼老了好幾分，兩鬢藏也藏不住的白髮都冒了出來。他欣慰地點頭笑道：「回來就好、回來就好！」

明霞也親切地招呼了一聲。「二嫂回來了？」

豆豆和小靜婷聽見聲響也都跑了出來，兩人爭著喊「二嬸」，青竹溫柔地笑了笑，又摸了摸她們的頭髮。

白氏忙著準備晚飯，好在地裡的東西是現成的，勉強湊了兩桌像樣的菜來。

少東一家子也過來了。

青竹當著大夥兒的面詢問了鋪子的事。「豆豆的信上提了一些鋪子上的事，不過寫得不清不楚的，我還得問問大哥。那鋪子到底怎樣？在哪條街上？」

少東道：「弟妹要是不放心，不如明兒也去城裡看看吧？」

青竹道：「也成。」

白氏也說：「妳讓我準備的那些鴨子啊，已經備了有三、四十隻了，只是不知能不能賣出去？」

青竹笑道：「起步肯定有些艱難，慢慢的應該會好一些。今年地裡的螃蟹怎樣啊？」

永柱說：「還不錯，一斤能秤兩、三隻的樣子，很肥美。今年能賣兩分銀子一斤。」

青竹道：「價錢確實還不錯。等我們有鋪子了，可以自己賣地裡的這些東西，等到將來葡萄出來了，我們還能自己釀酒，到時候怕還要開一家釀酒的作坊。」
大夥兒聽著青竹的說法，都能想像得到將來紅火的日子。
第二天，青竹和少東、永柱、明霞一道去了趟城裡，實地考察了一番鋪子的事。青竹覺得地段還行，只要好好經營應該有不少客源。
「這樣的地段，怕是不好找吧？」
少東說：「多虧了盛家出面，不然我們哪裡拿得到。」
青竹點頭笑了笑，這會兒就需要人脈廣了。
回家後，她拿出一百兩的銀票來，給了少東。「大哥，我是個重承諾的人，既然答應了你，就一定會辦到。只是我們的情況你也清楚，少南那裡是個清水衙門，就靠他的薪俸過日子，攢下的不多，就這些還是我好不容易湊的。你拿著這錢自己謀劃吧，將來這個家還得靠你支撐著。」
少東將銀票接過來，握在手裡覺得滾燙。
永柱也開口了。「我那裡還存了點錢，老大也拿去吧。當初要供你弟弟讀書，存的錢幾乎都用到他身上去了。好在媳婦能幹，幫家裡攢下了這麼大的家當，不然這些錢只怕還拿不出來。」
少東猶豫道：「爹娘都老了，身邊也要有錢傍身的。弟妹給的這一筆想來也能暫且應付過去，將來要還是缺錢的話，我再厚著臉皮向您開口。」

永柱道：「也成。」

鋪子的事大致就定了，接著就又說起明霞的親事來。

白氏的意思，只有跟前這麼一個女兒了，嫁的又是盛家那樣的人家，不能給人看扁了，想要好好地操辦一回。

永柱勸說了兩次，白氏只是不依，後來只好商量著辦。

青竹抱了冬郎去魚塘那邊，半路遇著了韓露，兩人結伴而行。

青竹看著她大腹便便，笑道：「妳這會兒怕是有七、八個月了吧？」

韓露紅著臉點點頭。

青竹笑道：「是好事啊！谷雨他待妳還不錯吧？」

韓露說：「反正是養的童養媳，我們家又沒陪嫁妝，在他們章家的地位也就這樣了，這些年了，我也認命了。倒是姊姊妳迎來了自己的天地，如今妳在項家可是說什麼他們都要聽妳的。」

青竹笑了笑。「這一路來都不容易。」她看著自家的一大片地，想著來年又是另一幅景象了。她看了一眼韓露，不免想起她剛到項家時的情景，那時候她那麼弱小，頂著童養媳的帽子，在白氏的手下每天戰戰兢兢地過日子，偏生項少南還那麼討厭她，她要伺候一家子的吃喝，比買來的丫鬟還辛苦。這些日子彷彿就在昨天而已，只怕那時候她也沒想過會有今天這樣的光景。

她將冬郎抱得緊一些，忽而對韓露說：「人這一輩子得有夢想。」

「有了夢想就能成功了嗎？」

「不！」青竹搖頭說。「光有夢想而不努力的話那是空想，是白日作夢。」

「那麼努力了就會成功吧？」

青竹笑說：「也不見得，得天時、地利、人和一樣不缺才行。」

韓露有些暈乎乎的，她似乎不是很懂青竹的話，但卻十分贊同。

冬郎扭著身子想要下地，他才會站，哪裡會走呢？再說外面起風了，青竹怕他凍著，便說：「乖孩子，我們回去吧。」

冬郎咿咿呀呀的一陣子，好像很不情願似的，後來指著一個方向，焦急地喊道：「爹！爹！」

青竹聽見了，又驚又喜，在冬郎的小臉上就親了一口，歡喜道：「這傻小子會喊爹了？可惜你爹不在跟前，不然他該多高興啊！」

韓露道：「夏姊姊，項大人回來了！不信妳瞧瞧。」

青竹有些詫異，這才順著冬郎手指的方向看去，果然見隔了幾條田埂的那裡站著一個男人，身姿挺拔，見了他們，含笑著向他們點點頭，而後朝他們這邊走來。

尾聲

青竹坐在書案前，正看著家書。

這封信是項少南從京城裡捎回平昌家裡來的。

一共五頁信紙，青竹很快地看完，直到最後一頁、最後一個字。她歡喜地合上信紙，迫不及待地想要把這個消息告訴家裡人。

「爹！娘！」青竹提了裙子匆匆地走著。

白氏聽見青竹歡喜又輕快的聲音，忙出來問道：「什麼事？」

「少南在信上說，他會試中了一百零二名！」

白氏一聽，又驚又喜，忍不住雙手合十，口唸阿彌陀佛，又說要去給菩薩上香，去拜祭祖先。

永柱知道這個消息了，連聲道：「這孩子總算考上了，不枉他這幾年的用功！」

項少南這是第二次參加會試了，總算是金榜題名，彌補了上次的遺憾。這些年他的刻苦，家裡人都是知道的。

「那少南有沒有說他什麼時候回來？」

青竹搖頭道：「這個他沒有說，不過他倒說了還要參加後面的庶起士考核，要是通過了，可能會留在京城，要是沒有過的話，可能會等到上面派任，待到定了才會回來。」

「還要考啊？」永柱還以為這就是最後一步了。

青竹笑道：「少南說還要考的，不過應該等不了多久吧。」

白氏不過是個鄉下婦人，沒什麼見識，心裡只擔心兒子的前程，又忙問：「這個考了就留在京裡做大官了嗎？」

青竹也不是很懂，茫然說：「庶起士出身的話才有可能入翰林，入六部觀政，將來才能入內閣的。如果真能到這一步的話，應該就是京官了，至於多少品級，我卻不曉得。再說他還年輕，需要歷練。」

「好，都是好事！如今妳又添了孩子，更得保重。家裡的這些事妳都不用管，安心養好身子吧！」

青竹點點頭。

這時冬郎跌跌撞撞地跑來，說道：「娘、娘，大姨和小舅舅來了！」

青竹聽了忙出門迎接。

青梅、謝通、夏成，領著平安、吉祥兩兄弟，五口人過來了。青竹自是歡喜，上前一一招呼著。

「大姊、大姊夫，你們一路辛苦了！」

青梅讓謝通放下背上的背篼，笑道：「我們坐車來的，不算辛苦。」

夏成幾月不見，如今比青竹還高了半個頭，用青梅的話說，和當年的爹長得一模一樣。

白氏和永柱見青竹的娘家人來了，也還算歡喜，相互問了安，請他們進屋坐。

青梅剛坐下便和青竹道：「成哥兒打算去城裡的書院唸書，我和妳姊夫商量一下，也答應了，定了後天的日子，就讓他進城去。」

青竹聽說，便去看夏成。他這一年多來改變不少，性子也沈穩了些，總歸是長大了，不像母親剛去世那會兒一蹶不振的樣子。她欣慰地點頭道：「好、好，早該這樣了。書院已經找好了嗎？」

夏成說：「已經聯絡好了，住的地方也有。」

青竹想，如今少東在城裡幫著打點家裡做土特產的鋪子，不如讓夏成去那邊住，不過又怕夏成覺得麻煩，他沒主動提，她就也沒有多嘴。

「青蘭呢？我好些時日沒有見她了，也不知她在張家過得怎樣？」

青梅笑道：「前不久我去看了她，她剛坐了胎，不方便走動，在家養著呢！」

白氏進來添茶水時聽見這句，笑道：「添丁進口是件好事啊，妳妹子這會兒也有了身孕，已經四個月了。」

青梅聽了無不歡喜，拉著青竹的手上下打量一番。

青竹見謝通在這裡，有些不好意思。

「還真看不出來，覺得怎樣？難不難受？」

青竹笑道：「倒還好，比懷冬郎的時候輕鬆一些。」

青梅便想起那陣子青竹懷著身孕，恰又遇上母親去世，身心疲憊，哭了不知多少場，好在冬郎健健康康的。

此刻冬郎已經和吉祥、平安兄弟倆到院子裡玩耍去了。

當夏成聽說少南中了會試的時候，他比誰都要激動，連聲道：「我就說姊夫一定能行的，他真是好厲害！」

青竹拍拍他的肩膀說：「你上點心，也一定能成的。」

青梅又連忙給青竹賀喜。

這邊姊妹倆相見，自有一番話說。

永柱便陪著謝通說話，覺得這個青年老實沈穩，是個可靠的人。他們夏家如今還多虧了謝通支應門庭，因此很看重他。他看見謝通不由得就想起了自家的女婿，盛隆不用說，有頭腦會做生意，對明霞也還行。只是熊貴這個人始終要差了那麼一點，熊家的日子過得清苦一些，明春哪次回來不抱怨呢？

「青竹，只怕成哥兒將來還要靠妹夫多多幫助。他現在好不容易重新振作了，就不能再錯了。」

青竹點頭道：「很應該的事。成哥兒一向都拿少南做榜樣的，如今少南好不容易高中了，多少能激發他一下吧？讓他出去自己歷練一下也好，他讀了幾天的書，思想境界肯定和我們不一樣。」

青梅道：「倒也是，所以我才答應他出去的。要是娘還在的話，只怕會捨不得。」

說起蔡氏，兩人都緘默了。想到母親辛苦了一輩子，到頭來竟然沒有享到幾天的福，年紀輕輕的就去了……

青竹說夏成要進書院，少不得要用錢，便拿了二十兩銀子出來資助。

青梅阻擋道：「這個妳收著吧，家裡還挪得開。」

青竹卻堅持道：「你們才買了地，又買了山羊，有幾個閒錢？再說，我幫幫弟弟又怎麼了？拿著吧，總有用得上的地方。」

姊妹倆絮絮叨叨地說些家務事，接著又說些小時候的事，又見大家都長大了，不免添了幾分感慨。

青竹想到夏家如今總算走上了正途，姊妹兄弟都有了安頓，她也沒什麼好操心的了。

三個月後，少南派了人，又來了書信，要接青竹去任上。他庶起士沒有考上，朝廷見他在東水這兩年裡勤勤懇懇，兩次考績都是良，提擢為淮安的同知，從六品的官職。

家人雖然有些失望，但是從七品的知縣升到了六品的同知，也還算歡喜。

見青竹要走，不免又有些不捨。

轉眼又是三年的光景。

這天七月初二，天氣異常炎熱。

寶珠捧著個荷葉大盤走進來，裡面裝滿了才從架上摘下來的葡萄，葡萄上還滾動著晶瑩的水珠。

「少奶奶嚐嚐看，才摘下來洗過的。」

青竹看了一眼，便道：「放那兒吧。」她正忙著手中的活兒，一件石青的寧綢直綴。她也真佩服項少南，後背上竟然可以掛出這麼長的口子。總算是縫好了，剪掉了線頭，問道：「冬郎呢？」

寶珠笑道：「小爺正和小姐在玩捉迷藏呢！」

青竹搖搖頭。「不管怎麼說，明年也必須送他進學堂了，這樣頑劣下去如何是好？鬧得我頭暈。去叫他們進來吃葡萄吧。」又讓寶珠留下一部分，等少南回來吃。

寶珠笑道：「老爺的那份早留了。」

青竹看著堆放的那一顆顆圓潤的、或綠或紫的果實，笑道：「家裡的葡萄應該也都長好了吧？」

寶珠道：「少奶奶不是馬上就能回去了嗎？」

「是呀，妳不也時常念叨著想要回平昌嗎？看來是該找秀嬸給說說，妳就可以永遠留在平昌了。」

寶珠紅著臉道：「何苦來，少奶奶又來打趣我！」

「東西都收拾得怎樣了？」

「少奶奶放心，大致齊全了。對了，還有一包賀爺送來的東西，少奶奶說要不要帶上呢？」

青竹道：「帶上吧。家裡人多，白放著也可惜了，畢竟也是他的一番心意。」

這裡正說著，突然聽見妞妞的哭聲，青竹忙起身，拉開了窗屜，大聲輕斥道：「冬郎，你又欺負妹妹？還不快給我回來！」

冬郎皺巴巴的小臉顯得很委屈，又伸手去拉摔在地上哭泣的妹妹。「喏，妳再不起來，娘又要罵了。」

兄妹倆跌跌撞撞地回到屋裡，青竹見兄妹倆衣服上都皺巴巴的，妞妞頭髮上還沾著些樹葉草屑，忙伸手給她弄乾淨，又輕斥道：「好好的怎麼又哭了？是不是哥哥欺負妳？」

冬郎正拿了葡萄要往嘴裡塞，青竹拍了一下他的手，手中的葡萄就滾落下來，冬郎立即委屈地癟了癟嘴。

青竹訓道：「手也不洗就來吃？快去洗乾淨。」

冬郎道：「娘，我沒欺負她，明明是她走路不穩，跌了跤。」

青竹心疼女兒，忙將女兒的衣袖和褲管都挽起來，看有沒有什麼地方摔傷？小腿肚上的瘀青是上個月摔著的地方，都還沒消散。青竹輕輕地按了按，問道：「妞妞，疼不疼？」

妞妞搖頭道：「不疼！」

「寶貝兒，以後走路慢慢走，別慌、別急著跑，妳這是隔三差五都要跌跤。」

冬郎洗了手進來，見娘正將妹妹抱在懷裡，好溫柔地和妹妹說話，不禁心想，自從有了妹妹以後，娘就沒以前那麼疼他了。他心裡有些不是滋味，小手抓了好幾顆葡萄，就坐在小凳子上，自個兒吃了起來，一副愛理不理的樣子。

青竹扭頭看了他一眼，說道：「吃了葡萄就去寫字，今天你的功課還沒做完吧？」

「喔。」冬郎小聲地答應著。

青竹拾了那紫得發黑、又大又圓的葡萄，剝了皮、去了籽後，餵妞妞吃。

冬郎見狀，立即也過來央求著。「娘也餵我。」

青竹笑著點了點他的額頭。「你當哥哥的湊什麼熱鬧呀？吃了就去寫字。」

冬郎撒嬌地說道：「娘疼妹妹，就不疼我了。」

「傻小子，還吃妹妹的醋？你若不乖的話，我是真的不疼你了。」

項少南至晚方歸，踏進屋子時，只見青竹帶著兒女們正等著他。冬郎和妞妞見了他都跑過去，冬郎抱著他的腿，向他誇耀道：「爹爹，今天我背了《幼學》的祖孫父子，娘誇我了！」

少南有些疲憊，不過見了一雙兒女的笑臉，頓時覺得比什麼都高興。聽見兒子稚嫩的童音，欣慰地說：「好樣的，好好地跟著你母親學。」

妞妞又伸手來向少南說：「爹爹，抱抱！」

青竹將妞妞拉開。「爹爹累了，讓他歇歇吧。」

少南卻蹲下身來，狠狠地挨了挨女兒的臉。

青竹關切道：「在外面吃東西沒？」

少南道：「在酒樓裡吃過了。」

青竹聞見了淡淡的酒氣，這才笑道：「今天喝得倒還少。要不你先去洗澡吧？」接著又叫寶珠。

少南解了外面的官服，青竹忙接過去。
天氣有些熱，少南只著了單衣，便說去沖涼。
這裡妞妞也兩眼犯睏了，青竹還要哄她睡覺。
待安頓好兒女後，青竹來到少南的書房，只見書桌上還堆了不少案牘，不免有些心疼。
「還沒處理完嗎？」
「明天又要回平昌，不處理怕是不行。妳也別等我，去睡吧。」
青竹見結了不少燈花，忙找了燭剪去絞，屋裡漸漸變得明亮起來。青竹坐在跟前，也不打擾他，只輕輕地替他搖著扇子。
「我們家自己種葡萄，釀葡萄酒，這幾年經營下來總算把名號打出去了，我還想著以後能掙個貢品的名號就好了。」
少南道：「貢品？哪有那麼容易。」
青竹笑道：「你不是認識一個皇商嗎？找他問問路子，看能不能把這酒送進宮去？」
少南說：「妳要想跑這條路子的話，我可以幫著搭線，但成不成得看造化。」
青竹抿嘴微笑。「是，這個道理我明白。」
可能是要出遠門的關係，一對小傢伙比以前都起得早，早早的就開鬧起來，捱到用了早飯，便上了車轎，往平昌而去。
平昌這邊上個月就已經得到少南他們要回家的信，一切都齊備了，左等右等，永柱還天天跑到村口去盼望，可半個月過去了，還是不見他們回來。
這邊翠枝懷著身孕，窩在家裡哪裡也不想去。
白氏在跟前念叨著。「我說去廟裡燒香妳也不去，怎麼著也得保佑生個兒子。」
翠枝聽多了，竟能自動過濾白氏的話，將盤子裡的葡萄一顆接著一顆的吃，兩耳不聞，一副怡然自得的樣子。
白氏見她這樣，知道不管自己說什麼，翠枝都不會理她，也就住了口。
少東才從城裡的鋪子回來，手上提了不少東西，一進門就大聲嚷嚷。「媳婦兒，妳要的軟糖我都給買了！」話音才落，只見母親在此，忙正色道：「娘！」
白氏點頭道：「你怎麼回來了？店裡的生意誰管？」
少東道：「有金掌櫃幫著看，不妨事。」
翠枝去翻少東買來的東西，對他們母子的談話一點也不感興趣。
「二弟說要回來，怎麼不見人影？」
「也不知道哪天到家。」白氏也怪想念孫子的，心想只怕又長高了不少。
「二弟他們這次回來接你們一道去，家裡的事就交給我吧。安心地頤養天年，年底我和翠枝一道去看望你們。」
「年底？只怕你媳婦兒還沒出月子呢！」
少東笑了笑。
翠枝連忙問少東。「你馬上要走嗎？」

「我難得回來一趟，哪裡有馬上走的道理？明天或者後天回去都行，妳也別急著趕我呀！」

午後，白氏說要小睡會兒，靜婷卻走來道：「阿婆，二叔他們回來了。」

「當真？」白氏立刻坐了起來。

靜婷道：「當真，阿婆去看看吧！」

白氏連忙披了衣裳，也顧不上怎麼梳頭，隨意地抿了兩下。

靜婷攙著她就出了院門，才走出家門不遠，就見對面大路上停了幾輛車轎。

白氏眼睛一潤，激動地道：「總算回來了！」

冬郎撒著腳丫子，飛快地奔向白氏這邊。「阿婆！」

「欸，我的乖孫子！」白氏一把將冬郎抱在懷裡。

少南也走了來，和她招呼著。「娘，我們回來了。」

白氏道：「回來就好！」

青竹走在後面抱著妞妞，寶珠則抱了一堆東西，婆子和隨從們也忙著將車上的東西搬下來。

少東也出來迎接他們，兄弟倆見了面，倒沒那些客套的虛禮，只是相互地抱了抱肩。

少南嘲笑道：「大哥怎麼連白頭髮都長了？這才多少歲來著。」

少東笑道：「它要長，我也管不住，眼見著就老了呀！」

青竹看見了站在棗樹下的翠枝，也一眼看見了她微微有些突出的肚子，便知道又有了身孕。青竹笑著喊了聲大嫂，又讓妞妞稱呼大伯娘。

翠枝捏了捏妞妞的臉，笑道：「小丫頭和妳小時候長得一樣。」

齊至堂屋，大家相互見了禮。

青竹不見永柱，便問：「爹呢？在什麼地方？」

白氏道：「怕在葡萄園，一會兒就回來了。你們趕路也辛苦了，先歇歇吧。」

青竹沒見豆豆的身影，便問：「靜妹呢？」

少東道：「我讓她幫我管帳，在城裡還沒回來。」

青竹笑道：「她也算是調教出來了，如今能獨當一面，大哥也能減輕些負擔。」

少東道：「這也多虧了弟妹當初對她的教導。」

翠枝也說：「現在定了人家，也幫不了家裡多久了。」

青竹道：「就算嫁了人，也還能時常幫襯一下家裡。」

少東道：「有兩個專門的帳房，還能忙得過來。」

少南又問了些關於生意上的事，兄弟倆相談甚歡。

青竹便想起夏家的人來，心想明日回去看看。

太陽都落山了，永柱還沒回家，青竹便說要帶兒女們去葡萄園那邊看看。

靜婷便道：「我陪你們一道去吧。」一手拉了冬郎，一手拉了妞妞，三人倒十分友好。

這邊少南也道：「走吧，出去看看。」

太陽才落下去，還有些悶熱。初秋的田園裡，隨處可見已經泛黃的稻田，再過一個來月就該收割了，微風拂過，掀起了層層稻浪。

走過淺溪灘，如今只剩下魚塘和養螃蟹的田。棚子裡除了關著三、四百隻鴨子，還養了十幾頭毛驢。

妞妞跟著姊姊、哥哥後面小跑著，一個不穩，又跌了一跤。

少南見狀便要去扶，青竹阻止道：「她自己能起來的，別管她。」話音才落，就見妞妞已經自己爬起來了，也沒哭沒鬧。

又穿過幾條田埂，眼前便呈現出一大片的葡萄地，周圍栽種著薔薇、月季等護邊花草，薔薇花開得正紅豔。

三個孩子跑進葡萄地，鑽進鑽出的。

青竹忙叫道：「當心那薔薇花刺扎人！」

正說著，只見永柱從葡萄地裡走出來，見了兒子、媳婦，眼睛一熱，說了句。「少南，你們回來啦？」

少南和青竹趕著喊爹。

錯眼不見，妞妞又跌了一跤，冬郎見了忙去拉她，不防底下一滑，也跟著跌倒了。

青竹被這情景給逗笑了，又跑了過去，牽了這個、扶了那個。

少南走上前去，接過老父親肩上扛著的鋤頭，道：「爹，讓我來吧。」

永柱鋤了一會兒草，覺得有些腰疼，便說：「我坐坐。」就在一棵歪脖子的槐樹下坐了下來。

少南扛著鋤頭，看了看正在追逐的兒女們，看了看青竹，又看了看身後的老父親，心想，他牽掛的人都好好地在身邊。又抬頭去看那西邊的雲彩，只見有鴿群飛過，腦中突然想起十歲那年，他去夏家接青竹的事來。

青竹那天坐在門檻上，專心致志地吃著手裡的包子，烏黑發亮的眼眸就和這葡萄似的。

時光易逝，轉眼間，他們的兒女都已經這麼大了……怔忡間，青竹探出半個身子來，向他招了招手。

「你傻愣著做什麼？還不快過來！」

少南莞爾。「就來。」說著便下了地。

少南想，能遇見夏青竹，是他此生中最幸運的一件事。這眼下一切的幸福，值得他用一輩子去守護……

——全書完

2016年7月出版

巧手回春

文創風 429～434

莫名穿到大雍朝，劉七巧一身婦科好功夫卻受限於環境不同，
只能幫人接生，倒也在牛家莊裡有了點名號；
但她就只能這樣嗎？是否有機會改造古代產科文化？

青春甜美的兒女情長　妙手救世的女醫天下／芳菲

前世婦產科醫師穿越來到這大雍朝的牛家莊，劉七巧根本是無用武之地！
但她職業病一發，看到古代婦女有難，怎能不出手幫忙？
也因此讓她一個農村小姑娘成了有名的接生婆，走路也有風～～
可沒想到在京城王府裡當管事的父親一紙家書傳來，
她劉七巧也要搬到京城，做個有規矩的王府丫鬟了?!
原本以為行醫生涯就此結束，沒想到王府少奶奶和王妃分別有孕，
她一不小心就從外書房升等到王妃的貼身丫鬟，
人人都指望她好好顧著王妃和未來的小少爺，這有何困難？
但身為太醫卻一副破身體的杜家少爺是怎麼回事，
從農村到王府，他一路能言善辯又糾纏不清，
她說東，他非要質疑是西；她好心幫產婦剖腹產子，卻被他潑冷水，
究竟西方婦科女醫遇上東方傳統神醫，誰能勝出……

文創風
438

爺兒休不掉 4 完

國家圖書館出版品預行編目資料

爺兒休不掉 / 容箏著. --
初版. -- 臺北市 : 狗屋, 2016.08
冊 ; 公分. --（文創風）
ISBN 978-986-328-623-3（第4冊 : 平裝）. --

857.7　　105010482

著作者　容箏
編輯　黃淑珍
校對　黃薇霓　周貝桂
發行所　狗屋出版社有限公司
地址　台北市104中山區龍江路71巷15號1樓
電話　02-2776-5889～0
發行字號　局版台業字845號
法律顧問　蕭雄淋律師
總經銷　知遠文化事業有限公司
電話　02-2664-8800
初版　2016年8月
國際書碼　ISBN-13　978-986-328-623-3
原著書名　《良田秀舍》

定價250元
狗屋劃撥帳號：19001626
網址：love.doghouse.com.tw　E-mail：love@doghouse.com.tw
版權所有・翻印必究　倘有倒裝、缺頁、污損請寄回調換